Matando borboletas

M. Anjelais

Matando borboletas

Tradução
Cecília Camargo Bartalotti

1ª edição
Rio de Janeiro-RJ / Campinas-SP, 2015

VERUS
EDITORA

Editora
Raïssa Castro

Coordenadora editorial
Ana Paula Gomes

Copidesque
Maria Lúcia A. Maier

Revisão
Raquel de Sena Rodrigues Tersi

Capa
Adaptação da original
(© Helen Crawford-White, 2014)

Fotos da capa
© Valeriy Lebedev/Shutterstock (homem)
© BestPhotoStudio/Shutterstock (mulher)
© Pobytov/iStock.com (borboleta)

Projeto gráfico e diagramação
André S. Tavares da Silva

Título original
Breaking Butterflies

ISBN: 978-85-7686-336-6

Copyright © M. Anjelais, 2014
Todos os direitos reservados.
Edição publicada mediante acordo com Rights People, Londres.

Tradução © Verus Editora, 2015
Direitos reservados em língua portuguesa, no Brasil, por Verus Editora. Nenhuma parte desta
obra pode ser reproduzida ou transmitida por qualquer forma e/ou quaisquer meios (eletrônico ou
mecânico, incluindo fotocópia e gravação) ou arquivada em qualquer sistema ou banco de dados
sem permissão escrita da editora.

Verus Editora Ltda.
Rua Benedicto Aristides Ribeiro, 41, Jd. Santa Genebra II, Campinas/SP, 13084-753
Fone/Fax: (19) 3249-0001 | www.veruseditora.com.br

CIP-BRASIL. CATALOGAÇÃO NA FONTE
SINDICATO NACIONAL DOS EDITORES DE LIVROS, RJ

A619m

Anjelais, M.
  Matando borboletas / M. Anjelais ; tradução Cecília Camargo
Bartalotti. - 1. ed. - Campinas, SP : Verus, 2015.
  23 cm.

  Tradução de: Breaking Butterflies
  ISBN 978-85-7686-336-6

  1. Romance americano. I. Bartalotti, Cecília Camargo.
II. Título.

15-20608   CDD: 813
                                    CDU: 821.111(3)-3

Revisado conforme o novo acordo ortográfico

*A todos aqueles que escolheram viver
quando tiveram vontade de morrer,
a 29:11
e a RRRK, que não teve medo*

1

Quando minha mãe era pequena, ela ia sozinha ao parquinho todos os dias depois da escola. Para mim é fácil imaginar; as fotos dela quando criança são quase indistinguíveis das minhas fotos quando pequena. Eu olhava muito suas velhas fotos de escola de bordas amareladas. Minha mãe tinha um jeito tímido e quieto, rosto redondo e os mesmos cabelos castanhos lisos que eu, embora, em todas as fotos, os dela estivessem sempre presos em duas pequenas marias-chiquinhas apertadas.

Ela era solitária quando pequena. Ninguém nunca a convidava para brincar; era a desajeitada que ninguém com um mínimo de bom senso queria ter no time, a tímida que era medrosa demais para se pendurar nas barras horizontais. A mesma coisa acontecia comigo. Enquanto as outras crianças corriam e deslizavam pelo trepa-trepa e pelos escorregadores em um frenesi de brincadeiras de faz de conta e esconde-esconde, eu ficava sentada nos balanços sozinha, chutando a terra do chão. Éramos iguaizinhas quando muito jovens, posso afirmar. Mas isso foi antes de ela conhecer Leigh, e muito antes de eu aprender a ser forte.

Não sei muito sobre o que aconteceu antes de Leigh, sobre o tempo solitário. Tudo isso era apenas um prólogo vago; conhecer Leigh, e o que aconteceu depois, era a verdadeira história. Isso foi o que eu cresci ouvindo minha mãe contar e recontar, até ter ouvido tantas vezes que já havia memorizado os diálogos e podia sussurrá-los inteiros para mim mesma se quisesse. Não eram só sobre minha mãe; eram sobre mim também. De certa maneira, foi o começo de nós duas. E eu dava tanta importância a essa história que a deixava tomar conta de mim. Pensando nisso agora, dois anos depois de tudo o que aconteceu quando eu tinha dezesseis, acho que talvez esse tenha sido meu primeiro erro.

A parte de minha mãe na história começou em uma terça-feira, mais ou menos uma semana antes de seu aniversário de sete anos. Ela havia chegado ao parquinho e encontrado seu balanço habitual ocupado por uma menina que usava uma saia cor-de-rosa empinada de bailarina sobre a roupa. A menina tinha óculos de sol com pedrinhas de strass presos na cabeça e os sapatos de sua mãe pendurados nos pés, vermelhos e de salto alto. Ela balançava alegremente as pernas para frente e para trás, admirando os sapatos, mas levantou os olhos quando minha mãe se aproximou. Tinha os cabelos loiros e ondulados, compridos até a cintura. Minha mãe nunca mencionou que tivesse sentido inveja disso, mas eu sempre achei que sim.

— Como é o seu nome? — a menina perguntou.

— Sarah — sussurrou minha mãe. Eu costumava mexer a boca junto com minha mãe quando ela contava essa parte da história, ecoando suas falas.

— E o sobrenome? — a menina quis saber.

— Quinn — minha mãe respondeu, hesitante.

— Sarah Quinn — a menina repetiu. Ela olhou para o céu e de novo para seus sapatos. — Parece nome de super-herói. Quer dizer, o nome que eles usam quando não estão fazendo coisas de heróis. Que nem Clark Kent é o nome normal do Super-Homem, sabe?

— Sim — disse minha mãe. — Como é o seu nome?

— Leigh Latoire — respondeu a menina.

Minha mãe dizia que ficara levemente admirada.

— Parece o nome de uma artista de cinema — disse ela, e eu costumava pensar exatamente a mesma coisa sempre que ouvia essa parte.

— Obrigada — agradeceu Leigh. — Mas eu não quero ser artista de cinema quando crescer. Quero ser rainha dos piratas.

— Eu quero ser veterinária de cavalos — disse minha mãe, que estava, nessa época, na Fase dos Cavalos, que é uma parte importante do crescimento (eu também passei pela Fase dos Cavalos, o que significa que sou definitivamente uma menina normal).

— Isso é legal — respondeu Leigh, educadamente. Ela não tinha passado e nunca passaria pela Fase dos Cavalos, porque não era uma menina comum.

Minha mãe entendeu isso de imediato. Ela se apoiou no suporte dos balanços e observou Leigh: os óculos de sol com pedrinhas de strass, os sapatos vermelhos de salto alto, a saia de bailarina, os longos cabelos loiros ondulantes, os olhos, que eram de um azul muito pálido. Enquanto olhava, começou a sentir que estava de fato na presença de uma rainha. Talvez até de uma rainha dos piratas.

— Ei — disse minha mãe —, você quer ir na minha festa de aniversário? Convidei todo mundo da minha classe na escola.

— Claro — respondeu Leigh. — É claro que eu vou na sua festa, Sarah.

Ela foi a única que apareceu.

— Onde estão todas as crianças da sua classe? — ela perguntou quando entrou no quintal de minha mãe, enfeitado com fitas baratas e balões meio murchos. Minha mãe estava sentada nos degraus da varanda dos fundos, com um ridículo chapéu de festa em forma de cone na cabeça, sentindo-se terrivelmente envergonhada de sua festa vazia. Quando ela me contava essa parte, eu podia sentir seu constrangimento em meu próprio peito, pesado e pressionando meu estômago; houve festas assim para mim também.

— Elas não vieram — murmurou minha mãe, e enxugou o nariz nas costas da mão.

— Bom, eu vim — disse Leigh, entregando à minha mãe um presente embrulhado em papel cor-de-rosa brilhante. — Vai, abre.

Sempre imaginei o papel cor-de-rosa se soltando e caindo para os lados, como se fosse eu que estivesse abrindo o presente, com minhas próprias mãos. Leigh tinha dado para minha mãe cavalinhos de brinquedo, quatro deles, mães e potros, uma dupla de palominos e uma dupla de baios.

— Gostou? — Leigh perguntou, ansiosa.

— Adorei — minha mãe respondeu. Os cavalos eram peludos e macios. Sei disso porque, na primeira vez em que me contou a história, minha mãe pegou os cavalos na cômoda, onde costumava guardá-los, e me deixou tocar.

— Eu achei que você ia gostar — disse Leigh. — Agora vamos brincar!

Ela e minha mãe brincaram de corrida de ovo na colher, de pregar o rabo no burro e de caça ao tesouro. Elas quebraram a piñata em uma infinidade de fragmentos das cores do arco-íris. Comeram dois pedaços de bolo cada uma e dividiram o conteúdo de todos os pacotes de lembrancinhas entre as duas. Fizeram uma cabana com duas cadeiras do jardim e um lençol velho e carregaram todos os doces da piñata para dentro, onde os devoraram em segredo. Minha mãe disse que não importava que fossem apenas as duas, sem nenhum outro convidado por perto. Sempre que minha mãe descrevia a ocasião, parecia que tinha sido a melhor festa do mundo. Eu a imaginava saturada de cores, um arco-íris explodindo em um fundo de tons esmaecidos.

Foi durante essa festa que Leigh, enquanto seus pequenos dedos abriam a embalagem de história em quadrinhos de um chiclete Bazooka, pediu para minha mãe ser sua melhor amiga.

— Mesmo? — minha mãe perguntou.

— Você não quer? — Leigh tinha os olhos arregalados.

— Claro que quero — minha mãe disse. As duas riram. Quando eu era bem pequena, gostava muito dessa parte. Foi o começo de uma amizade para a vida toda, o fim da solidão da infância da minha mãe. Uma coisa boa, sempre pensei. Mas chegou um momento, quando fiquei mais velha, em que comecei a me perguntar como minha vida teria sido diferente se Leigh nunca tivesse estado no balanço naquele dia, se não tivesse sido a única convidada presente na festa de minha mãe. E eu desejava, às vezes, em um lugar obscuro no fundo de minha mente, que a resposta de minha mãe à oferta de amizade de Leigh não tivesse sido um alegre sim.

Leigh instruiu minha mãe a ir correndo buscar um alfinete.

— Precisamos nos tornar irmãs de sangue! — disse ela, entusiasmada. E minha mãe, obedientemente, entrou em casa e trouxe um alfinete.

Leigh o pegou da mão dela com toda a cerimônia e espetou o polegar, espremendo-o em seguida para trazer o sangue à superfície, antes de entregar o alfinete de volta para minha mãe, que mordia o lábio com nervosismo. Ela sentia o mesmo que eu em relação a sangue: de estômago embrulhado.

— Vamos — Leigh a incentivou. — Você consegue. Não dói tanto.

Minha mãe espetou o polegar e, quando uma pequena gota vermelho-escura apareceu na ponta, ela se sentiu incrivelmente orgulhosa, embora tenha tentado não olhar muito. Leigh pressionou o polegar contra o de minha mãe.

— Pronto — disse ela, afastando a mão e sugando o dedo. — Somos irmãs de sangue agora e melhores amigas para sempre. — Ela fez uma pausa, pensativa, antes de concluir: — Vamos planejar nossa vida.

— Como assim? — minha mãe perguntou, limpando o dedo no lençol da cabana. Aos sete anos de idade, ela não tinha ideia de que a parte mais importante da história estava para acontecer. Mas, mulher crescida, contando essa história para mim, ela sabia, e sempre baixava a voz nesse ponto e se inclinava em minha direção, com os olhos brilhantes.

— Vamos só fazer um plano, certo? — Leigh disse. — Eu primeiro. — Ela respirou fundo e começou: — Quando eu crescer, quero ser rainha dos piratas, mas, se isso não acontecer, quero ser designer de moda e fazer roupas elegantes. Vou ter duas casas, uma nos Estados Unidos e uma na Inglaterra. Bom, se acabar sendo designer de moda, claro. Se for rainha dos piratas, vou morar em um navio. O que quer que eu seja, vou ter um filho. Um só, e vai ser um menino, e vai se chamar Cadence, o nome mais bonito que já imaginei. E, claro, durante toda a minha vida, vou ser a melhor amiga de minha irmã de sangue, Sarah Quinn. — Ela parou para respirar. — Viu? Essa é a minha vida. Agora planeje a sua.

— Está bem — minha mãe respondeu e pensou por um momento. — Bom, quando eu crescer, quero ser veterinária de cavalos. Se isso não acontecer, quero trabalhar com publicidade, como a minha mãe. Quero só uma casa, e vai ser nos Estados Unidos. Vou ter uma filha, só uma, uma menina. E seu nome será... Sphinx. Aprendi essa palavra na aula de história, a Esfinge, e achei bonita. Posso chamá-la de Sphinxie como uma forma carinhosa. Ah, e durante toda a minha vida vou ser a melhor amiga da minha irmã de sangue, Leigh Latoire.

As outras falas na história eram de memória, o que minha mãe achava que ela e Leigh tinham dito, mas os planos eram as palavras exatas. Minha mãe nunca esquecera as palavras e, depois de anos sendo repetidas para mim, eu também não as esqueceria. Elas estavam escritas dentro de minha mente para sempre, como uma tatuagem interna.

— Já que você vai ter uma menina, ela pode casar com o Cadence? — gritou Leigh, animada. — Assim, quando eles tiverem filhos, nós seremos avós juntas!

— Isso — minha mãe concordou. — Eles vão ser melhores amigos, e depois... — essa é a parte que ela só me contou muito mais tarde — ... eles vão se casar.

Ela saiu da cabana por um minuto e voltou com os quatro cavalinhos.

— Olha, Leigh — disse ela. — Estes são eu e você, o Cadence e a Sphinx. Você e o Cadence são os palominos, eu e a Sphinxie somos os baios. — Ela abriu a caixa e tirou os cavalos. — Toma — falou, entregando os palominos para Leigh. — Eles são cavalos de amizade.

— E lembretes — Leigh completou, acariciando os palominos. — Eles vão nos lembrar de seguir nossos planos, para sempre. — Ela pegou o filhote baio em uma das mãos e o filhote palomino na outra. Lentamente, encostou os focinhos deles em um beijo. — Cadence e Sphinx — murmurou.

Eu aprendi na aula de biologia na escola que, quando uma menina nasce, ela já tem dentro de si todos os óvulos que terá na vida. Então, de certa maneira, eu vivi aquela história em primeira mão. Cadence e eu estávamos lá quando nossas mães fizeram seus planos, quando nos deram nomes, quando nos prometeram um ao outro. Quando Leigh encostou os focinhos dos cavalinhos, estávamos latentes e adormecidos lá dentro. E talvez tenhamos nos agitado ligeiramente, sabendo de alguma maneira que o plano se realizaria e que, um dia, sairíamos para o mundo como recém-nascidos de rosto vermelho, prontos para crescer. Nós, sob o velho lençol da cabana, dois óvulos entre milhões.

Nós estávamos ali.

2

Minha mãe foi para o ramo da publicidade. Ela fazia layouts de anúncios em revistas e jornais e sua diagramação era linda. Ela conheceu meu pai no trabalho e eles namoraram por muito tempo antes que ele a pedisse em casamento. O vestido de noiva dela era branco e volumoso. Ela e meu pai se mudaram para Connecticut, em uma casa com um quarto extra para o bebê e um bom quintal com um conjunto de balanços infantis, que viria a ser meu lugar favorito para brincar.

Leigh se tornou designer de moda. Tinha roupas com o seu nome em shopping centers de alto padrão e se sentava na primeira fila em desfiles de moda badalados, vendo garotas com maçãs do rosto salientes caminharem pela passarela usando vestidos que ela havia criado. Comprou uma casa maior que a da minha mãe, em um bairro mais rico e mais afastado; um ano depois, comprou sua casa na Inglaterra e vivia voando entre as duas. Ela conheceu seu marido em um evento de moda e eles tiveram um relacionamento de idas e vindas por muito tempo, antes que ele a pedisse em casamento. Seu vestido de noiva era verde-azulado, desenhado por ela. Vi fotos dele uma vez e não consegui chegar a uma impressão definida, porque, embora fosse lindo, fazia o vestido da minha mãe parecer antiquado e exagerado. Era de um tipo totalmente diferente.

Mesmo depois de se casarem, minha mãe e Leigh continuaram sendo melhores amigas; elas se encontravam para tomar café, faziam compras juntas, conversavam pelo telefone, enviavam cartões uma para a outra, se convidavam para uma ou outra coisa. Leigh desenhou um vestido inspirado em uma roupa que minha mãe tinha quando criança e batizou sua criação com o nome dela. Minha mãe trabalhava na publicidade das roupas de Leigh. Cortava as propagandas das revistas quando elas saíam impressas e as guardava cuidadosamente em uma caixa. De vez em quando eu as olhava, folheando as páginas brilhantes. E, sempre, os palominos ficavam atrás do vidro de um armário de porcelanas na casa inglesa de Leigh, e os baios, sobre a cômoda do quarto da minha mãe.

Leigh foi a primeira a descobrir que estava grávida. Ela brincava com minha mãe sobre isso, dizendo que havia ganhado nessa e que era melhor ela se apressar. Minha mãe a alcançou depressa: apenas dois meses depois, recebeu a notícia de que também estava grávida. Foi com Leigh aos exames de ultrassom e estava presente quando a médica perguntou se ela queria saber o sexo do bebê. Leigh apertou a mão de minha mãe, nervosa; tinha receio de ser uma menina e estragar o plano. Mas a médica pressionou o aparelho na barriga de Leigh e informou que era um menino, e minha mãe riu alto. Tudo estava saindo de acordo com o planejado.

— Logo será a minha vez — minha mãe disse à médica do ultrassom. — Você vai ver a minha menininha — ela falou, dando tapinhas na barriga. Quando a vez dela chegou, a mesma médica trouxe a minha imagem à tela do ultrassom e anunciou que, sim, ela estava vendo a menininha da minha mãe. Leigh e minha mãe marcaram datas para os chás de bebê.

Meus pais decoraram o quarto extra para mim, todo em tons de rosa-claro. Eu acabaria o deixando assim mesmo. A mobília mudou quando eu cresci, claro, e, na pré-adolescência, comecei a colar pôsteres e fotografias, mas ainda hoje continuo bem feliz com minhas paredes rosa-claras.

Leigh contratou uma pessoa para decorar o quarto de Cadence, mas não quis azul. Azul-claro para um menino era algo comum demais para Leigh. Ela criou um esquema de cores com base em uma amostra de tecido verde, o mesmo usado para fazer o seu vestido de noiva. Mandou pintar árvores nas paredes e um céu noturno no teto. Quando as luzes eram apagadas, estrelas cintilavam no escuro.

Nos chás de bebê, as amigas de minha mãe trouxeram macacões e pijamas de pezinho cor-de-rosa, chocalhos em forma de flores, um móbile com borboletas de tecido felpudo, cobertores de bebê macios com rosas bordadas, cartões de boas-vindas para uma menininha. Leigh me deu uma gigantesca zebra de pelúcia com uma fita roxa amarrada no pescoço. "Feita inteiramente de fibras orgânicas", dizia a etiqueta. "Etiqueta feita 100% de material reciclado." Ela ainda está no canto do meu quarto, uma presença marcante sobre a qual meus amigos sempre me perguntam quando entram lá pela primeira vez. As amigas de Leigh levaram para Cadence coisas como animais de pelúcia excêntricos e chocalhos de madeira, elegantes em sua simplicidade. Minha mãe comprou para ele um enorme urso de pelúcia e um conjunto de dois macacões azuis com caminhõezinhos bordados na frente.

Então, de repente, nós nascemos, empurrados para o ar e as luzes brilhantes, e o cordão que nos ligava a nossas mães foi cortado. Minha mãe ia para a casa de Leigh, elas se sentavam na sala de estar arejada, com um CD da Enya rodando no sistema estéreo, e nos amamentavam no largo sofá. E logo nos viram engatinhar pelo chão de madeira. Deitados de bruços, nos esticando para alcançar os brinquedos espalhados pelo tapete da sala. De pé. Desequilibrando-nos para frente. Crescendo como ervas daninhas, de dois óvulos para dois bebês e para duas crianças.

Não havia nada particularmente notável em mim quando pequena. Eu me parecia muito com minha mãe; não era tão tímida quanto ela tinha sido, mas também não era muito expansiva. Nunca era eu quem começava as brincadeiras quando minhas amigas vinham em casa; eu as cumprimentava educadamente e lhes mostrava onde estavam meus brinquedos, esperando que elas me dissessem o que fazer.

Se acontecia algum desentendimento, eu fugia para minha mãe e pressionava a cabeça em seu peito, para não ter de lidar com o conflito. Enquanto meus colegas se ocupavam agarrando os brinquedos uns dos outros e experimentando a sensação de se estapearem, eu já entendia que certas coisas faziam as pessoas se sentirem mal ou faziam seu corpo doer. Empatia, talvez, fosse meu único talento. Eu nunca me mostrei muito promissora em nenhuma outra área.

Cadence, por outro lado, era uma dessas crianças que impressionavam a todos. Ele era um excelente artista mesmo quando pequeno. Enquanto eu estava apenas começando a desenhar pessoas de palito, ele desenhava retratos incríveis, como uma criança prodígio. E era assim em quase todos os aspectos: enquanto eu ainda balbuciava e falava como bebê, ele surpreendia as pessoas com longas frases e fala perfeita; enquanto eu me agarrava à minha mãe, ele era totalmente independente e sempre conseguia o que queria. E, enquanto eu era uma criança de cabelos castanhos ligeiramente rechonchuda, indistinguível da massa de menininhas do mundo, ele era um menino notavelmente esguio, com o rosto claro de ângulos precisos contornado por cabelos loiros ondulados como os de Leigh, e olhos de um tom penetrante de azul-pálido.

Eu sempre me sentia vagamente burra quando estava perto dele. Eu era comum demais, enquanto ele era essa visão de talento e beleza, deslizando pela vida e encantando a todos com sua grandeza. Eu nunca o odiei de fato por fazer com que eu me sentisse menos que ele; eu ficava maravilhada com ele, como minha mãe tinha ficado maravilhada com Leigh quando a conhecera no parquinho tantos anos antes. Eu pensava nele brilhando, sempre brilhando. Mas a luz pode ser cegante, pode brilhar tão forte em seus olhos que você não percebe o que está por trás, e então, como um carro escondido atrás de faróis ofuscantes, ele o atinge a toda velocidade.

Foi meu pai quem viu primeiro, quando tínhamos cinco anos. Cadence e eu estávamos no quintal, e Leigh e minha mãe tomavam chá dentro de casa. Meu pai tinha se oferecido para nos levar para fora e tomar conta de nós enquanto brincávamos. Eu não lembro bem o que estávamos fazendo, só que, em certo momento, uma borboleta de cores brilhantes apareceu e começou a dançar sobre a grama, para cima e para baixo, para cima e para baixo. Ela parou em uma flor, depois voltou a voejar, indo para lá e para cá, as asas azuis iridescentes refletindo a luz do sol. Era a coisa mais linda que eu já tinha visto. Corri para pegar minha rede de borboletas, mas, quando voltei, Cadence já pegara a borboleta nas mãos. Quando o vi fazendo isso, fiquei encantada. Só não sabia o que estava por vir.

— Olha só, Sphinx, acho que nunca vimos uma dessas antes — meu pai disse. — Não é linda? Cadence, abre um pouquinho as mãos para a Sphinxie poder ver.

Eu me inclinei ansiosa sobre as mãos em concha de Cadence. Ele abriu ligeiramente os dedos. A borboleta estava calma entre suas palmas, com os pequenos e finos pés esticados, a probóscide espiralada testando a pele de Cadence. As asas reluziam, fazendo-me pensar em histórias de fadas. Estendi um dedo para tocá-la.

Cadence olhou para mim, o azul de seus olhos muito brilhante. Então juntou as mãos e eu ouvi o som suave da borboleta sendo esmagada.

— Cadence! — meu pai exclamou, atônito, e eu comecei a chorar.

Aos cinco anos, esse era o mais terrível ato de violência que eu já tinha visto. Nunca ficara tão chocada em toda a minha vida. Cadence só olhou para nós, para o jeito como eu soluçava abraçada à perna de meu pai, para os olhos arregalados de meu pai e sua boca virada para baixo em sinal de reprovação. Ele abriu as mãos e a sujeira do corpo da borboleta estava espalhada por toda a extensão de suas palmas. As asas amassadas caíram. Cadence ficou nos observando por mais um momento, apertando os olhos, como se estivesse lendo um parágrafo difícil de um livro. E então, de repente, baixou os olhos para as mãos e começou a chorar, exatamente como eu tinha feito.

18

Meu pai nos carregou para dentro de casa. Nossas mães nos pegaram e nos consolaram enquanto meu pai explicava o que havia acontecido no quintal. Eu tapei os ouvidos com as mãos. O pensamento da borboleta esmagada estava me dando náuseas.

— Foi sem querer, não foi, Cadence? — disse Leigh, enxugando as lágrimas do rosto dele com a manga da blusa.

— Foi — disse Cadence. As lágrimas que Leigh tinha enxugado não foram substituídas; enquanto eu soluçava de verdade, os soluços dele pareciam ter se esgotado. Ele estava muito despreocupado, como se nada tivesse ocorrido. — Eu não sabia o que ia acontecer — ele falou. — Eu só estava vendo o que ia acontecer.

Leigh o levantou para que ele pudesse lavar as mãos na pia da nossa cozinha.

— Agora você sabe o que acontece — disse ela. — Não faça mais isso.

— Está bem — respondeu ele. Leigh lhe deu uma toalha para enxugar as mãos. Ele as secou e largou a toalha no chão. Eu ainda estava chorando, com o rosto enterrado no pescoço de minha mãe.

Depois que eles foram embora, eu estava assistindo a um desenho animado na televisão quando ouvi meus pais conversando na cozinha. Nossa cozinha era aberta e ficava bem ao lado da sala de estar, por isso eu podia ouvir tudo o que eles diziam. Eles acharam que eu estava distraída com o desenho e não prestaria atenção.

— Tem alguma coisa errada com aquele menino — disse meu pai.

— Ele não teve intenção de esmagar o bicho — minha mãe falou, descartando a ideia. Ela estava lavando a louça, fazendo barulho com os pratos dentro da pia.

— Você não viu, Sarah. Ele *teve* intenção. Ele quis matar aquela borboleta e matou.

— Ele só tem cinco anos — minha mãe disse.

— A Sphinx também. E ela anda por aí matando borboletas?

— Não, mas ela é sensível, e é menina. Meninos pequenos são esquisitos. Eu não acharia impossível um menino esmagar uma borboleta só para ver o que vai acontecer.

— Ele sabia o que ia acontecer — meu pai insistiu.

— Você viu como ele chorou depois? — minha mãe falou. — Ele se sentiu mal pelo que fez.

— Eu não acho. Quando estávamos lá fora, a Sphinx começou a chorar primeiro, depois ele começou. Foi como se, ao ver nossa filha chorando, ele percebesse que também deveria chorar. Se não fosse isso, não acho que ele teria chorado. Só me faz um favor, Sarah. Fique de olho na Sphinxie quando a Leigh vier aqui com ele, está bem? Você pode fazer isso por mim? Não deixe os dois brincarem sozinhos.

Eu me virei devagar de volta para a televisão e fixei os olhos nas formas brilhantes em movimento. Embora só tivesse cinco anos, eu sabia do que o meu pai estava falando; eu também tinha visto. Era alguma coisa nos olhos dele. Eles estavam acesos, brilhando muito, tão brilhantes e tão frios, como o reflexo do sol em uma paisagem gelada. Todo mundo adorava os olhos de Cadence, as pessoas sempre diziam como eles eram lindos, como eram diferentes. Como eram completamente fora do comum. *Às vezes*, pensei, *ser comum é melhor*. Foi a primeira vez na vida que eu percebi que algo pode ser tão incomum a ponto de estar quebrado, tão extraordinário que significa que há algo errado ali.

3

Cadence nunca mais matou outra borboleta, e minha mãe disse que ele havia aprendido a lição. Mesmo assim, ela nos observava com atenção, como meu pai tinha pedido. Por um tempo, isso me deixou nervosa; eu me lembro de não conseguir pensar em outra coisa a não ser no incidente com a borboleta quando via minha mãe parada por perto, com os olhos fixos em nós. Isso me perturbou tanto que Cadence parou de ser meu amigo brilhante por algum tempo.

Mas não tardou para que a lembrança começasse a se desvanecer. Aos poucos, novos dias empurraram as imagens para o fundo da minha mente, como roupas velhas enfiadas no fundo de um guarda-roupa, empoeiradas e esquecidas. Decidi que minha mãe me observava apenas porque mães eram assim mesmo, bobas. E Cadence brilhou outra vez — mais brilhante do que nunca. Ele tinha uma intensidade própria: não era especialmente ativo como algumas crianças, apenas tinha uma energia que emanava com uma espécie de fogo. Leigh contava que os professores da escola lhe diziam que Cadence sem dúvida faria algo grandioso no futuro.

Mas, ainda assim, havia algo errado, mesmo que eu não entendesse bem o que era. Provavelmente tinha a ver com a minha personalidade, eu pensava na época; eu tinha a tendência de seguir qualquer pessoa que quisesse liderar. E Cadence era um excelente líder, mesmo aos seis anos. Ele sempre sabia exatamente que brincadeiras fazer, e eram sempre as mais empolgantes, as melhores de todas, as mais animadas de que eu já participara. Quando eu saía da casa de Cadence, sempre me sentia nas nuvens, como se ele tivesse me carregado para o seu próprio mundo luminoso.

— O Cadence é o meu melhor amigo! — eu costumava declarar.

— Eu sabia que ele ia ser — minha mãe respondia feliz, pensando, imagino, em seu plano de vida. Cadence e eu tínhamos crescido ouvindo a história de como nossas mães tinham planejado a vida delas aos sete anos dentro de uma cabana no quintal, mas só sabíamos o começo, até aquele ponto. Imagino que elas não nos contaram a parte do casamento porque acharam que seria estranho demais. Talvez ela e Leigh até tivessem tido visões secretas de revelar a parte final da história em um Dia de Ação de Graças, quando tivessem meus filhos com Cadence correndo em círculos entre seus pés. Talvez.

Mas ele não era sempre um bom melhor amigo. Havia dias em que eu cometia algum erro, não jogava o jogo de acordo com as regras dele, ou apenas não sentia vontade de jogar. Nesses dias, os olhos brilhantes faiscavam, o sol violento se erguia sobre a expansão gelada de azul, e ele parecia tão mais alto do que eu, tão maior. Ele era poderoso, assustador e exigente. E, ao mesmo tempo, ainda era meu amigo luminoso; eu queria tanto agradá-lo. Eu tinha que fazer as coisas do jeito dele, e apenas do jeito dele. E, se não fizesse, aquela inteligência refulgente que todos admiravam se tornava mortífera. Ele era capaz de mentir como um agente secreto, criar problemas para mim e escapar totalmente ileso.

— Eu te odeio! — gritei para ele uma vez. Algo que ele fizera havia se revelado diante dos meus olhos e eu tinha visto, pela milionésima vez, como ele me usara ou insultara. Ele só ficou me encarando, gélido e inalterado.

Mais tarde, naquele dia, eu chorei para minha mãe.

— O Cadence não é de jeito nenhum meu melhor amigo — eu disse.

— Às vezes temos desentendimentos com nossos amigos — ela respondeu, com bom senso. — Logo vocês resolvem isso.

E nós sempre resolvíamos, de certa maneira. O dia da próxima brincadeira chegava e as lembranças das mentiras e do jeito como ele parecia se impor sobre mim se desvaneciam, como a lembrança da borboleta, assim que ele abria a porta da casa elegante de Leigh e saía animado na varanda, acenando e gritando meu nome.

Tivemos uma festa conjunta de sete anos, realizada em uma data intermediária entre nossos aniversários. Foi ideia de nossas mães (elas quiseram fazer uma homenagem à festa de sete anos da minha mãe, quando Leigh lhe dera os cavalinhos), mas nós não nos importamos — ou eu, pelo menos, não me importei. Não sei o que Cadence achou de fato, só que ele sorriu e me abraçou, dizendo que mal podia esperar pela festa de aniversário dele e de Sphinxie. Ele pediu de presente um cavalete de pintura de verdade. Eu queria bonecas Barbie.

A festa aconteceu na casa de Leigh e nunca mais me esqueci dela. Mesmo anos depois, ainda me lembrava de cada detalhe: as cores vibrantes dos papéis de embalagem na pilha de presentes junto à porta dos fundos, o bolo enorme metade baunilha, metade chocolate, os sorrisos de minha mãe e de Leigh, que ficavam nos observando com olhares sugestivos e orgulhosos. Havia balões por toda parte, de todas as cores do arco-íris, balançando ao sabor de uma leve brisa. Os convidados se aglomeravam junto aos balanços, no quintal, incontáveis meninos e meninas da escola. No entanto, quando eu caminhei para o meio deles, tentando desajeitadamente participar da diversão, só pude ver uma pessoa.

Cadence estava em um dos balanços, balançando mais alto que o menino ao lado dele, mais alto do que eu já tinha visto qualquer outra pessoa balançar. Ele estava brilhando visto por trás, como se estivesse atraindo a luz do sol. Naquele momento, ele pareceu etéreo para mim, um príncipe encantado. Fiquei maravilhada com o fato de que aquela era a nossa festa, de que aquele dia pertencia tanto a mim como àquela criança iluminada no balanço. Ele olhou para baixo e me viu parada ali, com a cabeça levemente inclinada para trás, olhando para ele. E então ele pulou do balanço e, por um instante, eu realmente pensei que ele estava voando, pairando sobre a minha cabeça, como num passe de mágica.

— Vamos, Sphinxie — ele disse quando, sabe-se lá como, aterrissou no chão à minha frente. Ele esticou o braço e pegou a minha mão.

— Quero brincar só com *você*. — E fui levada para longe dos balanços, para longe da aglomeração de crianças e para dentro da imaginação dele pelo resto da festa, seguindo-o pelas beiradas do quintal em uma aventura de faz de conta, até que nossas mães nos chamaram para voltar para os convidados e abrir os presentes.

Foi pouco depois da nossa festa que o casamento de Leigh começou a se dissolver. Acho que não tinha sido muito bom desde o começo e só degringolou desde então. Eles fizeram terapia de casal, o que os ajudou a se manter juntos por um tempo, mas não fez diferença, no fim. Eles continuavam brigando, tendo problemas, e acabaram entrando com um processo de divórcio. Quando Cadence e eu tínhamos dez anos, o marido de Leigh finalmente comprou uma casa para si e começou a levar suas coisas embora. Leigh vinha em casa e se sentava na nossa cozinha, tão menor que a dela, e chorava no ombro de minha mãe. Todos os anos de brigas e insultos levaram a um divórcio muito, muito feio; Cadence não ia visitar seu pai.

Um dia, no meio de seu caos familiar, cheguei à casa dele para brincar. Subimos para o quarto, que ainda estava pintado com as árvores e o céu, como quando ele nasceu. Minha mãe, nessa ocasião, já havia desistido da ideia de nos observar muito atentamente. Cadence sentou na cama e eu sentei no chão. Essa era uma regra em que ele insistiu por muitas semanas: eu não podia sentar na cama dele, não podia nem mesmo tocar no edredom. E, sabe-se lá por quê, pareceu normal para mim na ocasião, ainda que agora eu olhe para trás e perceba que as regras dele eram apenas uma maneira de demonstrar seu poder sobre mim.

— Meu pai vai embora — ele me informou, objetivamente, e balançou as pernas para frente e para trás. Seus pés esguios estavam descalços. O assunto de seu pai fazia com que eu me sentisse incomodada. Minha mãe já havia me explicado sobre o divórcio, mas eu ainda não entendia muito bem a ideia. Eu amo meu pai, sempre amei, e, aos dez anos, a ideia de que pais pudessem simplesmente ir embora me assustava.

— Sinto muito — eu disse.

Ele olhou para o balançar dos próprios pés. Depois levantou a cabeça e seus olhos estavam queimando.

— Eu não — ele me disse.

Ele fazia isso com tanta frequência: olhar para a gente direto nos olhos e soltar uma frase que parecia totalmente horrível. Ele já tinha me dito antes que queria que um menino da escola dele morresse, que uma menina que havia pegado um lápis dele na aula de artes tivesse os dedos arrancados. E eu sempre estremecia um pouco quando ele dizia coisas assim, mas nunca falei isso para ele, porque desejos eram diferentes de coisas reais. Às vezes eu também desejava que alguém fosse embora e não voltasse nunca mais, que alguma coisa ruim acontecesse com uma criança que tinha sido má comigo. Será que isso era diferente das coisas que Cadence dizia? Eu não sabia.

— Você não sente? — perguntei baixinho. — Eu ia sentir muita falta do meu pai se ele fosse embora.

— Eu não vou sentir falta do meu — ele disse, pulando para fora da cama com leveza. — Ele gritou comigo uma vez.

Essa era outra característica de Cadence: ele nunca esquecia, nunca perdoava. As transgressões contra ele eram escritas com tinta permanente dentro de sua cabeça, para não serem removidas jamais, nem em um milhão de anos.

— Ah — eu disse, hesitante. Ele estava em sua escrivaninha, remexendo em uma das gavetas. — Então, Cadence — falei mais alto, ansiosa para mudar de assunto —, o que vamos fazer hoje?

Ele se virou da escrivaninha e olhou para mim.

— Depois eu falo — respondeu. — Primeiro olha isso. — Ele tinha algo na mão. Quando pressionou um botão na lateral, uma lâmina prateada apareceu. *Clique.*

— Você tem permissão para ter isso? — perguntei, olhando fixamente para a faca.

Ele voltou para a cama e sentou outra vez, balançando as pernas como antes. Eu devia ter fugido nesse momento, mas, de repente, meu corpo não estava sob meu comando. Meus membros pareciam pesados. Eu me lembro de me sentir colada ao chão do quarto dele, como se ele tivesse me paralisado ao abrir aquela lâmina.

— É do meu pai — ele disse.

— Ele sabe que está com você?

Ele inclinou a cabeça para o lado.

— Sabe.

Eu sabia que ele estava mentindo, mas também sabia, por experiência, que era melhor não discutir. Ele pressionou o botão outra vez e a lâmina desapareceu. *Clique.*

— O que você vai fazer com isso? — perguntei. Não fiquei com medo na hora; eu era uma criança muito resguardada: não tinha permissão para ver programas violentos na tevê e meu pai não deixava o noticiário ligado quando eu estava por perto. Eu não podia imaginar Cadence fazendo realmente algo ruim com aquela faca. Era só uma sensação pesada de que havia algo errado, e isso me deixava congelada, com um desconforto crescendo em minhas entranhas.

— Não sei — disse ele, com indiferença.

— Você devia devolver para o seu pai antes que ele descubra que ela sumiu — falei sem pensar, antes de perceber, tarde demais, que essa frase revelava que eu achava que ele estava mentindo. Ele levantou os olhos da faca e o azul deles se contraiu, mais e mais, cada vez mais brilhante. Era como um flash de câmera fotográfica disparando, com brilho suficiente para doer nos olhos.

— Ela não sumiu, Sphinxie — disse ele. — Meu pai sabe que está comigo.

— Eu... — tentei começar, mas ele me interrompeu abruptamente.

— Você é tão idiota, Sphinx — Cadence disse com firmeza. — Tão burra. Essa é a única razão de você achar que eu estou mentindo, porque é burra demais para saber. Você é burra demais até para pensar em brincadeiras para sua própria festa. — Seu pequeno rosto perfeito de repente ficou feio. Isso também eu já havia experimentado antes: suas súbitas críticas, insultos e humilhações caindo sobre minha cabeça como mísseis. — Ninguém gosta de você, Sphinx, porque ninguém jamais poderia gostar de alguém como você. Nem seu pai gosta de você, Sphinx. Nem sua mãe gosta de você.

Eu fiquei paralisada, sentindo ferroadas pelo corpo todo, atordoada como sempre por aquelas coisas horríveis poderem sair de alguém... alguém que eu ainda conseguia pensar, de alguma maneira, que era absolutamente perfeito. Então, de repente, eu me lembrei de algo da escola: uma mulher tinha vindo até a nossa classe conversar conosco sobre os perigos do bullying. Pessoas que fazem bullying, ela havia dito, podem nos machucar batendo em nós, ou podem fazer isso dizendo coisas ruins. Elas podem mentir para nos deixar em apuros. Podem nos fazer sentir que não valemos nada. É preciso enfrentar uma pessoa que pratica bullying para fazê-la parar.

— E esta faca, Sphinx — Cadence continuou —, não importa se eu peguei. Eu mereço ficar com ela. Sou melhor do que você, Sphinx. É por isso. Sou melhor do que você. Posso fazer tudo o que eu quiser. Posso fazer qualquer coisa com você. Você é minha, Sphinx.

Ele estava falando depressa, muito depressa, e se inclinando para frente, na minha direção. Crescendo a cada minuto, cada vez mais alto, como um arranha-céu subindo em meio ao campo. Eu me encolhi e me afastei dele, com a cabeça girando. *Você é minha, Sphinx.*

O mais importante sobre o bullying, disse a mulher que foi à minha classe, era contar para um adulto. Um adulto faria o bullying parar, então o mais importante era contar para um adulto. Levantei do chão e fiquei de pé sob o arranha-céu.

— Eu vou contar — falei com a voz trêmula. — Eu vou contar que você está com essa faca.

Os olhos dele relampejaram. Ele apertou as mãos, os dedos finos se dobrando de raiva. Cadence pulou da cama e a fúria deixou seu rosto, sendo substituída por uma indiferença pétrea, como o rosto de uma estátua. *Clique.* A lâmina embutida apareceu e, por um breve segundo, vi o reflexo da parede do quarto na superfície brilhante da faca, reluzindo ao sol que entrava pela janela.

Eu não me movi quando ele avançou, não me movi quando ele agarrou o meu cabelo, mantendo a minha cabeça presa. Não me movi quando a frieza gelada da lâmina foi se arrastando pelo meu rosto, pouco abaixo do olho.

Não doeu a princípio e, naquele vazio total antes que a dor cortante se revelasse, eu olhava nos olhos de Cadence, em seus olhos inexpressivos, belos e terríveis. Ele olhava para mim como nunca havia olhado antes, e seus dedos seguravam meu cabelo com tanta força que parecia que jamais me soltariam. Eu ouvia as batidas do meu coração nos ouvidos. Achei que ele ia ficar me segurando para sempre.

Então a lâmina levantou, e a mão dele soltou o meu cabelo, e a agonia rasgou o meu rosto, como se tivesse sido liberada quando ele me largou. Como se a dor talvez não tivesse vindo se ele houvesse me segurado um pouco mais, se tivesse continuado olhando para mim. *Você é minha, Sphinx,* sua voz disse outra vez na minha cabeça.

E então tudo o que sei é que eu gritava sem parar e o sangue escorria pelo meu rosto e para as minhas mãos, enquanto ele ficava ali parado, ainda pétreo, ainda com a faca na mão. Os passos de nossas mães soaram na escada. Elas abriram a porta do quarto e eu as vi brevemente sob a moldura, suas faces desfocadas muito brancas; minha mãe se aproximou e me pegou, e eu senti o tecido de sua blusa sob meus dedos. Quando me agarrei a ela, sua blusa ficou cheia de sangue, e eu não podia acreditar que aquilo estava saindo de mim. Fiquei enjoada. Meu coração batia tão depressa que parecia que ia rasgar o peito. Eu sei porque, se eu pensar muito nessa parte, meu coração ainda faz isso.

Leigh agarrou o braço de Cadence e ele largou a faca no chão, lutando para se livrar dela, puxando o braço de um lado para o outro.

— Você está machucando o meu braço, mamãe! — ele berrou, com a voz aguda de sofrida inocência.

— O que você fez? — ela gritou, rouca, enquanto o sacudia. — Cadence, o que você fez? — Lágrimas jorravam dos olhos dela e desciam pelo rosto como rios.

— Você vai ficar bem, Sphinxie. — A voz de minha mãe tremia enquanto ela pressionava a mão em meu rosto, coberto de um vermelho quente e molhado. — Vai ficar tudo bem, está ouvindo? Tudo bem. Você vai melhorar logo. — A voz dela parecia muito distante, como um eco.

Olhei sobre o ombro dela para Cadence, que balançava de um lado para o outro com as sacudidas frenéticas de Leigh, como se ela pudesse, de alguma maneira, puxá-lo para trás no tempo e desfazer o que ele havia feito comigo. Os olhos dele se fixaram nos meus, e pensei desesperadamente: *Ele não está arrependido.* Meu rosto cortado latejava.

E eu vi a borboleta esmagada no vazio de sua mão e não pude acreditar que tivesse pensado que aquilo era uma coisa ruim. Não pude acreditar que nunca tivesse passado pela minha cabeça que existissem pessoas capazes de cortar a pele de outras daquele jeito, não pude acreditar que meu rosto pudesse doer tanto. E não pude acreditar na força com que ele tinha me segurado e como tinha olhado para mim, como se eu fosse a única pessoa na face da Terra. E eu ouvi a faca abrindo e fechando, de novo e de novo.

Clique. Clique. Clique.

4

Precisei de pontos, quinze, no alto do rosto, pouco abaixo do olho. Disseram-me que eu devia estar agradecida por Cadence não ter mirado um pouco mais alto — porque nesse caso eu teria perdido um olho —, mas eu não estava. Como eu poderia estar agradecida se o meu rosto parecia que tinha se partido ao meio? O médico falou que o corte tinha sido profundo, que deixaria uma cicatriz e não restava nada a fazer quanto a isso. E, mesmo depois que o sangramento parou e terminaram de dar os pontos, o corte era um risco brutal de dor latejante, rasgando caminho pela extensão do meu rosto. E isso não era tudo.

Tinha mais uma coisa, um sentimento crescendo em meu peito que eu não conseguia entender. Eu sabia que tinha sido ferida e que devia estar brava com Cadence pelo que ele fizera. E acho que eu estava, mas, sob essa fina camada de emoção típica, havia uma excitação estranha e terrível diante da ideia de que eu sempre teria a cicatriz. Ele tinha dito que eu era dele e, agora, haveria uma marca eterna em mim para provar isso. Uma marca bem visível no meu rosto, para lembrar a todo mundo o que havia acontecido comigo — e para lembrar a mim mesma que eu estava ligada a Cadence, que ele havia praticamente assinado seu nome em mim, como se eu fosse um de seus desenhos. Eu não entendia bem o que isso significava na época. Afinal, eu ainda era pequena.

Quando saímos da sala de emergência e voltamos para casa naquele dia, minha mãe parecia tão velha. Ela tinha envelhecido de alguma maneira entre a brancura da sala do hospital e o degrau diante de nossa porta. Deu um beijo na minha testa e pediu desculpas repetidamente pelo que tinha acontecido comigo. Suas lágrimas gotejavam nos meus cabelos.

— Eu devia ter imaginado, Sphinxie — ela soluçou, apertando-me em seu peito. — Seu pai sempre esteve certo, seu pai tinha razão.

Meu pai me abraçou longamente quando chegamos do hospital, mas parecia não conseguir olhar para o meu rosto. Ele saiu de casa batendo a porta atrás de si, pela única vez na vida. Eu nunca o tinha visto agir daquele jeito antes, e nunca mais veria. Meu pai não é o tipo de homem que costuma sair batendo a porta.

— Você não tem culpa, mamãe — eu lhe disse baixinho, depois que os faróis do carro do meu pai sumiram na escuridão no fim da rua — O Cadence é muito bom.

— Como assim?

— Ele é tão bom que a gente não tem como saber... — Hesitei, incapaz de articular o que queria dizer.

Minha mãe me pôs na cama e leu meu livro de histórias favorito três vezes, embora eu já devesse ter deixado meu amor por ele para trás, embora eu tivesse decidido no começo daquele ano que já era muito velha para lerem para mim na hora de dormir. Era sobre uma princesa, algo sentimental cheio de cor-de-rosa nas ilustrações. Depois daquela noite, deixou de ser meu favorito e nós nunca mais o lemos, apesar de ele ter permanecido na minha estante por alguns anos ainda, até um dia em que eu encaixotei e doei muitas coisas para as quais já estava muito velha, incluindo livros de histórias.

Quando minha mãe terminou de ler, perguntou se eu queria que ela dormisse comigo, se eu ainda estava muito assustada. Eu recusei educadamente a oferta e disse que não estava assustada. E não estava mesmo, não a princípio. Só estava atordoada. Ainda não sabia bem o que tinha acontecido comigo, ou o que estava acontecendo dentro da minha cabeça.

— O papai está bravo comigo? — perguntei de repente, quando minha mãe já estava na porta do meu quarto.

— Não, querida, nunca! Por que pensou isso? — ela disse, preocupada, voltando um pouco para dentro do quarto.

— Ele foi embora quando me viu — lembrei.

— Não foi por estar bravo com você — minha mãe explicou. — Ele está bravo por ter acontecido algo assim com a menininha que ele ama tanto e ele não ter conseguido impedir. Quando o seu pai fica bravo, ele gosta de ficar sozinho até se acalmar. Daqui a pouco ele volta.

— E veio me beijar outra vez. — Tem certeza que não quer que eu fique com você?

— Tenho — respondi. Sua necessidade de me confortar começava a me assustar, porque significava que algo verdadeiramente horrível havia acontecido. — Boa noite, mamãe. Eu te amo.

— Eu também te amo — ela disse e saiu.

Se eu pudesse voltar no tempo e abraçar a garotinha que eu era, faria isso, porque hoje sei que eu realmente precisava que alguém ficasse no quarto comigo. Mas, na época, eu estava com medo. E precisar de um abraço pode dar medo às vezes.

Então, ali estava eu. Deitada na cama sozinha, com os olhos abertos, encarando o teto. Ouvi os sons de minha mãe se movendo pelo andar de baixo. Ela abriu e fechou a geladeira. Lavou os pratos. Eu a ouvi chorar outra vez. Depois o telefone tocou, bem quando ela assoava o nariz. Ela atendeu e ouvi sua voz baixa.

— Leigh — disse ela, com a voz abafada pela distância e pelas paredes da casa. Eu me sentei na cama. Queria tanto saber o que ela diria para Leigh. Será que minha mãe ficaria brava com ela? Será que elas iriam gritar? E o que havia acontecido com Cadence? Ele recebeu algum castigo pelo que fez comigo?

Em um programa que eu tinha visto na tevê, uma menina escutava as conversas de sua irmã adolescente pela extensão do telefone, tão silenciosamente que sua irmã nem percebia que ela estava lá. Saí da cama e me esgueirei pelo corredor. Havia um telefone no quarto dos meus pais, na mesinha de cabeceira. Eu o peguei muito lentamente e pressionei o fone no ouvido.

Era a primeira vez que eu fazia de propósito algo que não deveria fazer. Sempre que eu levava bronca quando era mais nova, era por coisas como ser malcriada com minha mãe porque eu estava muito cansada ou com fome. Nunca fui o tipo de criança de me comportar mal deliberadamente. Ainda não sou. Mas, naquela noite, tudo estava muito confuso e eu escutei a conversa, apesar dos sentimentos de culpa que começaram a perturbar meu estômago no momento em que meus pequenos dedos alcançaram o telefone.

— Desculpe, Sarah — Leigh soluçava ao telefone. — Ah, meu Deus, desculpe. Eu devia ter imaginado. Eu devia ter levado meu filho a um médico ou algo assim... Meu Deus! A Sphinxie está bem?

— Ela vai ficar com uma cicatriz — minha mãe contou.

— Ah, meu Deus! — Os soluços de Leigh se intensificaram. As duas estavam chorando agora, e eu meio que esperei que pingasse água do fone no meu ombro. — Como eu não soube? — Leigh perguntou, com a voz tensa. — Como eu não percebi que isso ia acontecer? — Por um momento, a linha ficou em silêncio, salvo por algumas fungadas que ecoavam de ambos os lados. Então Leigh disse, entre lágrimas: — Sarah, por favor, me diz o que eu fiz de errado. O que foi que eu fiz de errado?

— Você não fez nada de errado — minha mãe respondeu com o máximo de firmeza possível. — Certas coisas não são culpa de ninguém. — Eu quase podia vê-la mordendo o lábio, para se impedir de dizer que meu pai tinha enxergado aquilo anos atrás. Meu pai tinha visto quando a borboleta morreu.

— Mas *tem* que ser eu, Sarah! — Leigh prosseguiu, quase gemendo. — Quando uma criança sai errada, a culpa é da mãe... É culpa da mãe por não criá-la direito... É minha culpa... — A voz dela parecia soar áspera na garganta. — Que porcaria eu fiz? Me diz o que eu fiz, Sarah, você deve saber... Você sabe tão mais do que eu. Você fez tudo certo com a Sphinxie, ela é uma menina tão boa. Mas eu estraguei tudo, Sarah... Eu estraguei tudo.

— Não, Leigh, não — disse minha mãe. Ela havia parado de chorar. — Escuta, você pode sentir que a culpa é sua, mas não é, está me ouvindo? Você fez tudo certo, está bem? Agora precisa ajudar o seu filho, Leigh. Você pode fazer isso.

Ouvi Leigh inspirando e expirando asperamente, como o vento soprando uma superfície irregular de encontro a outra.

— Eu te amo — minha mãe falou.

— Você não pode estar falando sério — Leigh respondeu. — Você está brava, Sarah. Você tem que estar.

— Brava? Sim, um pouco. Mas comigo mesma, por não tomar conta direito da minha filha.

Aquilo me deixou confusa, porque de repente eu não tinha mais certeza de quem era responsável pelo que acontecera. Antes, tinha sido fácil: era Cadence quem estava com a faca. Mas não era minha mãe quem devia me proteger? Não era para isso que serviam os pais? Se ela estivesse nos observando, eu nem precisaria ter sido salva, não é? Havia um nó frio na minha garganta agora.

Leigh riu, aquele tipo de risada curta, fraca e tensa que as pessoas dão quando as coisas não têm graça nenhuma.

— Eu estraguei tudo, Sarah — ela sussurrou. — Eu estraguei o plano. — E riu outra vez.

— Ah, Leigh — minha mãe disse, com uma voz muito meiga.

Desliguei o telefone. Meu rosto parecia tenso e retesado com os pontos, e minha mente se sentia do mesmo jeito, prestes a estourar com todas aquelas coisas que eu não entendia. O corte em meu rosto, a cicatriz que eu sempre teria, o menino que tinha feito aquilo comigo, o modo como ele olhara para mim quando abrira minha pele. Voltei para o meu quarto e me deitei. Meu peito começava a ficar pesado de culpa por ter escutado a conversa de minha mãe ao telefone. O que eu tinha ouvido era tão particular, tão dolorido. Eu sabia que ela nunca ia querer que eu as ouvisse falar como estavam falando, chorando, assustadas e pequenas.

Alguns minutos depois, minha mãe subiu as escadas. Ela veio até o meu quarto dar uma olhada em mim e, obviamente, eu ainda estava acordada, com os olhos muito abertos. Fiquei ao mesmo tempo feliz por ela estar ali e totalmente insegura. Quando olhei para ela, não sabia o que pensar. Ela me amava e eu a amava, mas ela havia escolhido ser amiga de Leigh, para começar, e fora ela quem me deixara sozinha com Cadence. E agora ali estava eu, com pontos recentes cruzando o rosto, sobrecarregada com tantos sentimentos conflitantes que não conseguia formar uma imagem nítida do que havia acontecido comigo. Sentimentos iam e vinham entre terror e algo como euforia quando eu erguia a mão lentamente até o rosto e tocava o corte de leve com a ponta dos dedos, para ter certeza de que aquilo era real e não um sonho. Eu nunca fiquei tão confusa.

— Está com dificuldade para dormir, querida? — minha mãe perguntou, sentando-se na beirada da cama.

— Mamãe — eu disse com a voz trêmula. — Eu fiz uma coisa que não devia. — Eu precisava confessar, é claro. Não podia deixar que aquela noite ficasse ainda mais estranha. Era preciso consertar a situação.

— O quê?

— Eu ouvi você e a Leigh no telefone — sussurrei, encolhida de vergonha. Minha mãe fechou os olhos e massageou as têmporas com os dedos.

— Tudo bem, querida — ela disse por fim. — Mas não faça mais isso. É falta de educação.

— Eu sei — respondi. Meu peito estava amargo por dentro. Passei a língua nos lábios secos. — Mamãe — falei, com uma voz muito, muito miúda. — Por que ela estragou o plano? O Cadence e eu ainda estamos aqui, vocês ainda têm seus trabalhos, do jeito que você contou. Como ela estragou?

— Ah, Sphinxie — disse minha mãe, com lágrimas nos olhos pelo que parecia a milésima vez naquele dia. — É uma bobagem. Não pense nisso. É uma bobagem. — Anos mais tarde, ela acabaria me contando que deveríamos nos casar, mas, naquele momento, apenas mordeu o lábio.

Uma semana depois, quando já tínhamos nos recuperado um pouco do choque inicial, minha mãe e eu nos arriscamos a sair de casa para encontrar uma de minhas amigas em um parquinho. Ela estava pendurada de cabeça para baixo nas barras horizontais e apontou para o meu rosto.

— O que aconteceu? — perguntou, balançando para frente e para trás pelos joelhos.

— Eu me cortei — murmurei, afastando o olhar e torcendo para que ela não fizesse mais perguntas. Não me sentia capaz de explicar como tinha me cortado. Não queria que ela soubesse.

— Ah — disse ela. — Doeu?

— Muito — respondi, sentindo um nó subir à garganta. Minha amiga levantou o corpo e se sentou no alto das barras. E a vida continuou.

Meus pontos saíram. O corte se transformou em uma cicatriz fina, uma linha branca e esguia no alto de minha face, lisa ao toque. Leigh vendeu sua casa nos Estados Unidos e se mudou permanentemente para a Inglaterra. Ela ficava arrasada quando me via, ou minha mãe e meu pai. Não queria perder contato conosco, mas não suportava estar perto de nós. Eu era o lembrete do que ela considerava seu fracasso em criar Cadence como um ser humano decente.

Ela continuou sendo a melhor e mais fiel amiga da minha mãe, mesmo a distância. Telefonava para ela pelo menos duas vezes por semana e mandava e-mails todos os dias. Depois de um tempo, minha mãe perguntou se haveria problema se ela mandasse fotografias minhas, vestida como uma indiazinha para a peça teatral de Ação de Graças da escola. Leigh concordou. Em troca, enviou uma foto sua e uma

36

de Cadence sentado em um balanço no jardim da casa inglesa. Tínhamos doze anos nessa ocasião. Ele estava frequentando uma escola particular e indo a um terapeuta nos fins de semana. Eu não achava ruim ver fotos dele. Cadence ainda brilhava intensamente, apesar do que havia feito comigo. A essa altura, ele havia se tornado uma espécie de lenda para mim, aquele menino que antes eu chamava de melhor amigo, aquele menino que havia me usado e deixado sua marca em mim para sempre. Houve um período em que eu me olhava no espelho e traçava a cicatriz com a ponta do dedo, me perguntando se o menino de cabelos dourados nas fotografias que Leigh nos enviava tinha de fato feito aquilo. O menino bonito que parecia tão normal, pintando no cavalete que ele queria tanto, usando o uniforme austero da escola particular que estava frequentando. Será que ele era real? Será que mesmo Leigh era real, a melhor amiga elegante de minha mãe que havia estragado o filho, estragado o plano? Eu não os via desde os dez anos. Tudo parecia mais uma cena de um filme do que algo que tivesse realmente acontecido.

E, embora o tempo frequentemente pareça parar depois de incidentes traumáticos, ele ainda estava passando e eu estava crescendo. De repente, já era adolescente. Tive minha primeira paixão. Fui ao banheiro um dia e encontrei uma mancha vermelha quase do formato de um coração na calcinha. E o garoto nas fotos que chegavam até nós com a precisão de um relógio também cresceu, alto, esguio e perfeito como sempre.

Quando eu tinha treze anos, no Natal, Leigh e minha mãe trocaram fotos nossas, como de costume. Uma foto minha voou sobre o oceano para a Inglaterra e, em um envelope com um selo com a imagem de um azevinho, veio uma foto dele usando camisa social vermelha e jeans skinny, os pés descalços, o verde desfocado de uma árvore de Natal borrada de luzes coloridas atrás dele. Por um longo momento depois que minha mãe tirou a foto do envelope, fiquei congelada, olhando fixamente para ela. As ondas suaves dos cabelos loiros que emolduravam o rosto dele estavam ligeiramente enevoadas, iluminadas por trás como um halo. E sua cabeça estava levantada, as sobrancelhas finas arqueadas, o rosto dominado por aqueles frios olhos azuis.

Os olhos dele eram uma das únicas coisas que eu sempre lembrava com clareza, aqueles olhos gelados que eram, ao mesmo tempo, cheios de fogo. E, como Leigh disse que havia emoldurado a minha fotografia, nós emolduramos a de Cadence. Quando minhas amigas vieram à minha casa para uma festa de Natal, perguntaram quem ele era.

— Ele é liiiindo — minha melhor amiga na época, Kaitlyn, gorjeou, pegando a fotografia para olhar melhor.

— É o filho da melhor amiga da minha mãe — falei, constrangida.

— Como é o nome dele? — ela perguntou, ainda segurando a foto.

— Cadence — respondi.

— Caaadence — ela repetiu, arrastando as sílabas. — Que nome legal! Ele é bonito mesmo, Sphinx. Você nunca sai com ele?

— Não, ele mora na Inglaterra — contei. — Foi ele que fez isso comigo — acrescentei, apontando a cicatriz. — Ele está fazendo terapia.

Ela pôs a fotografia de volta como se a tivesse queimado. E tive vontade de cobrir a boca e apagar minhas palavras.

Foi a primeira vez que contei para uma amiga o que havia acontecido comigo. As meninas com quem eu andava tinham visto a cicatriz, claro, mas ninguém nunca perguntara nada. Provavelmente acharam que eu tinha sofrido um acidente quando criança, do qual preferia não falar. E eu agradecia por isso. Além de ser uma coisa profundamente pessoal, eu também percebia que era chocante demais para que os outros compreendessem do jeito adequado. Eu achava que as pessoas veriam aquilo como algo saído de um filme policial, algo artificial. E eu não queria que ninguém interpretasse assim, não queria que ninguém visse Cadence como uma história chocante, unidimensional. Ele não era isso para mim, e eu não tinha como fazer ninguém entender. Ninguém jamais seria capaz de compreender a dimensão daquilo, ninguém jamais veria o modo como ele tinha olhado para mim quando me cortou.

Os olhos de Kaitlyn ficaram impossivelmente arregalados.

— Está falando sério? — ela disse, em um meio sussurro. — Ele... ele te *cortou?*

Fiz que sim com a cabeça. Ela me puxou para um abraço que eu não queria e disse depressa que eu poderia conversar com ela sobre isso sempre que precisasse, depois mudou de assunto com uma rapidez desajeitada, evidentemente ansiosa para pensar em outra coisa. E eu desejei dar um passo atrás no tempo, arrependida por ter lhe contado. De repente, senti uma necessidade esmagadora de procurar Cadence, de me desculpar pelo que havia dito.

Eu me senti culpada por ter contado que ele estava fazendo terapia, como se tivesse traído a confiança dele, como se as informações sobre ele fossem um segredo que ele tivesse revelado só para mim, apenas para os meus ouvidos. Eu sabia que não precisava me sentir assim — ele não podia me ouvir, de qualquer modo. Mas eu me senti desleal. Não podia culpar Kaitlyn por ter reparado na fotografia, porque ele era mesmo bonito.

Muitas vezes eu pensava no que tinha acontecido comigo quando eu era mais nova. Eu conhecia a linha da minha cicatriz tão bem quanto a história do plano de minha mãe e de Leigh. Mas não importava. Eu estava bem. E provavelmente nunca voltaria a ver Cadence.

5

Era o ano em que fizemos dezesseis anos, no outono.
Eu ainda era uma garota comum e um pouco acima do peso, de olhos e cabelos castanhos, presos em um rabo de cavalo. Eu não gostava da minha aparência e, agora, cobria a cicatriz com corretivo, besuntando-a todas as manhãs e fingindo que ela não existia, que havia desaparecido com o tempo e que eu não precisava mais pensar em como ela me fazia sentir. Meu círculo de amigos era pequeno, mas melhor do que nada, e eu achava que um certo garoto tinha uma queda por mim, e eu tinha conseguido entrar no time de futebol da escola. Eu não estava em êxtase com a minha vida — para começar, parecia que todo mundo, menos eu, tinha, ou havia tido, um namorado —, mas estava satisfeita.

Cheguei em casa depois do primeiro treino me sentindo realizada, mas desgrenhada. Meu rabo de cavalo estava desmontado de suor e a ponta das chuteiras coberta de barro seco por causa da chuva do dia anterior. Eu as tirei e deixei junto à porta.

Minha mãe falava ao telefone quando entrei na cozinha. Ela ergueu a cabeça e sorriu ao me ver entrar, mas, pela sua expressão, pude adivinhar que a pessoa ao telefone a estava deixando perturbada.

Eu a observei com preocupação por um momento antes de abrir a geladeira e pegar uma garrafa de água. Depois fui até a mesa da cozinha, sentei e girei a tampa da garrafa. O sol claro de outono entrava pela janela e dançava sobre o piso de ladrilhos. Olhei para minhas unhas: curtas e roídas. Sempre que eu tentava deixá-las crescer, elas quebravam, e, sempre que eu comprava aquelas unhas postiças adesivas, elas caíam. Tomei um gole de água e observei minha mãe caminhar de um lado para o outro diante da pia, parando de vez em quando para tamborilar os dedos no balcão da cozinha.

— Certo. Ligue quando quiser. Eu te amo. — Ela parou, apertando levemente a borda da bancada. — Está bem. A gente se fala. — Em seguida desligou o telefone e sacudiu a cabeça uma vez. Depois se virou para mim, e o sol que entrava pela janela se espalhou em seu rosto. Sua testa estava franzida e não havia mais sinal do sorriso que ela forçara para mim quando entrei na cozinha. Definitivamente, havia algo errado. — Como foi o futebol, Sphinxie? — ela me perguntou, ainda sem sorrir. — Você se divertiu? O que fez lá?

— Foi tudo bem — respondi, dando de ombros. — Só teve treino de fundamentos hoje. Vai ser mais divertido quando a gente jogar de verdade. O que aconteceu? Era a Leigh no telefone?

— Era — ela respondeu com a voz contida.

— Ah, é? E como ela está? — Tomei mais um gole de água. Podia ver minha sombra se movendo no chão da cozinha.

— Na verdade, as coisas não estão muito fáceis para ela.

— Ah — eu disse e relaxei um pouco. Isso era típico de Leigh; ou ela estava aborrecida com o mau comportamento de Cadence na escola, ou preocupada com a saúde dele. Por um longo tempo, o comportamento rebelde de Cadence era tudo o que ouvíamos falar, embora Leigh geralmente fizesse pouco disso, dizendo que ele apenas era inteligente demais para seguir as regras como as outras crianças. E eu me sentia inclinada a concordar com ela. Mas, depois, Leigh finalmente se abriu com minha mãe sobre os problemas de saúde de Cadence, e eles assumiram o papel central desde então.

A princípio, ela não quisera falar sobre isso; sentia que estaria sobrecarregando minha mãe ao desfiar as intermináveis histórias sobre o infortúnio de seu filho. E no começo, disse ela, não se preocupara muito. Eram apenas contusões. Às vezes as pessoas apareciam com manchas roxas pelo corpo e nem se lembravam de ter batido em alguma coisa. Depois, porém, consultas médicas e exames de sangue começaram a se acumular na agenda de Cadence, e ela resolveu contar para a minha mãe o que vinha acontecendo. Estava ficando apavorada.

— Como está o Cadence? — perguntei, quando vi que minha mãe não ia continuar por conta própria.

— Do mesmo jeito. — Ela baixou os olhos e nós duas fitamos nossas sombras. — Eles deram um diagnóstico para a Leigh, Sphinx — disse ela, e eu levantei os olhos. — É leucemia linfoide aguda.

As duas últimas palavras não significavam nada para mim, mas, claro, eu sabia o que era leucemia. Uma menina na minha escola teve isso e perdeu todo o cabelo durante o tratamento. Eu sabia que tinha sido horrível para ela, e foi difícil vê-la parecendo cada vez mais doente, até que, por fim, ela parou de ir à escola por um tempo. Mas ela estava bem agora. Tinha voltado para a escola usando uma peruca e ia ficar boa.

— Quando ele vai começar a quimioterapia? — perguntei, sem olhar para ela. Não queria pensar em tudo que Cadence teria de passar. Prendi os horários de meus jogos de futebol na geladeira com um ímã do Mickey Mouse.

— A Leigh disse que o caso dele é muito agressivo. É mais provável que não responda bem à quimioterapia — minha mãe disse baixinho de trás de mim. Eu me virei.

— Bom, mas eles vão tentar, certo? — Por alguma razão, eu me senti menor de repente.

— Não, Sphinxie — minha mãe respondeu. — Não vão.

— Por quê? — perguntei, chocada. — Qual é o mal de tentar?

— O Cadence não quer.

Senti o ar sumir do meu peito. Como ele podia não querer tentar sobreviver?

— Por que não? — indaguei, trêmula e atordoada.

— Eu acho que não ia adiantar, Sphinx.

— Quanto tempo deram para ele?

Minha mãe cobriu a boca com a mão e seus olhos ficaram molhados.

— Menos de um ano — murmurou.

Então eu chorei por ele, pela primeira vez. Nunca tinha feito isso antes; tinha passado horas da minha infância chorando por *causa* dele, nunca por ele. Mas essa situação era diferente. Cadence era especial; ele não podia morrer. Minha mãe me abraçou como se eu fosse pequena outra vez e olhei sobre seu ombro, fungando.

— A Leigh devia fazer o Cadence tentar — insisti. — Ela devia fazer ele tentar.

— Sphinx, assim ele vai poder se sentir normal até quando for possível. Ele vai ter uma chance de aproveitar o tempo que lhe resta sem remédios que o façam vomitar o tempo todo — minha mãe respondeu, a voz falhando ligeiramente. — Acho que a Leigh... Eu quase acho que ela prefere assim.

Enquanto eu ficava ali, paralisada, olhando fixamente sobre o ombro dela, sentindo as lágrimas quentes descerem pelo rosto, o primeiro pensamento que me veio à mente foi uma lembrança de olhar sobre o ombro de minha mãe tantos anos atrás, enquanto o sangue escorria pelo meu rosto daquilo que era agora uma cicatriz limpa. Uma estranha e indesejada sensação de alívio me percorreu: a pessoa que fez aquilo comigo ia embora, ia realmente embora. Mas o menino brilhante que tinha sido meu melhor amigo e que refletia seus olhos ardentes em meus olhos ia embora também, e eu me dei conta de que queria ver aquele menino antes que ele morresse, que eu queria falar com ele uma última vez, apesar do que ele havia feito comigo. Só que a pessoa que havia me cortado e o menino brilhante eram a mesma pessoa, um paradoxo, como os sentimentos que enchiam meu peito e minha garganta. Meu pensamento seguinte foi no plano, o plano de vida que tinha sido feito e depois desfeito, e o nó em minha garganta aumentou ainda mais.

— Mãe — eu disse com a voz embargada —, qual era o plano? Você nunca me contou o que deveria acontecer.

— Ah, Sphinxie.

— Por favor — falei, choramingando sem querer. — Me conta, o que a gente deveria fazer?

— Vocês deveriam se casar — ela respondeu, rouca.

Um intenso arrepio percorreu meu corpo e, de repente, era eu quem a abraçava, pensando em um universo paralelo em que eu não tivesse sido cortada, em que Cadence não tivesse ficado doente, em que os óvulos que estavam dentro de mim naquele instante, dormentes e inativos enquanto a avó deles chorava em meu ombro, pudessem se tornar filhos. Filhos dele. Em vez disso, a avó deles chorava pela outra metade do plano, o primeiro melhor amigo, o quase pai. Mas o que aconteceria comigo? Eu, com a marca de Cadence no rosto, mas sem Cadence para que eu crescesse para ele, ninguém que entendesse o plano, ninguém que compreendesse o que havia acontecido comigo. Queria poder apagar minha pergunta; era melhor não ter sabido essa parte.

Logo, pensei, *logo ele terá ido embora.* Empurrei o plano para o fundo de minha mente e me forcei a engolir o nó na garganta. E, de repente, me senti agradecida pela fotografia dele com a árvore de Natal, as velhas revistas nas caixas em nosso sótão, as fitas de vídeo em que éramos crianças, até a cicatriz em meu rosto. Eram todos marcadores, páginas em um livro de recortes da vida que permaneceriam, lembrando a todos, lembrando a mim.

Uma vez, houve uma pessoa que eu chamei de meu melhor amigo, meu pior inimigo, o mais brilhante. Ele deixou tudo isso. Ele fez isso comigo.

Ele esteve aqui.

6

Nosso telefone não parava de tocar. Leigh não tinha marido, nem mesmo um namorado em quem se apoiar; tudo o que ela tinha era sua fiel Sarah, sua aliada prometida para toda a vida. Ela ligava a todas as horas do dia e da noite e minha mãe sempre atendia, sem nunca desligar antes que Leigh tivesse falado até ficar rouca. Eu admirava minha mãe por ser tão firme, tão confiavelmente presente, pronta para pegar aquele telefone e oferecer solidariedade, empatia, dor, raiva, qualquer coisa de que Leigh precisasse.

A cada dia, minha mãe saía do telefone e transmitia as notícias atualizadas de Leigh para mim. Ela havia tirado Cadence da escola. Tinha perguntado a ele o que desejava fazer. Queria ver algo, viajar para algum lugar, fazer alguma coisa em particular? O que quer que fosse, eles fariam. Ele mencionou Paris, o Louvre. Já haviam estado lá antes, mas Leigh o levou de novo. Ela nos mandou por e-mail fotos dele de pé na frente da *Mona Lisa*, de costas para a câmera, com seus belos e longos dedos cruzados nas costas, o cabelo, uma bagunça organizada de ondas douradas. E eu me vi desejando que ele tivesse se virado para a fotografia.

Leigh queria levá-lo a toda parte. Ela não podia curá-lo, mas se sentia compelida a fazer alguma coisa e, dia a dia, implorava que ele lhe dissesse o que desejava. Se ele apenas mencionasse de passagem algo que não possuía, ela comprava.

Mas, depois de um tempo, ele não queria mais nada. Minha mãe me disse que, a essa altura, parecia que Cadence só queria que o deixassem em paz. Eu podia entender a razão: sem dúvida, ele estava sofrendo com a ideia de morrer e queria escapar dos lembretes constantes que vinham com Leigh pairando sobre ele. Cadence só queria *pintar*... Era só lhe dar algumas telas e deixá-lo em paz, ele dizia.

E, assim, ele pintava: telas pequenas, telas enormes. Elas encheram o sótão da casa inglesa de Leigh, que sempre fora o estúdio de Cadence. Leigh dizia que ele era um gênio quando pintava. Alguns quadros eram de pessoas, belos, mas retorcidos e fragmentados, e alguns eram de pássaros: em árvores, em fios esticados entre postes de telefone, no ar, com as asas muito abertas. A maioria era de água. Oceanos, rios, lagoas, poças, aquários com gordos peixinhos dourados. Minha mãe disse que Leigh percebeu o tema comum e perguntou se ele queria passear em algum tipo de barco. Será que ele não queria ver algum rio específico, alguma faixa de azul em particular? Não, ele não queria. Era para deixá-lo em paz, ele dizia, porque estava pintando. Leigh contou que ele lhe disse que ela era idiota por achar que, só porque ele pintava água, isso significava que queria alguma coisa com barcos. Eu entendia isso também, o motivo de Cadence estar sendo rude com ela. Pessoas que estão morrendo ficam com raiva do mundo. Não era de surpreender.

Mesmo assim, ela continuava: Será que ele queria ver alguém, alguém da escola, alguém de onde eles moravam, nos Estados Unidos? Ele queria ver o pai outra vez? Leigh contou que, quando perguntou isso, ele pintou uma faixa de um azul muito escuro no meio de uma tela vazia e lhe disse secamente, sem fitá-la, que não queria. Mas de repente ele se virou, disse ela, e seus olhos estavam ardentes.

Sphinxie, foi o que ele disse. Sphinxie. Ele me queria.

— Vou compreender — Leigh falou para minha mãe ao telefone, com uma voz miúda — se você não quiser que ela o veja... Mas, se estiver tudo bem para você, eu pago as passagens aéreas. Vocês duas vêm para cá, Sarah, para ela poder ver o Cadence. Só uma semana. Só uma visitinha. — A voz dela falhou.

Quando minha mãe me contou no dia seguinte, enquanto voltávamos para casa de um de meus jogos de futebol, eu esperava que ela terminasse a história dizendo que não deixaria. Que bastaria eu me olhar no espelho para ver a razão pela qual visitar Cadence — um Cadence mais velho, mais esperto e mais forte, apesar da doença — não era uma boa ideia. Eu a olhei diretamente nos olhos e esperei por esse veredicto. Senti a linha da cicatriz em meu rosto, lembrando como o corte havia ardido depois que o momento sem dor passara, então me detive. Ele estava morrendo e precisava de ajuda, e eu sentia que precisava ir até ele. Além disso, ele não era mais uma criança idiota, nem eu. Fiquei com a respiração presa na garganta.

— Quero que você decida — disse minha mãe. — Você já está crescida, pode decidir. Pense sobre isso.

Fiquei atordoada ao ver que a escolha tinha sido posta em minhas mãos. As pessoas esperam e esperam até terem idade suficiente para tomar decisões por si próprias e, então, coisas como essa são lançadas sobre elas. No caso de minha mãe, isso era especialmente chocante: ela havia planejado minha vida inteira e, agora, jogava a responsabilidade sobre meus ombros assim, de repente? Eu não tinha certeza de estar pronta. Minha mente ainda estava muito cheia.

Quando chegamos em casa, subi as escadas até o meu quarto e me sentei na cama. Mil pensamentos diferentes passaram pela minha cabeça: eu ia perder os treinos de futebol, não queria que Leigh pagasse as passagens. O meu eu criança, trêmulo, com sangue fresco no rosto, ainda estava vivo dentro de mim, meu coração ainda batia forte. Eu não queria que mais pedaços de mim fossem feitos cativos pelos olhos dele e por sua voz macia, apenas para ser cortados de novo. E assim, por um momento, eu estava prestes a descer as escadas e dizer à minha mãe que tinha tomado a decisão, e era não.

Mas não desci. Em vez disso, fiquei ali em minha cama e pensei em como era incrível e belo que Cadence e eu estivéssemos vivos, que o plano de duas meninas, concebido dentro de uma cabana feita de lençol, tivesse se realizado. E a lembrança da faca no quarto dele não era a única que eu tinha. Eu tinha todos os dias brilhantes também, todos os verões e brincadeiras, e a festa de aniversário e todas as vezes em que ele me fizera rir quando éramos pequenos.

Ele ainda estava brilhando, meu Deus, ainda estava brilhando em minha mente. Nós dois éramos reais e feitos dos mesmos ossos, sangue e carne, embora ele brilhasse e me ofuscasse, e eu estivesse vivendo e ele morrendo. Nós, os dois óvulos, as duas chances em bilhões.

O plano que minha mãe tinha feito e semeado em mim não ia se realizar jamais. Era o momento de eu desfazer os pontos dela e costurar os meus. E eu tinha chorado por Cadence e soubera no mesmo instante que queria vê-lo. Essa era uma viagem que eu precisava fazer, meu novo destino se abrindo à minha frente. Eu tinha que ir.

Desci as escadas e fui até a cozinha.

— Eu quero ver o Cadence — disse à minha mãe. — Telefone para a Leigh e diga que eu vou.

— Tem certeza? — minha mãe perguntou. Ela estava de pé junto à pia, lavando os pratos, mas fechou a torneira e me olhou nos olhos. — Sphinxie, eu tenho a sensação de que isso vai ser muito difícil para você. Você precisa saber disso.

Apertei os dentes. Eu sabia que ela estava tentando ser cuidadosa comigo, mas estava dizendo o óbvio, e eu me senti tratada como criança.

— Mãe — eu disse, depois de respirar fundo. — Ele está morrendo.

Ela telefonou para Leigh. Pegou lápis e papel e anotou datas e informações, falou sobre voos e tarifas. Mordeu o lábio e conteve as lágrimas, deixando que Leigh chorasse. E, depois, passou o fone para mim, parecendo vacilante.

— Diga um oi? — ela falou, soando como uma pergunta.

Eu hesitei, ligeiramente, mas estendi o braço e peguei o fone. Toda a situação parecia irreal; eu não ouvia a voz dele desde o dia em que ele me cortara. O aparelho estava quente onde minha mãe o segurara. Devagar, levei o fone ao ouvido. Sentia a boca seca. Era como se eu estivesse fazendo um teste para uma peça, como se os bilhetes do avião fossem ser tirados de mim caso ele não gostasse do som da minha voz.

— Oi? — falei, em tom de pergunta, como minha mãe.

— Olá, Sphinx — disse uma voz tranquila e decidida. Ele havia adquirido um sotaque britânico e sua voz tinha engrossado, mas só um pouco: ainda era aguda para um rapaz.

— Oi — eu disse, com mais firmeza dessa vez. Se eu ia fazer aquilo, queria ser gentil e amorosa, mas não ingênua como era quando criança. Era preciso haver um equilíbrio.

— Você já disse isso — ele assinalou, o que me pareceu algo muito típico de Cadence.

— É, eu sei.

— Você vem me ver? — ele perguntou, e sua voz ficou um pouco mais aguda.

— Vou — respondi, inspirando tremulamente e tentando estabilizar a voz. Senti lágrimas fluindo de repente em meus olhos. — Eu vou.

A linha ficou quieta por um minuto.

— Obrigado, Sphinx. — Houve um longo silêncio e eu esperei, segurando o fone com força. — Eu vou morrer — ele declarou por fim, e sua voz vacilou ligeiramente, como a minha na última fala. Silêncio de novo. Talvez ele estivesse esperando minha reação àquela declaração. Talvez quisesse me ouvir chorar por ele.

— Sinto muito mesmo — falei com sinceridade.

Silêncio. Imaginei onde ele deveria estar na casa, se estaria de pé ou sentado, ou olhando pela janela. E, se estivesse olhando para fora, seria para baixo ou para cima, para o céu? A linha continuava em silêncio.

Então ele riu.

— Você é uma *boa* menina, Sphinxie. — E desligou na minha cara, me deixando de boca aberta com o fone na mão, pensando: *O que foi isso?*

Talvez ele estivesse constrangido. Talvez só estivesse tão nervoso quanto eu e não soubesse mais o que fazer.

Leigh ligou de volta no mesmo instante para se desculpar. Aparentemente, ele tendia a fazer isso, desligar na cara das pessoas. Ela se desculpou repetidas vezes e agradeceu muito a mim e à minha mãe por concordarmos em ir. Aquela visita significava tanto para ela, disse, e para Cadence também.

Meu pai não queria que eu fosse. Ele olhou para mim e sei que viu a cicatriz, lembrou a ida ao hospital, a palidez de meu pequeno rosto enquanto o sangue fluía sem parar, manchando aquele lado da minha blusa. Ele fixou o olhar em mim e notei as linhas que se estendiam do canto de seus olhos, as rugas em sua testa.

— Eu não acho que você deve ir — ele me disse, sem nenhum pudor. Eu podia ouvir a raiva que ainda existia em sua voz, guardada ali para sempre. Acho que ele nunca se perdoou. Era uma bobagem, claro: ele não estava na casa de Leigh naquele dia. Nunca pôde, e nunca poderia, prever o futuro e fazer advertências precisas a mim e à minha mãe sobre os perigos do mundo. Ainda assim, tinha raiva. Olhava para minha cicatriz e ficava furioso. Não saiu batendo a porta como naquele dia tantos anos atrás, mas eu podia sentir que tinha vontade de fazer isso.

— Pai, isso é uma coisa *minha* — eu disse. — É minha escolha. O Cadence está morrendo e eu quero vê-lo pela última vez. — *Forte.* Eu ficava repetindo essa palavra. Eu precisava ser forte com todos, não só com Cadence.

— Escreva uma carta para ele, se significa tanto para você — disse meu pai.

— Você sabe que não é a mesma coisa.

— Eu queria que sua mãe tivesse me deixado participar mais disso — ele falou e levou a mão à testa.

— Bom, mas não deixou — respondi, decidida. — Está resolvido, pai. A Leigh comprou as passagens. E está tudo bem, sério. Eu vou ficar bem. Não vai acontecer nada. — Eu não costumo falar com meu pai tão bruscamente, mas fiquei com medo de que, se o ouvisse por mais tempo, começasse a ter dúvidas sobre minha decisão de ir. E isso não podia acontecer.

— Sphinx, aquele garoto é perigoso... — ele começou.

— Ele está morrendo. É um ser humano que está morrendo. Eu vou ver o Cadence. Além disso, você não viu as fotos dele? Não parece que ele pode esmagar nem uma uva, quanto mais a mim. Não vou engolir nenhum desaforo dele. — Senti a necessidade de encolher a forma alta e ágil de Cadence na mente de meu pai e me fazer parecer mais forte em comparação. Ainda assim, havia uma pequena ponta de medo dentro do meu peito, puxando e cutucando. Estendi o queixo e levantei a cabeça, determinada. — Eu posso derrubar o cara, se precisar.

Então meu pai riu, desanimado. Ele me olhou de novo, atenta e cuidadosamente, e seus olhos passaram pela cicatriz. Sei que ele estava pensando que eu tinha crescido, tanto, e tão depressa. Eu estava tomando decisões sobre pessoas que iam morrer. Ia tomar decisões sobre o que colocar na mala, que revistas ler no avião. E logo sairia de casa e o deixaria para trás, esse homem que ainda não havia se perdoado por algo que não era sua culpa.

— Eu te amo, pai — falei, com lágrimas ardendo nos olhos.

— Eu também te amo, Sphinxie — ele respondeu, me puxando para um abraço.

Nosso voo estava marcado para dali a uma semana e íamos ficar na casa de Leigh. Informei ao meu time de futebol que ia me ausentar. Minha mãe conversou na minha escola e tirou uma licença no trabalho. Eu contei para todas as minhas amigas. Elas deram gritinhos entusiasmados — *Inglaterra, Inglaterra, que incrível, todo mundo ama a Inglaterra* —, até que eu expliquei por que estava indo. Então suas vozes se diluíram, seus rostos se fecharam e seus olhos baixaram. Elas me abraçaram e me disseram para telefonar se precisasse. Prometi a elas que faria isso, e prometi a mim mesma que não faria. Esse era o problema com as minhas amigas: eu podia lhes contar sobre paixões secretas e fofocas da escola e novas músicas para ouvir, mas não podia lhes contar sobre Cadence. Elas não o tinham visto brilhar quando criança, elas não tinham sido cortadas, elas não tinham sido marcadas para toda a vida. Minha cicatriz era como um muro entre mim e elas.

Fiz a mala. Roupas, iPod, livros para ler no avião, sapatos, minha escova de cabelos favorita. Arrumei tudo sozinha, embora minha mãe quisesse me ajudar para ter certeza de que eu não esqueceria nada. Eu tinha roupa de baixo suficiente? Sim, claro que tinha. Eu havia pegado o carregador do celular, o carregador do iPod? Sim, estavam em minha bolsa.

Separei minhas roupas na noite anterior ao voo: uma camiseta polo marrom, meu jeans decente e sapatilhas de balé magenta, que estavam enfiadas no fundo do armário. Não sou dessas garotas com uma noção de moda impecável e um armário cheio de roupas fashion, mas queria parecer bem. Queria que Cadence e Leigh vissem que eu tinha crescido, que não era sempre a moleca chutando uma bola de futebol. Não tinha certeza se aparecer de sapatilhas de balé magenta seria suficiente para apagar todas as fotos de futebol, mas valia a pena tentar.

De manhã, sequei os cabelos depois do banho e os deixei soltos em vez de prender em um rabo de cavalo, como de costume. Peguei o rímel na bolsa e apliquei. Depois dei um passo para trás e me examinei no espelho. Eu estava bem, imagino. Eu me sentia um pouquinho mais autoconfiante que o habitual e acho que isso tinha a ver com o fato de que logo estaria em um avião. Não havia nada como a ideia de voar para outro país para fazer uma pessoa se sentir mais importante.

Levei minha mala para baixo e tomei um café da manhã apressado com minha mãe. Ela havia imprimido todas as informações do voo e derrubou café nos papéis. Tinha se esquecido de carregar o celular, mas precisávamos sair logo para chegar a tempo ao aeroporto, então corremos para o carro.

52

— Eu carrego quando chegar lá — ela disse para o meu pai. — Ligue para o celular da Sphinx.

— Está bem — ele respondeu, ligando o carro. — Lembre sua mãe de carregar o dela, tá, Sphinx?

— Vou lembrar — eu disse. Estava olhando pela janela quando nos afastamos de nossa casa. Vendo árvores, céu, passarinhos, vizinhos, outros carros. Tudo isso corria por minha janela como um borrão, e os pequenos números verdes fluorescentes do relógio no painel do carro mudavam. A vida estava passando e ninguém se dava conta. Eu mesma geralmente não percebia, mas agora era diferente, porque, do outro lado do oceano, para onde eu estava indo, Leigh desejava que o relógio parasse. Será que Cadence o observava também, com aqueles seus olhos ardentes perfeitos? Será que ele tinha medo da passagem do tempo, da rapidez com que um ano ficava para trás? Fui tomada por uma sensação imensa de urgência. Precisava chegar até ele o mais rápido possível. Precisava ver o que podia fazer para ajudá-lo antes que o tempo se esgotasse.

* * *

No aeroporto, minha mãe e eu nos despedimos de meu pai com abraços. Ele nos beijou e nos disse para ter cuidado, ter cuidado, ter cuidado. Para lhe telefonar, lhe telefonar. Dizer "oi" a Leigh e Cadence por ele. Carregar o celular de minha mãe, lembrar de carregá-lo. Ele nos amava, ele nos amava, e nós o amávamos também. Ele ficou ali nos olhando enquanto nos afastávamos e entrávamos na fila para passar pela segurança. Quando olhei para trás, ele acenou pela última vez e estava sorrindo, mas seus olhos eram um poço de preocupação.

Minha mãe e eu despachamos as malas, passamos as bolsas pela máquina de raio x, vimos os funcionários examinarem nossos pertences com mãos enluvadas, checando isso e aquilo. Eles tiraram um frasco de perfume em spray da minha bolsa; eu tinha me esquecido de colocá-lo na bagagem despachada. E, me sentindo como uma menininha boba, comecei a chorar. Não queria perder aquele perfume. Bem no fundo, eu sabia que, na verdade, estava chorando por todo o resto, por estar indo, por meus joelhos estarem trêmulos diante da perspectiva de ver Cadence outra vez. A funcionária do aeroporto que estava com meu perfume na mão enluvada me olhou com ar solidário, como se soubesse que devia haver mais alguma coisa acontecendo na minha vida para me fazer chorar daquele jeito. Era uma mulher negra e grande e suas unhas estavam pintadas da mesma cor magenta das minhas sapatilhas.

— Estamos combinando — disse ela, apontando para os meus pés e mostrando as unhas. Ela sorriu e seus dentes eram perfeitos, como uma parede branca e reta. — Desculpe por ter que tirar isso de você. Boa viagem, querida.

— Obrigada — respondi e enxuguei os olhos. Ainda me sentia terrivelmente boba.

Minha mãe e eu corremos para o portão de embarque. O voo estava esperando, e eu estava revivendo tudo, tudo o que tinha acontecido comigo, de novo e de novo, dentro da minha cabeça. Cada momento que havia me trazido até aquele avião passava pela minha mente como um filme em um velho projetor, as imagens cintilando em cores vivas. Respirei fundo pelo nariz.

O relógio no terminal marcava oito e meia. Entramos no avião, encontramos nossos lugares, pusemos as bolsas sob os assentos. A voz do comandante soou no sistema de som e afivelamos o cinto de segurança sobre o colo. O avião zumbiu e avançou pela pista, e depois subiu, subiu, subiu. Meus ouvidos estalaram, incomodados com a mudança de pressão e, em algum lugar lá embaixo no solo, meu pai estava caminhando de volta para o nosso carro, se preparando para ir embora do aeroporto, a distância entre ele e nós crescendo a cada momento. Eu estava no assento da janela e o passageiro na minha frente tinha fechado a persiana; eu a levantei e deixei entrar o azul do céu.

Havia uma mulher grávida sentada do outro lado do corredor e, quando subimos, ela pôs a mão na barriga e sorriu.

7

Chovia quando nosso voo aterrissou, e o relógio marcava sete e meia da noite; tínhamos perdido o dia inteiro em algum lugar sobre o oceano. Pegamos nossas malas na esteira e olhamos em volta à procura de Leigh, que iria nos buscar. Como não a vimos em nenhum lugar, fomos ao banheiro. Havia uma mãe ali com um menino pequeno na pia, e ela o segurava para que ele pudesse lavar as mãos.

— Esfregue as mãozinhas primeiro — ela dizia, movendo os pulsos dele para frente e para trás. — Faça um pouco de espuma antes de lavar.

Adorei o som da voz dela; tinha um sotaque britânico tão perfeito. Parecia um desperdício ela morar na Inglaterra; devia ter se mudado para os Estados Unidos, onde todos realmente dariam valor a isso.

Eu ainda não conseguia acreditar que estávamos mesmo ali, que, nas próximas horas, eu veria Cadence. Pensar nisso fez meu peito se apertar. Senti um estranho misto de entusiasmo de véspera de Natal e apreensão de corredor da morte fluindo em círculos em volta do coração.

Escolhi uma cabine do banheiro, entrei e fechei o pequeno trinco. Minha mãe estava na cabine ao lado. Ouvi a porta de fora se abrir: a mãe com o menininho saiu e alguém entrou com estalinhos de salto alto. Quando minha mãe e eu saímos, a mulher de salto alto já havia desaparecido em outro cubículo. Minha mãe pressionou o dispensador de sabonete sobre a pia com a palma da mão, mas não saiu nada.

— Não tem sabonete no meu — disse ela, pressionando outra vez sem nenhum resultado. — No seu tem, Sphinxie?

— Tem — respondi, afastando-me para o lado para que ela pudesse pegar um pouco.

No espelho sobre as pias, vi uma das portas das cabines se abrir atrás de mim. A mulher de salto alto saiu, clicando pelo chão de ladrilhos. Seus cabelos compridos até os ombros desciam em um volume de ondas loiras balançantes, e havia um par de óculos escuros de lentes brilhantes no alto de sua cabeça. Ela vestia um casaco marrom sobre uma blusa branca e jeans justos, e usava um elegante cordão de pérolas cor de chocolate no pescoço.

— Sphinxie — disse ela. — Sarah!

Seus grandes olhos azuis eram belos, realçados por uma quantidade delicada de sombra, mas havia círculos escuros perceptíveis sob eles. Era Leigh, percebi de repente. Era Leigh. Eu tinha quase esquecido como ela era. Vê-la na minha frente era quase como ver um personagem de ficção ganhar vida e surgir diante de mim em carne e osso. Desde que ela fora embora, tornara-se parte apenas da história de minha mãe, uma presença em tempo passado. Agora, estava ali na minha frente, me olhando como se sentisse exatamente a mesma coisa que eu.

Minha mãe se virou da pia, com as mãos ainda ensaboadas e pingando, e puxou sua melhor amiga para um abraço. Leigh mordeu o lábio inferior enquanto elas se abraçavam; seus olhos pareciam úmidos de lágrimas sob a luz fluorescente do banheiro. Ela sorriu para mim, mas seu olhar dançava pelo meu rosto, procurando a cicatriz. Como sempre, eu a tinha coberto com corretivo e, quando ela não a encontrou, seu sorriso se abriu mais. Ela e minha mãe se separaram e Leigh veio até mim e me envolveu em um abraço apertado. Seu perfume penetrou meu nariz, um aroma suave e floral; suas unhas eram longas e pressionavam a pele de minhas costas através da blusa. Eu a abracei de volta o melhor que pude, sem ultrapassar a barreira do desconfortável. Sabia antes de partir que seria estranho vê-la outra vez, mas não avaliara direito quanto. Essa mulher fora como uma segunda mãe para mim, no entanto eu me sentia rígida em seus braços, tensa entre memórias de infância enterradas que me faziam ter vontade de me afastar dela e abraçá-la com mais força ao mesmo tempo.

— Fizeram boa viagem? — ela perguntou, meio ofegante, quando me soltou.

— Sim, foi boa, muito tranquila — minha mãe respondeu, parecendo um pouco lacrimosa também. — Nenhuma turbulência, não é, Sphinx?

— Nenhuma turbulência — confirmei, puxando algumas toalhas de papel do dispensador na parede para secar as mãos.

— Não é estranho... a gente se encontrar no banheiro, de todos os lugares! — disse Leigh, indo para a pia para lavar as mãos.

— Procuramos você lá fora, mas resolvemos dar uma passadinha rápida por aqui quando não te encontramos — minha mãe falou, rindo.

— Eu também — disse Leigh, sacudindo os cabelos sobre os ombros. — Pode me dar umas toalhas de papel, Sphinx? — Eu ainda tinha algumas na mão e passei para ela. — Vejo que já pegaram as malas — ela falou para minha mãe.

— Sim, tudo certo. — Minha mãe se virou para mim. — Sphinxie, telefone para o seu pai. Avise que chegamos bem.

Obedeci, tirei o celular da bolsa e liguei para o meu pai. Conversei com ele enquanto saíamos do banheiro, contei a história de como encontramos Leigh, falei de meu espanto com a mudança de fuso horário e prometi pelo menos mais três vezes que tomaria cuidado e lembraria minha mãe de carregar o celular quando chegássemos à casa de Leigh. Então ele quis falar com minha mãe, e Leigh, parecendo um pouco tímida, perguntou se também poderia dizer "oi".

— Diz para ele sair do telefone — minha mãe brincou depois de alguns minutos, dando o braço para Leigh. — Precisamos ir. — Meu celular finalmente foi desligado e entregue de volta para mim.

Encontramos o carro de Leigh no estacionamento do aeroporto, um lustroso Lexus preto. Leigh abriu o porta-malas e nos ajudou a guardar a bagagem, que foi caindo lá dentro com batidas secas. Pisquei e olhei para elas ali dentro do carro de Leigh; aquilo realmente estava acontecendo.

— Quem vai na frente? — ela perguntou, acomodando-se no assento do motorista e pegando as chaves.

— Pode ir — eu disse para minha mãe e entrei no banco de trás, enquanto ela entrava na frente. Havia um par de sapatos masculinos marrons de amarrar no chão, amontoados confusamente com um cachecol roxo e um pequeno livro de capa dura com as páginas abertas e amassadas. — Tem umas coisas no chão — falei, levantando os pés para não pisar em nada.

— São do Cadence — Leigh respondeu. — Pode empurrar para o canto, Sphinx.

Prendi o cinto de segurança e me abaixei para recolher os objetos. Eu ainda nem tinha visto Cadence, mas sentia que suas coisas estavam preparando o caminho para sua nova entrada em minha vida, emitindo uma presença que era distintamente dele. E aqueles sapatos não eram de um garotinho; eram grandes, pertenciam a um rapaz que era, evidentemente, mais alto que eu. Hesitei por um momento antes de meus dedos roçarem os sapatos: eu sabia que o antigo Cadence simplesmente odiaria se soubesse que eu havia tocado em suas coisas. Mas eu não devia pensar assim, lembrei a mim mesma. Cadence havia crescido, assim como eu. Ele era diferente agora. Eu não podia pensar nele do jeito que pensava quando éramos crianças.

Segurei o cachecol e o puxei de baixo dos sapatos, que se deslocaram com o movimento e fizeram o livro cair mais aberto ainda, em protesto. Fiz uma careta sem querer, torcendo para não ter amassado permanentemente as páginas. Com cuidado, pus o cachecol no assento ao meu lado em uma pequena pilha roxa organizada, pousando os dedos por um segundo sobre o material macio. Depois enfiei os cadarços dentro dos sapatos e os tirei do caminho, não sem antes inspecioná-los para ter certeza de que eu não os havia arranhado de alguma maneira quando os derrubei ao puxar o cachecol. Felizmente, parecia tudo certo. Peguei o livro por último, alisando as páginas o melhor que pude até elas ficarem esticadas outra vez. Depois o virei e li a capa: *A metamorfose*, de Franz Kafka. Eu tinha lido esse livro para a escola, não fazia muito tempo.

Pus o livro ao lado do cachecol e me virei para a janela, me sentindo um pouco melhor agora que Cadence e eu tínhamos algo em comum mais recente que memórias de infância. Já havíamos nos afastado um pouco do aeroporto, e colei o nariz no vidro, absorvendo todas as vistas, com o medo e a excitação se misturando em minha barriga. Voamos direto para Londres, mas a casa de Leigh ficava a uma boa distância do aeroporto, e ainda tínhamos pelo menos uma hora de viagem pela frente. Tirei meu iPod da bolsa e coloquei os fones de ouvido. Minha mãe e Leigh estavam conversando, pondo os assuntos em dia, e aumentei o volume da música, porque não queria ficar escutando. Mais tarde, peguei meu celular e tirei algumas fotos desfocadas da paisagem, me sentindo um pouco culpada por agir como turista.

Saímos da estrada e entramos em uma área residencial, depois em uma área mais rural. Apoiei a cabeça na janela e fiquei vendo os pingos da chuva descerem pelo vidro, correndo um atrás do outro, tocando-se e fundindo-se. Logo estaríamos lá, na quase lendária casa de Leigh na Inglaterra. E ele estaria lá, esperando. Tracei o percurso dos pingos da chuva com a ponta dos dedos e desliguei o iPod. O rádio do carro estava ligado e todos os apresentadores tinham vozes perfeitas.

* * *

A casa de Leigh me surpreendeu; ela se ergueu do nada e nos puxou em sua direção. Era uma casa linda, enorme e com aparência relativamente nova, mas seguindo o estilo das velhas mansões vitorianas que se veem aqui e ali, parecendo páginas de antigos livros empoeirados.

As luzes estavam acesas nas janelas, dando uma sensação aconchegante e convidativa. Leigh pressionou o botão do controle remoto da garagem e o portão se abriu mecanicamente, inundando a entrada de luz. Soltei o cinto de segurança e abri a porta do carro, me sentindo levemente tonta quando saí. Meus joelhos pareciam um pouco fracos, mas fiquei de pé com a postura mais firme que pude e prometi mentalmente a mim mesma que não deixaria que o frio em meu estômago aparecesse. Eu não podia.

— Quer que eu pegue as coisas do Cadence no carro? — perguntei, antes de fechar a porta.

— Ah, não precisa se preocupar com isso — respondeu Leigh, enquanto ajudava minha mãe a tirar a bagagem do porta-malas.

— Não tem problema — eu disse e pendurei a bolsa no ombro para poder recolher os sapatos, o livro e o cachecol. O cachecol cheirava a folhas secas e colônia masculina, e me peguei inspirando mais fundo que de costume, querendo ser capaz de me lembrar daquele perfume com clareza. Entramos em um pequeno vestíbulo. Vi uma prateleira baixa com vários sapatos alinhados, então pus os sapatos ali. Sobre a prateleira havia uma fileira de ganchos para casacos, e eu pendurei o cachecol em um deles. Só restava o livro. Eu o estava apertando com mais força do que pretendia, fazendo a capa entortar um pouco.

— Cadence! — Leigh chamou. — Chegamos!

Meu olhar correu de um lado para o outro. Onde ele estava e por que não respondia ao chamado de Leigh? Queria saber exatamente quando iria vê-lo. Lambi os lábios, tentando trazer um pouco de umidade de volta à boca.

Leigh nos conduziu pela casa, mostrando a cozinha, o saguão por onde se chegava ao entrar pela porta da frente, a sala de estar, a sala de jantar. Tudo era artístico, cheio de estilo e harmonioso, com alguns toques excêntricos aqui e ali. A sala de estar tinha mais janelas que paredes, e eu podia imaginar que, de manhã, quando a luz entrava, devia ficar particularmente bonita. Mas onde estava ele? Meu estômago fazia uma dança complicada, e eu ainda apertava o livro com força suficiente para os nós dos dedos ficarem brancos.

— Leigh, é tudo tão lindo — minha mãe disse, sorridente.

— É, é bonito mesmo — consegui dizer, embora minha boca fosse um deserto.

— Obrigada, meninas — disse Leigh, parecendo quase constrangida. Ela havia tirado os sapatos de salto alto no vestíbulo e deixara o casaco em algum lugar no caminho. Foi até a geladeira, abriu a porta e enfiou a cabeça lá dentro. — Vocês ainda não jantaram, não é?

— Não — minha mãe respondeu.

— É, eu achei que não. Ainda devem estar confusas por causa da diferença de horário. — E saiu de trás da geladeira. — Querem jantar? — Não queríamos, mas agradecemos mesmo assim. Ela pôs água no fogo para fazer chá. — Vamos subir para ver o Cadence. Ele deve estar no sótão, trabalhando em um de seus quadros.

Engoli em seco e prendi uma mecha de cabelo solto atrás da orelha. Tinha chegado a hora.

Nós a seguimos pela larga escadaria. Ela apontou seu quarto e o quarto de Cadence no primeiro andar, nos mostrou onde ficaríamos e onde eram os banheiros. Uma típica anfitriã, tranquila, como se aquela fosse uma visita comum, sem nenhum motivo especial, apenas amigos se visitando. Depois subimos outra escada menor que levava ao sótão, onde ele estava. Endireitei os ombros e levantei um pouquinho a cabeça. Lá fui eu, para o alto das escadas e a queda do penhasco.

Era um sótão amplo e aberto, contendo apenas paredes brancas e telas. No lado oposto havia prateleiras para tintas e pincéis e uma pia para lavar o que fosse preciso. E, de encontro a uma parede, uma tela gigantesca, mais alta do que eu, e muito, muito mais larga. Ele estava de pé diante dela, de costas para nós, pintando.

Nós três ficamos paradas no alto da escada, olhando para ele: eu me sentindo apreensiva, ansiosa, assustada, estranha; os sentimentos de minha mãe, indecifráveis. E Leigh, ansiando, ansiando. Seu coração de mãe parecia estar se desfazendo em pedaços no peito, sob aquelas pérolas cor de chocolate que ficavam tão bonitas nela. Uma tensão gigante e dolorosa crescia em meu peito, se avolumando cada vez mais. Ele nem sequer virou a cabeça, loira e cheia de cachos.

— Cadence — Leigh disse, com a voz subitamente tensa. — A Sphinx e a Sarah estão aqui.

Então ele se virou de repente e me fez puxar o ar. Estava usando jeans azul rasgado nos joelhos e camisa social branca manchada de cores. E, embora estivesse mais magro e mais pálido que na última fotografia que Leigh nos enviara, ainda era cativante, seus olhos ainda daquele tom brilhante de azul-gelado. Eu não conseguia desviar o olhar.

Cadence segurava um pincel grosso umedecido de tinta azul-escura em uma das mãos, e o polegar da outra estava enfiado no orifício de uma paleta de madeira tradicional. Ele inclinou a cabeça para o lado e um pouco do velho brilho faiscou em seus olhos enquanto ele examinava minha mãe e eu. Seu olhar percorreu meu rosto, procurando, como Leigh tinha feito, pela cicatriz. E eu me lembrei das brincadeiras, dos jogos, das mentiras, da faca automática. A massa de tensão em meu peito se avolumou repentinamente e empurrou meu coração para a garganta, me sufocando. *Clique.*

Então ele olhou direto para mim e sorriu, um sorriso largo e convidativo.

— Olá! — exclamou com entusiasmo. — Estou tão feliz de vocês estarem aqui! — Ele sacudiu uma mecha loira da frente dos olhos e continuou. — Gostaria de abraçar vocês duas, mas estou completamente coberto de tinta. — Então deu meia-volta sobre os calcanhares e se virou de novo para a tela. Seus pés estavam descalços, os dedos longos esticados sobre o chão do sótão.

— Como você está? — minha mãe perguntou. — Vejo que ainda adora pintar.

— Estou bem — respondeu Cadence, sem olhar para ela. Ele não abriu um sorriso para minha mãe como abriu para mim. Em vez disso, levantou o pincel e pintou um traço cruzando um canto superior da tela. — E, sim, eu adoro pintar.

— Estou fervendo água para o chá — disse Leigh. — Quer chá, Cadence?

— Siiimm — ele respondeu, esticando a sílaba, enquanto misturava dois tons de azul na paleta.

— Está bem. — Leigh se virou para descer as escadas.

Minha mãe ia segui-la, mas olhou para mim e pôs a mão em meu ombro. Seus olhos me perguntavam se estaria tudo bem ela me deixar ali, se eu queria conversar com ele sozinha. Fiz um sinal afirmativo com a cabeça e ela foi embora. Entrei lentamente no sótão e fui chegando cada vez mais perto, até estar ao lado dele, diante da tela. Eu me aproximei com cuidado, como quem se aproxima de um animal selvagem. Nenhum movimento brusco.

Um dos lados da tela estava se enchendo lentamente de muitos tons diferentes de azul, unidos habilmente em movimentos circulares, fundindo-se uns nos outros e irrompendo de novo.

— O que vai ser? — perguntei.

— Você não me conhece o suficiente para adivinhar, Sphinx? — disse ele, e eu o olhei. Ele era uma cabeça mais alto que eu.

— Não — respondi com firmeza, lutando contra a vontade de pedir desculpa. Não havia razão para me desculpar. Era apenas um grande emaranhado de azuis até aquele momento, e não havia como ninguém saber o que resultaria dali.

— Então talvez você não mereça saber. — Ele pintou um círculo azul, separado da massa fluida, e deu um passo para trás. — Ou talvez, se você olhar por mais tempo, vai começar a entender. — Bruscamente, ele foi até a pia no outro lado da sala e abriu a torneira. Começou a passar o pincel sob o fluxo de água, rolando as cerdas entre o polegar e o indicador para preservar seu formato. — Vai ficar aí parada? — ele perguntou, dando uma olhada para mim sob a franja. Então se virou e se pôs a esfregar a paleta com uma pequena esponja.

— Bom, eu... — comecei, mas ele me cortou.

— Se vai só ficar aí, poderia muito bem fazer alguma coisa. — Ele largou a esponja e a paleta na pia e enxugou as mãos em uma toalha pendurada sobre a torneira. — Vem. Lave isso. — Ele deixou a água correndo e atravessou a sala outra vez, passando por mim e pela tela. — Vou trocar de roupa. Parece que um arco-íris vomitou em mim.

— Espera — eu disse, com o livro dele ainda na mão. — Estou com o seu *Metamorfose.*

Ele voltou para pegá-lo e, ao fazer isso, seus dedos roçaram os meus, deslizando sobre eles como uma brisa suave. A pele dele ainda estava úmida. Ele se demorou ali por um momento, e senti minhas mãos congelarem sob seu toque, inseguras e hesitantes. Então ele puxou o livro de mim, olhou profundamente em meus olhos e sorriu enquanto o largava no chão, aos meus pés. O livro caiu sobre a lombada, com as páginas se abrindo, as palavras voltadas para cima, em direção à luz no teto do sótão.

E aí ele desapareceu pela escada do sótão, me deixando sozinha, com o coração disparado, as tintas, as telas e a água correndo. Eu queria lhe dizer para limpar sua própria paleta, que eu não era a Sphinx em quem ele mandava quando eu era menor, mas então lembrei que ele estava doente, que ia morrer, que, em menos de um ano, não estaria mais ali. Que um dia, em um futuro próximo, eu veria aquela fotografia dele no Natal e pensaria nisso, em estar em seu sótão antes de ele morrer, e ele me deixar com seu material de pintura. A água na pia, jorrando sobre a paleta, gorgolejando pelo ralo. Eu pensaria nisso. E eu havia conseguido, eu o havia enfrentado outra vez, eu estava ali e estava sendo forte. Podia encontrar um meio-termo e ser prestativa sem perder o meu eu real. Eu podia dar um jeito de fazer isso.

Fui até a pia e peguei a esponja. Comecei a esfregar metodicamente, com atenção para fazer um bom trabalho. Espremi a esponja e enxuguei a paleta com a toalha. Todos os azuis de Cadence giraram e desceram, desceram, desceram em veios aquosos, até desaparecer completamente.

8

Depois de lavar a paleta de Cadence e recolher seu livro outra vez, tomamos chá no andar inferior. Ele havia trocado a camisa manchada de tinta por uma camiseta azul, larga e simples. Nós nos sentamos na sala de estar de Leigh e bebemos nosso chá, minha mãe e eu em um sofá, Leigh e Cadence no da frente. Todas as canecas de chá tinham temas artísticos; eu estava com uma flor de Georgia O'Keeffe, minha mãe com uma mãe e um filho de Mary Cassatt, Leigh com um Picasso fragmentado, e Cadence com *A noite estrelada*, de Van Gogh.

Minha mãe estava atualizando Leigh sobre nossa vida, e vice-versa. As palavras que usavam eram de pessoas adultas, mas suas vozes soavam como de menininhas. Elas eram melhores amigas unidas outra vez por circunstâncias inesperadas. E eu me sentia pequena de novo, de volta àqueles encontros que tínhamos todas as semanas para brincar depois da escola, a Cadence e a borboleta. Eu não gostava daquilo. Não sei como esperava que minha mãe se comportasse perto de Leigh, mas vê-la falando com sua melhor amiga como se nada tivesse mudado pôs um gosto amargo em minha boca. Eu não esperava que minha mãe a tratasse com frieza, claro. Mas rir com ela com tanta naturalidade, como ela estava fazendo? Eu não conseguia aceitar muito isso também.

Cadence pôs sua caneca sobre a mesa de centro. Ele pegou um daqueles pequenos quebra-cabeças feitos de formas de metal entrelaçadas e começou a brincar, os dedos hábeis manipulando-o com elegante precisão. Eu tinha um quebra-cabeça parecido em casa e nunca havia conseguido solucioná-lo. Em poucos minutos, porém, o brinquedo estava com as peças soltas na mão de Cadence, as duas formas separadas como mãos que se largaram uma da outra.

— Essas coisas me deixam maluca — comentei, quando ele o largou ao lado da caneca na mesinha de centro. — Nunca consigo separar as peças.

— Talvez você não tente de verdade — ele sugeriu.

— É, talvez — eu disse. Tomei um gole de chá, me sentindo ligeiramente glamorosa: tomar chá na Inglaterra parecia uma coisa elegante.

— Pus seu livro em uma estante que encontrei quando estava descendo, a do corredor no primeiro andar.

— Está bem, obrigado — ele disse.

— Você gosta desse livro? — perguntei. — Eu li para a escola. É bem esquisito.

— Eu adoro Kafka — ele respondeu, sério. — É um dos meus escritores favoritos.

— Que legal — falei, meio sem jeito, sentindo-me idiota outra vez. Eu devia saber que ele tinha gostado do livro. Certamente o havia entendido muito melhor do que eu jamais poderia.

Depois disso, ficamos a maior parte do tempo em silêncio, só ouvindo nossas mães e respondendo a perguntas ocasionais. Cadence foi dormir primeiro e eu fiquei por ali mais uma hora, esperando minha mãe terminar de conversar com Leigh. Ela não parecia querer terminar, então subi para o quarto que Leigh tinha indicado para mim, vesti o pijama e liguei para o meu pai. A voz dele pareceu contente, mas uma camada de tensão e preocupação pairava logo abaixo da superfície de suas perguntas sobre como eu estava indo até então. Ele ficava tropeçando nas palavras, repetindo a si mesmo.

— Estou bem, pai, sério — eu disse, depois de ele me perguntar pela terceira vez se eu realmente queria estar ali e me lembrar que eu poderia voltar para casa na hora em que quisesse. — Eu posso enfrentar isso. É só uma semana.

66

— Eu sei, Sphinxie — ele falou, soltando um suspiro tenso. — Eu sei. — E fez uma pausa. — Como está sua mãe? Posso falar com ela?

— Ela ainda está lá embaixo com a Leigh — respondi devagar, sentindo um súbito aperto no peito. — Mas tenho certeza que ela vai ligar para você mais tarde. — Depois de um momento de silêncio incômodo, acrescentei: — Pai, estou muito cansada. É tarde aqui. Vou dormir.

— Está bem, Sphinxie — disse ele, parecendo decepcionado por eu querer desligar tão rápido. — Eu te amo. Descanse, eu sei que você precisa.

— Eu também te amo, pai — falei e desliguei. Pus o telefone na mesinha de cabeceira e apaguei a luz. Apesar do cansaço, resisti à onda de sono que me atingiu assim que pousei a cabeça no travesseiro; queria ver se minha mãe ia entrar em silêncio no meu quarto para verificar como eu estava depois daquele nosso primeiro dia ali. Mas ela não apareceu e eu acabei virando de lado, enfiando as unhas na fronha desconhecida e fechando os olhos.

Acordei tarde na manhã seguinte, com o corpo confuso por causa do fuso horário. O sol entrava pelas janelas e eu podia ouvir pessoas se movimentando no andar de baixo. Esfreguei o sono dos olhos e sentei na cama. Será que Cadence também já estava acordado ou era do tipo que gostava de dormir até tarde? A imagem do quarto dele em minha cabeça era uma imagem gravada de anos atrás: eu ainda imaginava as árvores pintadas nas paredes, o céu no teto. Então me perguntei como seria o quarto dele agora.

O chão de madeira polida era frio contra a sola dos meus pés quando saí da cama. O quarto que Leigh me dera era bonito, decorado como uma xícara de chá de um daqueles conjuntos de porcelana com desenhos azuis. Tinha um pequeno closet e um banheiro nos mesmos tons em frente, no corredor. Minha mala estava no chão do closet; eu não tinha trazido nada que precisasse pendurar, o que me fez sentir um pouco tola. Era um quarto realmente bonito, e eu tinha a sensação de estar em um hotel, mas também me deixava intimidada. Era muito melhor que meu pequeno quarto bagunçado em casa, com o material de escola desorganizado e roupas, sapatos e vários equipamentos eletrônicos espalhados por toda parte.

* * *

Remexi minha mala à procura de um par de meias, antes de sair do quarto e descer as escadas silenciosamente. Minha mãe e Leigh estavam junto ao fogão, ambas ainda de pijama, com uma vasilha gotejante de massa de panqueca no balcão ao lado. Leigh sorria e parecia feliz, mas então notei seus olhos vermelhos e a área inchada em torno deles. Parecia que ela havia tido uma noite difícil.

— Bom dia! — ela e minha mãe falaram em coro.

— Bom dia — respondi, me espreguiçando. — Onde está o Cadence?

— No jardim dos fundos — Leigh falou, enquanto minha mãe começava a virar as panquecas. — Por que não vai procurá-lo? Diz para ele que o café da manhã está quase pronto... finalmente! Todos nós começamos tarde esta manhã, não é?

Subi de novo até o quarto para pegar um blusão e minhas botas Ugg marrons. Eu as havia enfiado no fundo da mala e elas estavam bem amassadas, com o cano dobrado. Então eu as puxei, esperando que as marcas não fossem permanentes.

O jardim tinha um gramado e um bosque no outro extremo, e parecia uma imagem de cartão-postal iluminada pelos raios de sol da manhã. O ar estava fresco o bastante para me fazer cruzar os braços sobre o peito, puxando as mangas do blusão sobre as mãos para aquecê-las. Não muito longe da casa, havia um playground de madeira, com um escorregador de plástico verde e dois balanços. Ele tinha um desses nos fundos de sua casa nos Estados Unidos quando éramos pequenos. Lembro perfeitamente: como o balanço do lado direito era sempre dele, como nos escondíamos na área do pequeno forte no alto do escorregador, como preferíamos subir correndo pelo escorregador em vez de sentar e deslizar do jeito que deveria ser. E, claro, não pude deixar de pensar em nossa festa de aniversário, naquele momento em que ele voara do balanço e pegara minha mão, mágico e sorridente.

Ele estava sentado no balanço da direita agora, com os pés firmemente no chão, o sol batendo em seu cabelo, fazendo-o parecer ainda mais claro. Quando me aproximei, ele passou a mão pela cabeça, alisando os cachos loiros.

— Oi — eu disse, sentando-me no balanço esquerdo. — As panquecas estão quase prontas. — Éramos grandes demais para os balanços, nossas pernas crescidas como longas videiras.

— Ah — ele respondeu, desinteressado. Não o culpei. Afinal, o que panquecas realmente significam quando se está morrendo?

— É muito bonito aqui — falei, respirando fundo. O ar da manhã cheirava bem, uma mistura de terra úmida e grama. — Eu bem que queria que o meu quintal fosse assim.

Ele balançou ligeiramente para frente e para trás. Já estava vestido para o dia, com um jeans e um blusão vermelho e os sapatos que eu tinha trazido do carro de Leigh com os cadarços amarrados. Tinha a cabeça ligeiramente baixa, o olhar voltado para o chão.

— Esses balanços te lembram de quando éramos crianças? — ele me perguntou, levantando a cabeça e olhando para mim. Depois deu impulso no chão e levantou os pés para que o balanço pudesse se mover para frente e para trás sem obstáculos. Eu não conseguia parar de pensar no pequeno Cadence na festa, balançando cada vez mais alto. Podia sentir em minha pele o calor de dias de verão há muito passados, vê-lo pequeno em silhueta contra um céu azul, seus cabelos voando para trás de seu rosto. Quando ele pulou naquele dia, a pequena eu tivera certeza de que ele havia pairado no ar por um momento, iluminado pelo sol, luz absorvendo luz de volta, como uma nave alienígena que vem à Terra para recuperar algo que tivesse deixado aqui.

— É, lembram, sim — respondi enquanto ele balançava ao meu lado. — Me fazem lembrar da nossa festa.

— Foi a minha mãe que convidou todas aquelas crianças para a festa — ele disse. — Não fui eu que escolhi. Nenhuma delas era como você, Sphinx. Nunca como você. — Ele baixou os pés no chão de repente, parando o balanço, e olhou para mim. Seu cabelo caía sobre os olhos, suavizando-os.

— Ah, é? — falei. Houve uma época em que eu teria adorado ouvi-lo dizer coisas assim, no tempo em que minha idolatria por ele sempre tinha mais peso do que o jeito como ele me tratava mal. Naquela época, eu teria ficado extasiada por saber que meu amigo perfeito Cadence não gostava de brincar com mais ninguém. Agora, eu não sabia o que fazer comigo mesma. Não sabia como aquilo me fazia sentir. Queria ser mais adulta, mais sensata, mais forte. Queria não ser afetada. Mas ele estava sorrindo para mim e minha respiração ficou presa na garganta. Não pude deixar de sorrir de volta.

— Claro — ele disse, ainda sorrindo. — Você era minha melhor amiga.

— Isso era o que eu dizia de você — comentei, afastando o olhar.

— É o que eu *sempre* vou dizer de você, Sphinx. Sempre. Até o dia em que eu morrer.

Olhei de novo para ele. Meu coração parecia ter ido de encontro a uma parede de tijolos. Até o dia em que ele morresse. Na minha frente, ele soltou uma risada e balançou a cabeça para tirar o cabelo dos olhos. Mordi o lábio e lhe fiz mil perguntas dentro da minha cabeça. *Você está em paz com o fato de que vai morrer? Você quer morrer? Está feliz por morrer? Está realmente morrendo? Isso é real?*

Ainda sorrindo, ele lançou um olhar para o jardim e repetiu:

— Até o dia em que eu morrer. — Como um juramento, como um mantra, como um voto.

E pensei: *Não parece que você está morrendo. Está me ouvindo? Seus olhos estão muito, muito brilhantes, e você sabe disso. Eu tinha uma amiga chamada Kaitlyn e ela te achou bonito. Eu disse a ela que você era louco. Mas ela estava certa. E, agora, você está sorrindo para mim.*

— Sphinxie — Cadence disse. — Quer ouvir meu segredo?

— Claro –– respondi, sentindo-me repentinamente apreensiva. O sorriso tinha desaparecido sem deixar nenhum traço, o que me fez enrijecer. Era como se ele tivesse acendido uma lâmpada enorme e, depois, apagado a luz, me deixando cambaleando no escuro, com um fantasma do brilho anterior ainda flutuando diante de meus olhos.

— Vem aqui — disse ele, aproximando seu balanço do meu e estendendo a mão com um gesto para que eu me aproximasse.

Quando o fiz, ele pôs a mão na minha nuca, seus dedos se misturando com meus cabelos, me segurando ali onde eu estava. Seus lábios estavam bem ao lado da minha orelha, a respiração quente em minha pele, e sua proximidade era perturbadora, excitante. Um arrepio subiu pelas minhas costas, um incrível arrepio formigante que me eletrificou. E então eu me senti congelar, como se meu cérebro estivesse pondo meu corpo de sobreaviso, me protegendo para o caso de eu decidir ceder àquele toque.

— Do que você tem medo? — ele sussurrou. — Só vou lhe contar meu segredo, Sphinx. — Ele respirou e continuou, em um sussurro ainda mais suave: — Sabia que os meus médicos disseram que tem algo errado com a minha mente? Você não sabia, não é?

A mão dele se moveu lentamente; agora, a parte inferior de sua palma estava em meu rosto, e a ponta de seu nariz me tocava logo acima da orelha.

— Mas eles estavam errados. Quando um médico não entende alguma coisa, ele tem que dizer que aquilo está errado, para se sentir seguro... Mas isso não significa que seja verdade. Não tem nada errado comigo, Sphinx, nada mesmo...

Eu estava petrificada. A mão dele era quente em meu rosto, e o movimento das palavras que saíam de seus lábios produzia novos arrepios em mim a cada momento. Meu primeiro pensamento foi que eu estava apavorada, terrivelmente apavorada. Não sabia do que ele estava falando e não gostava do som daquilo. Mas então lembrei quantas vezes eu havia me imaginado em uma situação como aquela: sentada em algum lugar com um garoto como Cadence, a mão dele em meu cabelo e seus lábios tão perto. Um garoto bonito, com olhos azuis fixos nos meus e cabelos loiros caindo sobre a testa. De repente, uma voz em minha cabeça me lembrou: nós deveríamos nos casar. Um tremor involuntário percorreu meu corpo; eu não devia ter pensado naquilo. *Ele te cortou*, eu disse a mim mesma e estremeci novamente. *Ele não é um garoto comum. Ele te cortou.*

Não importava que ele pudesse fazer sua voz tão macia e estendê-la sobre minha pele como um cobertor, não importava que ele tivesse a capacidade de encobrir seus olhos com um calor temporário, como um veranico entrando de repente depois de a geada já ter matado tudo. E era completamente irrelevante que ele pudesse produzir esses momentos de ternura, fendas de luz abrindo caminho pela escuridão. Sim, a mão dele era quente, um sinal de vida, mas eu conhecia o gelo em seus olhos.

— Do que você tem medo? — ele repetiu, em um murmúrio, e se afastou. A mão saiu do meu rosto e fui deixada com frio e queimando ao mesmo tempo, minha mente girando em confusão. O balanço rangeu quando ele se deixou voltar à posição original. Ele inclinou a cabeça de lado enquanto me observava, enquanto aqueles olhos penetrantes focavam meu rosto. O alto de meu rosto. A cicatriz, que não estava mais coberta com corretivo. Eu havia lavado o rosto na noite anterior e não aplicara maquiagem desde então. — Você a escondeu ontem — disse ele, com os olhos faiscando. — Não ouse esconder outra vez!

— Cadence, é o *meu* rosto — falei com a voz trêmula. — Eu cubro se quiser.

— Não! — ele exclamou, parecendo um menininho irritado. — Não ouse! — Ele se levantou do balanço, tornando-se mais alto em um segundo, e eu me levantei no mesmo instante, tentando não ficar para trás. Nós nos encaramos, os olhos dele flamejando, os meus mais

72

arregalados que de costume, mas desafiadores. — Sphinx — ele explodiu, todo o seu corpo tenso e tremendo —, não ouse!

— Por que não? — perguntei, levantando mais a cabeça. Meus olhos encontraram os dele, castanhos suaves contra a dura muralha de azul-gelado. E os olhos dele se moviam apressados dentro das órbitas, e senti a súbita urgência de limpar minha mente. Aquele medo terrível e irracional de que ele pudesse me penetrar e ler meus pensamentos, ver que eu estivera pensando no plano, no casamento que nunca ia acontecer.

Os olhos dele se apertaram e então se abrandaram. E pensei tantas coisas. Por que ele agia assim, como podia mudar de gentil para violento em um piscar de olhos, seria apenas porque estava morrendo? E se ele tivesse lido minha mente, e se esse garoto brilhante e impulsivo estivesse me imaginando em um vestido branco que nunca existiria? Fechei as mãos em punhos na lateral do corpo. *Não, impossível.*

— Sphinxie — disse ele, com a voz calma outra vez. — Por que você quer esconder a cicatriz? — Ele estendeu o braço, pôs o dedo indicador em uma extremidade da marca e a percorreu até a outra ponta, enquanto eu permanecia forte, determinada a não deixá-lo me assustar. — Não entendo. Você não sabe que foi tocada por um anjo? Eu pensei que você soubesse. — Ele olhou para mim por um minuto, e seus olhos eram paredes perfeitamente lisas em seu rosto.

Então, como se nada tivesse acontecido, ele se virou e começou a andar em direção à casa.

— Vamos comer panquecas — disse com naturalidade. E eu fiquei imóvel, atordoada mais uma vez pela súbita mudança em seu comportamento.

Sabia que os meus médicos disseram que tem algo errado com a minha mente? As palavras dele voltaram para o primeiro plano de meus pensamentos. Mas eu podia sentir sua mão ainda em meu rosto, seus lábios em meu ouvido, seu dedo em minha cicatriz. *Você não sabe que foi tocada por um anjo?* Minha mente agarrou essa última pergunta, virou-a de um lado para o outro, examinou de todos os ângulos, segurou contra a luz, funcionando acelerada para encontrar uma resposta.

E, por um momento, ali, naquele jardim verdejante, ao lado do balanço que era como aquele em que sempre brincávamos, vendo-o caminhar para a porta dos fundos da casa inglesa, eu refleti sobre essa ideia. Seria essa a razão de todos aqueles sentimentos desencontrados que surgiram em meu peito quando ele me cortou? Por um momento, pensei que tinha a resposta. Eu não sabia que havia sido tocada por um anjo? Sim, eu pensei que tinha... por um minúsculo, ardente, arrepiante, brilhante momento no tempo, naquele jardim tão verde, com os longos raios amarelos do sol tocando o chão à minha volta.

Apenas por um momento.

9

Minha mãe e Leigh tinham feito carinhas sorridentes nas panquecas: glóbulos meio tortos para os olhos, longas curvas como serpentes para sorrisos. Usaram calda para fazer os cabelos, barbas e bigodes, que escorriam para fora e invadiam o prato, tornando-se âmbar sob o sol da janela da cozinha ao se espalharem em poças grudentas.

— A Leigh e eu fazíamos isso quando dormíamos uma na casa da outra na época da escola — minha mãe explicou. Olhei para ela com a súbita constatação de que ela não tinha a menor ideia do que acabara de acontecer comigo lá fora. Se ao menos tivesse se afastado das panquecas para espiar pela janela, teria visto tudo, mas ela não fizera isso. E, evidentemente, a expressão em meu rosto agora também lhe escapava. Será que ela não percebia como meus olhos estavam arregalados?

— A gente tentava fazer com a cara dos nossos professores — Leigh falou, empilhando duas em seu prato.

Respirei fundo e, trêmula, olhei para o meu prato. O sorriso sinuoso da panqueca olhou de volta para mim e senti um peso sobre meus ombros. Leigh estava se empenhando tanto. Ela só queria que fôssemos felizes naquela visita, tão felizes quanto se não tivéssemos vindo por nenhuma outra razão, além de passar um período alegre com velhos amigos: lembrar as noites em que haviam dormido uma na casa da outra na época da escola, de velhos professores de quem elas riam, dos bons tempos.

À minha frente na mesa, Cadence se sentou ereto em sua cadeira e cortou o rosto de sua panqueca no meio, depois em quatro.

— Não está com fome, Cay? — Leigh perguntou, observando-o com aqueles olhos atentos de mãe, aquela triste intensidade, o desejo de que o tempo congelasse.

— Não muito. — Ele espetou um dos pedaços em um único dente do garfo e mordeu um dos cantos antes de devolvê-lo ao prato.

— E então — minha mãe disse, servindo-se de suco de laranja —, vocês dois têm algum plano para hoje? — Ela olhou em expectativa para Cadence e para mim.

— Digam o que querem fazer e nós faremos — Leigh completou.

— Perguntem para o Cadence — respondi, sentindo que ele deveria decidir.

Ele apenas me lançou um olhar de canto de olho, deu um sorrisinho e ergueu os ombros magros com indiferença, antes de voltar novamente a atenção para o café da manhã. Sua calma me espantava. Como podia alguém que tinha menos de um ano para viver, respirar e ver, para se mover e fazer coisas, para aprender, ouvir e mergulhar em tudo que o mundo tinha a oferecer, apenas dar de ombros quando lhe perguntavam o que queria fazer? Se eu estivesse no lugar dele, sabendo que cada segundo me levava para mais perto da morte, teria muitas coisas em minha lista. Tantas coisas pequenas, belas, de último minuto, apressadas. *E eu comeria essa panqueca*, pensei, desnorteada. *Eu comeria cinco delas.*

No fundo e nas laterais de minha mente, espremida em torno de meus pensamentos atuais, estava a lembrança fresca do que acontecera nos balanços: a mão de Cadence em meu rosto. Aquilo estava me perturbando. Minha última lembrança dele era Cadence em seu estado mais intenso, olhos em fogo enquanto a faca se arrastava pela minha pele. Eu tinha esquecido como sua voz podia se tornar doce. Minha panqueca virou uma pedra na garganta e tive de tomar um gole enorme de água para fazê-la descer, como se fosse um comprimido gigantesco.

— Vamos lá, o que você quer fazer? — perguntei, sentindo uma urgência não intencional por trás de minha voz. — Precisamos fazer alguma coisa. Não vamos só ficar sentados aqui o dia inteiro, né? — Eu queria que nos ocupássemos, que fizéssemos algo. Se estivéssemos ocupados com algum tipo de atividade, ele não teria a oportunidade de sussurrar mais nada em meu ouvido. E eu não teria tempo de ouvir. Já tinha sido o bastante por um dia.

Cadence empurrou o prato com a ponta do dedo e se levantou.

— Eu vou tocar piano — disse com um tom definitivo. Ele ia tocar aquele piano o dia inteiro. Ponto-final.

— Bom, eu vou tomar um banho — falei. — Procuro você quando tiver terminado. Mas vamos fazer alguma outra coisa mais tarde, certo?

Ele saiu abruptamente, sem me responder. Leigh se levantou.

— Vou pegar toalhas, Sphinx — disse ela e subiu as escadas comigo. Ela me entregou uma pilha de toalhas bege novas e perfeitamente dobradas, com uma toalhinha de rosto por cima, e me mostrou como ligar o chuveiro. — Tudo bem?

— Sim — respondi, abrindo o zíper do blusão. — Obrigada.

O xampu no chuveiro de Leigh estava em um frasco roxo que informava o aroma violeta marroquina. Era um cheiro forte e persuasivo, como algumas espécies de mel exótico. Eu não sabia ao certo se gostava ou não, mas, como não tinha trazido xampu de casa, era minha única opção. Quando saí do chuveiro, enrolei o cabelo em uma das toalhas e voltei para o quarto para pegar meu secador portátil na mala, mas descobri que o havia esquecido, então tive de usar o de Leigh. Quando terminei, peguei minha bolsa de maquiagem e remexi dentro dela em busca do corretivo. Só hesitei por um momento antes de cobrir cuidadosamente a cicatriz — foi só um momento, e então ela estava escondida, como um segredo. O lugar onde eu havia sido tocada por um anjo. Não conseguia parar de pensar naquelas palavras. Era assim que Cadence realmente enxergara, durante todos aqueles anos, o ato de ter me cortado? Será que de fato sempre pensara no que havia feito comigo como algo belo? A ideia era chocante, e pensar nisso fez minhas mãos tremerem enquanto aplicava os toques finais de corretivo na cicatriz.

Pare de pensar nisso, eu disse a mim mesma com firmeza, dando-me um pontapé mental e me forçando a não prestar atenção no pensamento seguinte que surgiu de imediato em minha cabeça: *Não é tão simples*.

Quando desci outra vez, havia outra mulher na cozinha, junto com minha mãe e Leigh. Seus cabelos escuros estavam presos em um rabo de cavalo saltitante e ela lavava os pratos do café da manhã na pia enquanto falava com Leigh por sobre o ombro. Ela se virou, com as mãos ensaboadas, e sorriu para mim quando entrei.

— Oi — disse ela, afastando dos olhos uma mecha solta de cabelo com o pulso. — Você deve ser a Sphinx. Que nome diferente. Adorei. — A voz dela era tão saltitante quanto o cabelo.

— Esta é a Vivienne, Sphinx — apresentou Leigh. — Ela é a mulher que organiza a minha vida e a impede de descarrilar! — Ela e Vivienne riram.

— Eu faço o que posso — disse a mulher, voltando para os pratos. Levei alguns minutos para entender que ela era uma espécie de governanta. — Muito prazer, Sphinx — ela falou, virando-se novamente para mim. — Todos estavam ansiosos pela sua visita.

— Estou contente por estar aqui — respondi. O entusiasmo dela era contagiante, e pensei que seria legal minha mãe ter alguém como ela em nossa casa, para organizar nossa vida.

— Que bom — disse ela. — Muito bom. — Havia espuma empilhada alto dentro da pia, cheirando a limão fresco. Eu ouvia os sons de um piano chegando à cozinha de alguma outra parte da casa.

Havia outra sala de estar saindo da sala de jantar: era mais formal, elegante e não tinha televisão. Em vez disso, tinha mobília vitoriana, um lustre candelabro, gravuras de arte sofisticadas nas paredes e o piano. Este se destacava, grande e preto, sobre o piso de madeira reluzente, embaixo de uma ampla janela. Sua cauda estava aberta e havia partituras musicais espalhadas pelo suporte sobre o teclado. Cadence estava sentado no banquinho, com os pés descalços nos pedais, as mãos voando sobre as teclas. Ele tocava algo agudo e belo, vagamente melancólico, algo que me fazia lembrar de luz sobre água corrente, deslizando com suavidade sobre pedras cinzentas.

Eu sabia há algum tempo que ele tocava piano: Leigh enviara várias fotografias dele tocando ao longo dos anos. Mas essa era a primeira vez que eu via pessoalmente e estava maravilhada. Ele tinha tanto dom para a música quanto para a pintura e, no entanto, tudo isso era passageiro. Em questão de meses, ele teria ido embora, deixando o piano e as telas para trás, silenciosos e em branco.

Eu me sentei em uma das poltronas e abracei os joelhos junto ao peito. Havia uma mesinha ao lado, com um vaso de lírios brancos frescos. Ao lado do vaso, em uma capa preta, estava uma câmera digital prateada. Eu a peguei, a tirei da capa e pressionei o botão no alto. Ela ligou com um som discreto e a tela se acendeu. Pressionei o botão de imagens, querendo ver o que havia no cartão de memória. Estava vazio; nenhuma fotografia, nenhum vídeo. Nada.

Mudei do modo fotografia para o modo filme e foquei Cadence e o piano, enquadrando a imagem, a fim de incluir o máximo possível a bela e larga janela. Então pressionei o botão para começar a filmar. Um pequeno círculo verde apareceu no canto superior da tela, informando que a filmagem estava sendo feita com sucesso.

— Cadence, qual é o nome dessa música que você está tocando? — perguntei.

— "Sacred Ground" — disse ele, sem parar de tocar. — De Jon Schmidt.

Dei zoom em suas mãos. Eram tão graciosas, deslizando pelas teclas como bailarinas, sem errar nenhuma nota. Ele tocava de modo excelente... ele fazia tudo de modo excelente.

Eu me inclinei um pouco para frente, obtendo um close de seu perfil. Ele estava intensamente concentrado, com os lábios apertados. A cabeça balançava só um pouquinho para frente e para trás, acompanhando as flutuações da música. Levantei a câmera para que a tomada se enchesse da luz que entrava da janela. Depois tirei o zoom, mostrando a cena inteira uma vez mais antes de pressionar o botão de parar. E pus a câmera de volta na capa e a recoloquei na mesa, exatamente onde a havia encontrado. Eu me senti realizada. Ele não havia notado que eu estava filmando e, agora, eu tinha o vídeo de Cadence tocando piano, para sempre.

— Você é muito bom — comentei.

— Sim — ele disse, sem rodeios.

— Eu sei tocar um pouquinho, bem pouquinho — falei. — Mas só com uma das mãos. Não como você.

Cadence terminou de tocar e cruzou as mãos sobre o colo, e esperei que ele dissesse algo. Ele passou um indicador por uma das teclas pretas do piano e o examinou, como se estivesse checando se havia poeira. Depois alisou os cabelos, tirando-os da testa, e se virou para mim. A luz da janela acentuava seu rosto angular, contornando-o com um suave brilho dourado. Seus olhos azuis gelados estavam fixos intensamente em mim. Fiquei grata por já ter largado a câmera.

— Vem aqui — ele disse.

— O quê? — Enrijeci. O que acontecera nos balanços ainda estava brutalmente fresco em minha mente e havia começado com essa mesma frase, com esse natural "vem aqui". Eu não queria ir. Eu não queria ficar perto dele. A poltrona onde havia me acomodado estava a uma distância segura e era onde eu pretendia ficar.

Ele pousou a mão de dedos longos no banquinho do piano a seu lado, indicando aonde queria que eu fosse, e disse:

— Você me ouviu. Vem aqui.

Eu mal podia respirar.

Nossas mães estão na cozinha, lembrei a mim mesma. *Vivienne está na cozinha.* Eu poderia chamar minha mãe a qualquer momento; po-

80

deria fazê-la nos observar se quisesse. Levantei devagar da poltrona e ele se voltou de novo para o piano.

Era como se eu não pudesse evitar. No minuto seguinte, estava deslizando com cuidado ao lado dele no banquinho, tentando me assegurar de que houvesse um espaço vazio entre nossos corpos. Foi uma tentativa vã: ele escorregou depressa e, de repente, minha perna direita estava pressionada contra a perna dele, nossos cotovelos se tocando. Senti meu queixo ficar tenso.

— Você não sabe tocar nada com as duas mãos? — ele perguntou.

— Não. — Eu não sabia aonde ele queria chegar, mas pressupus que seria algum comentário maldoso sobre minha falta de talento musical.

Em vez disso, ele estendeu as mãos sobre as teclas e disse:

— Ponha as mãos sobre as minhas.

— Por quê?

— Você vai ver. Vamos tocar uma música. Eu vou te ajudar, Sphinxie.

Lentamente, ergui as mãos e obedeci. Levei um momento para me ajeitar: eu tinha que enfiar um braço sob um braço dele, e o fato de estar determinada a tentar não tocar nenhuma outra parte de seu corpo, além das mãos, não facilitava muito. Meu cotovelo roçou seu peito e eu hesitei, mas ele agiu como se não tivesse notado, sorrindo suavemente enquanto eu alinhava meus dedos com os dele. Eles eram mais longos que os meus, mas bem mais magros, a pele mais pálida. E ele era frio ao toque. A pele em torno das unhas tinha um tom azulado vagamente perturbador, como se seu sangue não estivesse circulando direito. A visão disso produziu um arrepio em minha espinha. Meus dedos podiam ser gorduchos e desajeitados em comparação com os dele, mas pelo menos minhas mãos pareciam *vivas*.

Então, ali estávamos, um ao lado do outro ao piano, mão sobre mão. Ele começou a tocar, devagar, seus dedos se inclinando sobre as teclas, e eu deixei os meus acompanharem. A música que ele tocava era irreconhecível para mim, lenta e compassada. Olhei para o seu rosto, depois de novo para nossas mãos, mordendo o lábio. Sua pele podia ser fria, mas era macia. Eu sentia os ossos de suas mãos se movendo sob meus dedos, como uma máquina ganhando vida. Aquelas mãos tinham me apavorado. Aquelas mãos eram terríveis, belas, e estavam chegando ao fim de seu tempo.

E eu as estava tocando. Ao meu lado, ele sorria vagamente, com os olhos semicerrados.

— Como se sente, Sphinxie? — ele perguntou com a voz doce. — Como é estar aqui, finalmente?

— Como assim? — eu disse, desviando o olhar de nossas mãos por um momento para tentar avaliar suas intenções. Ele inclinou a cabeça ligeiramente em minha direção, ainda sorrindo.

— Você está aqui comigo. Finalmente. Depois de todos esses anos, você está de volta aonde deveria estar — ele respondeu e eu o encarei, boquiaberta, tentando formar palavras. — Você sabe disso, não sabe, Sphinx? — ele continuou, quando não consegui responder. — Você sabe que o seu lugar é aqui comigo.

Engoli em seco, pensando em como eu me sentira em casa quando soube que ele estava doente, como soubera que precisava vir vê-lo. Suas mãos ainda se moviam graciosamente sob as minhas, as notas do piano ecoavam com suavidade no ar. Desviei os olhos dele e, por fim, encontrei minha voz.

— Sim — eu disse devagar, tão baixinho que mal pude me ouvir. — Eu sei.

— Ótimo — ele falou, com uma voz mais baixa ainda, como se fosse apenas fruto da minha imaginação.

Então ele parou de tocar e deslizou as mãos de baixo das minhas, como um fantasma voltando à invisibilidade. Fiquei com as mãos pairando sobre o piano por um breve instante antes de cruzar os dedos sobre o colo, trêmula.

— Qual foi essa? — perguntei com a voz vacilante.

— Essa o quê? A música? Eu compus. É minha própria composição.

82

— Sério? É fantástica. — Ele ficou em silêncio por alguns minutos enquanto eu o fitava, à espera de uma resposta. — Vai tocar mais alguma coisa? — perguntei, quando vi que ele não dizia nada.

— Tem algo que você queira ouvir? — ele indagou, parecendo subitamente impaciente.

Tentei com toda urgência pensar em alguma peça de piano para pedir, mas as únicas canções que me vinham à mente eram pop e rock. Eu me senti terrivelmente ignorante. E ele esperava, os ombros caídos, parado.

— Toque o que quiser — eu disse por fim.

Ele tocou algo mais rápido e mais alto, com notas graves que retumbavam em volta com furor.

— Qual foi essa? — perguntei, curiosa.

— "LoveGame" — ele respondeu. — Da Lady Gaga.

Fiquei um pouco surpresa com a ideia de que uma música desse tipo pudesse ser traduzida para o piano, mas lá estava, bem na minha frente. As notas ressoando como passos em marcha.

— Você tem uma partitura para isso? — perguntei com interesse.

— Não — ele respondeu com um suspiro. — Só ouvi a música e descobri as notas. Não é tão difícil quanto as pessoas pensam. — Cadence levou a mão à tampa do teclado e a fechou com uma batida suave. Depois se virou e olhou para a janela, e seus cabelos ficaram dourados ao sol. Sua cabeça estava ligeiramente inclinada para trás, como se ele estivesse olhando para cima.

— Está procurando Deus? — falei sem pensar, assustando a mim mesma. Eu nem sabia que ia dizer alguma coisa. Tudo que sabia era que, se eu estivesse morrendo, sentada em um banco de piano na frente de uma janela tão ampla, com aquele sol entrando e as últimas notas que eu havia tocado ecoando até não sobrar mais nada, procuraria Deus na vista lá fora daquela janela. Eu não era uma pessoa particularmente religiosa; sabia todas as histórias da Bíblia, mas minha mãe nunca me levara à igreja e eu não tinha muita certeza se acreditava em

Deus. Mas sabia que, se estivesse morrendo, procuraria por ele. E tentaria acreditar.

— Não existe Deus, Sphinx — disse ele.

— Ah — murmurei. — Eu só pensei que, talvez...

— Você pensou que eu ia querer Deus — disse Cadence, friamente. — Porque estou morrendo.

— Bom, é — admiti. — Quer dizer, seria reconfortante acreditar em algo...

— Eu acredito em mim mesmo — ele falou, levantando-se do banquinho do piano e cruzando as mãos nas costas. — Eu sou tudo que tenho. Minha arte, meus pensamentos, meu corpo, eu. — Ele fez uma pausa. — E qualquer pessoa que pense diferente disso é uma idiota. As pessoas só têm a si mesmas.

— Mas, mesmo que não acredite em Deus, você tem outras pessoas — insisti. — Sua família, seus amigos, todos à sua volta. Você tem essas pessoas.

Ele riu, e foi uma risada fria.

— *Outras pessoas* — disse com desprezo e riu de novo. — Não preciso de outras pessoas, Sphinx. Tenho tudo o que preciso aqui mesmo, na minha frente, e todo lugar onde piso é solo sagrado.

Como a música que ele tinha tocado ao piano. "Sacred Ground", solo sagrado, um lugar santo. Belo, mas vagamente melancólico. Uma igreja, um templo, uma mesquita, um local de culto. E Cadence se postava sozinho à luz sob a janela, sozinho em seu lugar sagrado, sem rezar para ninguém, coberto por uma muralha de autossuficiência e talento e jovem genialidade. Morrendo rapidamente, em seu solo sagrado. Mas talvez eu pudesse me unir a ele ali, apenas por um momento, antes que ele se fosse...

Um nó se formou em minha garganta. Ele se virou para mim.

— Está chorando? — perguntou em um tom alegre.

— Ainda não — respondi com sinceridade.

— Você é uma menina crescida, Sphinxie — ele sussurrou, sacudindo a cabeça. — E meninas crescidas não choram.

Ele já havia mudado de estação. Não estava mais pensando em sua vida, em sua filosofia. Sua mente já havia encontrado um novo foco. Que tola eu era por chorar por nada, por outra pessoa.

E o sol brilhava na cauda reluzente do piano e, na câmera digital na mesinha, o vídeo de Cadence tocando estava suspenso em um limbo invisível, alguns poucos momentos no tempo. *Vou chorar quando ele se for*, pensei de repente, sentindo-me muito pequena. *Vou ver coisas que me lembram dele e vou pensar nisso.*

Ele estava preservado na câmera, em minha lembrança, nas moléculas de minha pele, onde seus dedos haviam roçado meu rosto. Traços dele estavam por toda parte. Não, não importava se havia algo errado em Cadence; ele ainda era belo, ainda me afetava, ainda era importante para mim. Na minha frente, ele estava de pé com a cabeça inclinada, me observando com tanta intensidade. Impulsivamente, sorri para ele.

Um véu desceu sobre seus olhos, liso e perfeito. Ele sorriu de volta, vagamente, as bordas dos lábios se erguendo muito pouco, e saiu da sala. E o sol entrava pela janela e dançava levemente sobre o piano, como se aquele fosse apenas mais um dia infinito, atemporal, no planeta Terra.

10

Levei a câmera digital comigo quando saí da sala do piano. Cadence sumiu no sótão para pintar, e senti que ele não queria que eu ficasse como uma sombra a seu lado o dia inteiro. Então fui para a sala de estar que tinha televisão e me sentei no sofá ao lado de minha mãe. Ela e Leigh conversavam e tomavam chá nas canecas com desenhos de arte. Os olhos de Leigh estavam vermelhos, mas ela não estava chorando.

— De quem é essa câmera? — perguntei, levantando-a pela alça. Ela a pegou, abriu a capa, tirou o aparelho prateado de dentro e o examinou.

— Acho que é a câmera velha do Cadence — respondeu, devolvendo-a para mim. — Ele ganhou uma nova no último Natal. Faz algum tempo que não usa essa. Por quê?

— Eu não trouxe a minha — falei, o que de fato era verdade; eu nem pensara em trazer minha câmera. — Estava pensando se poderia usar essa enquanto estiver aqui.

— Claro, Sphinxie — ela disse. — Pode usar. Precisa de um cartão de memória novo?

— Não, tem um aqui. E está vazio.

— Então fique à vontade. Pode encher. — Ela sorriu, um sorriso frágil e trêmulo.

E minha decisão estava tomada. Em toda oportunidade que tivesse, eu ia filmar Cadence, captá-lo, guardar alguns poucos momentos dele a cada dia, deixando algo a que eu pudesse me segurar, a que Leigh pudesse se segurar. Mas teria que fazer isso sem ele saber; eu tinha quase certeza que ele não concordaria em ser filmado se eu lhe pedisse. Deslizei a mão por dentro da alça e a prendi no pulso, comprometendo-me com minha nova missão.

— Obrigada, Leigh — eu disse.

— Nem precisa agradecer — ela falou e deu aquele sorriso outra vez.

Havíamos chegado à casa de Leigh em uma segunda-feira. O resto da terça-feira transcorreu sem nada de mais. Na quarta-feira, conseguimos fazer Cadence sair de casa e fomos ao cinema, depois jantamos fora. Nós nos sentamos em silêncio em torno da mesa do restaurante enquanto Cadence primeiro flertava com a garçonete, depois a maltratava, dizendo que ela era muito lerda e que ele nunca estivera em um restaurante pior do que aquele em toda a sua vida. Fiquei olhando para baixo, tentando não notar quando Cadence erguia a voz e as pessoas sentadas em volta se viravam para olhar para a nossa mesa. Quando levantei o olhar, vi o choque nos olhos de minha mãe pelo comportamento dele e as faces de Leigh vermelhas de vergonha.

— Desculpem — ela murmurou fragilmente, com lágrimas nos olhos.

— Tudo bem — minha mãe respondeu, abalada.

Não consegui dizer nada. Quando terminamos, Cadence saiu na nossa frente e a garçonete começou a recolher os pratos, de cara feia.

Leigh abriu a carteira com mãos trêmulas e entregou a ela uma nota de cinquenta libras. A cara feia desapareceu do rosto da garçonete enquanto ela guardava cuidadosamente a nota no bolso do jeans.

— Obrigada — ela disse a Leigh, feliz com a surpresa.

— Não, obrigada a *você* — respondeu Leigh. — Você foi muito paciente com o meu filho. — Enquanto a garçonete se afastava, Leigh olhou para minha mãe e para mim e falou em voz baixa: — Eu sei que isso não compensa de fato o que aconteceu, eu sei. Eu devia ter dito alguma coisa para ele, mas é que... — Ela hesitou, e seus olhos se encheram de lágrimas outra vez. — Ele não tem muito tempo, está assustado, e acho que não consegue evitar esse tipo de mau comportamento.

— Claro — disse minha mãe, com a voz ainda vacilante, enquanto tentava se recompor. — Claro. Tudo bem. Não se preocupe. Sphinxie e eu sabemos disso.

Tudo que eu podia pensar era que a garçonete não sabia que Cadence ia morrer e não sabia o que eu estava fazendo ali com ele. Ela só sabia que havia acabado de passar uma hora atendendo o adolescente mais horrível que já conhecera na vida e que ele estava cercado de mulheres silenciosas que nem tentaram fazê-lo parar. Ela não sabia que ele estava doente, que ele era parte do precioso plano de vida de sua mãe. Recebera o dinheiro por não ter perdido a paciência conosco e ficou satisfeita. Dinheiro era bom. Eu a vi falando com outra garçonete enquanto saíamos, lhe mostrando o dinheiro. Foi a melhor gorjeta que já recebera na vida, disse ela.

Mais tarde, ouvi Leigh e minha mãe conversando enquanto me aprontava para dormir. Elas estavam sentadas na cama de Leigh, de pernas cruzadas, com a porta do quarto semiaberta e a televisão ligada para abafar o som de suas vozes. A estratégia não funcionou; eu pude ouvi-las assim mesmo.

— Ele costumava ter mais controle — disse Leigh. — Conseguia encantar a todos. As meninas ficavam todas derretidas por ele na escola. — Ela respirou fundo, com um som trêmulo. — É como se ele estivesse se desestruturando ou algo assim... perdendo o domínio sobre si. Cedendo ao lado dele que só quer agredir, entende? — Houve uma pausa. — Às vezes eu acho que não devia ter interrompido a terapia — Leigh murmurou. — Mas ele odiava aquilo... ele realmente odiava, e não parecia que ia resolver alguma coisa.

Senti um formigamento incômodo na nuca, como se tivesse um inseto rastejando em mim, e me afastei da porta do quarto de Leigh. O que eu estava fazendo ali, para começar? Há muito tempo eu já tinha aprendido a lição sobre ouvir conversas de minha mãe e Leigh. Isso raramente resultava em ouvir alguma coisa que eu gostaria de ter martelando na minha cabeça depois.

Fui para o meu quarto e fechei a porta. Será que Cadence se desintegraria totalmente no final? Ele estava perdendo o domínio sobre si, Leigh dissera. Será que o lado dele que me aterrorizava acabaria ficando mais forte que o lado que me cativava?

A câmera digital estava em minha mesinha de cabeceira e eu a peguei, liguei e reproduzi o vídeo em que ele tocava piano.

* * *

Na quinta-feira, aconteceu uma explosão. Ele desapareceu no sótão, ou pelo menos foi o que achei, e dessa vez fui procurá-lo. Subi as escadas e entrei na sala espaçosa cheia de quadros de azul, azul, azul. Ele não estava lá. Devia ter ido para o quarto. Avancei e parei diante da tela alta, para ver se ele a havia preenchido mais.

Ele havia. Mais azuis. Centenas de tons diferentes de azul se estendendo pela tela em espirais, se entrelaçando e saindo novamente, como serpentes fluidas e liquefeitas, com seus corpos feitos de água. Dei um passo à frente para examinar mais de perto.

— Sphinx! — veio sua voz furiosa de trás de mim. Virei e ele se aproximou a passos largos, subindo os degraus e vindo direto na minha direção; seus olhos estavam em fogo, chamas se erguendo alto por trás de uma fina camada de gelo. — O que você pensa que está fazendo? — ele perguntou, me rodeando. Ele havia atravessado a sala em um instante até onde eu me encontrava diante da tela azul, como uma luz brilhante demais se acendendo antes que meus olhos tivessem tempo de se ajustar. Ele já se agigantava sobre mim, todo o seu corpo tenso de raiva, parecendo mais alto do que nunca. Suas mãos estavam fechadas em punhos apertados, trêmulos, ao lado do corpo. Recuei.

— Achei que você estivesse aqui — respondi, lutando para manter a voz firme. Lembrei a mim mesma que Leigh e minha mãe estavam logo ali, no andar de baixo. Um grito e elas viriam correndo. Tudo o que eu tinha a fazer era gritar. — Desculpa, não vou mais subir aqui...

— O que você estava pensando? Ninguém tem permissão para subir aqui sem mim. Você não pode ir entrando desse jeito. — A voz dele era cada vez mais alta e aguda, tão perfurante quanto seus olhos.

— Cadence — eu disse, dando outro passo para trás.

Eu queria fugir. Queria que o chão se abrisse e me engolisse rapidamente. Em vez disso, eu estava encurralada, de pé sob o arranha-céu que subia, terrível e arrasador, de uma planície de gelo. Como quando eu era pequena. Eu ainda era pequena. Estava no chão, com a cabeça inclinada para trás enquanto o arranha-céu ficava mais alto, e estava dentro dele no andar superior com a porta trancada, tudo ao mesmo tempo.

Sabia que os meus médicos disseram que tem algo errado com a minha mente? Você não sabia, não é? As palavras que ele havia sussurrado para mim no balanço ecoaram subitamente em minha cabeça, e me xinguei mentalmente por ter deixado que seu toque, seu piano, seu tudo me distraíssem. Eu não tinha pensado nada direito. Não havia me preocupado em refletir sobre aquilo, em imaginar o que ele queria dizer com aquelas palavras. O que havia de errado com ele? O que eu tinha na cabeça para me distrair assim?

— Você continua tão burra quanto antigamente — Cadence sibilou. — Continua burra do mesmo jeito. Não foi esperta nem para correr de alguém com uma faca. — A respiração dele estava ofegante. — É exatamente como tantos anos atrás — ele repetiu. Sua boca estava reta em uma linha tensa, mas havia um ar de excitação nele, de avidez, como um cachorro pulando na frente de alguém que segura uma bola de tênis. Em minha mente, vi o reflexo na superfície da faca automática. *Clique, clique, clique.* Eu gritei e, lá embaixo, os passos começaram a soar, me lembrando ainda mais do dia em que ele me cortara.

Ele virou a cabeça depressa, ouvindo nossas mães se aproximando, e, quando me olhou outra vez, todo o seu rosto estava apertado, seus dentes expostos, como um animal rosnando. Seus braços avançaram como um raio e ele me empurrou; caí sentada, o coração parecendo querer sair do peito, em pânico. Nossas mães estavam na escada do sótão agora e ele sabia disso. *Ele não vai fazer nada, ele não vai fazer nada,* eu disse a mim mesma. Eu queria me levantar e correr, mas estava paralisada no chão, os cabelos caídos sobre os olhos. Ele me fitou com ar furioso por um instante, e sua expressão era indecifrável; eu estava aterrorizada pelo que não sabia, pelo que poderia estar se passando dentro de sua cabeça. E ele só olhava, e olhava, os olhos cada vez mais brilhantes, o queixo perfeito tenso, como se oscilasse à beira de me atacar outra vez.

O que há de errado com ele? E por que, por que, por que ele me quer aqui?

Consegui me mexer outra vez e comecei a deslizar para trás. Não queria me levantar com receio de estar com os joelhos trêmulos; não tinha certeza se já podia confiar em minhas pernas para suportar meu peso. Ele soltou um grito agudo de frustração e bateu o pé no chão como um menino de dois anos tendo um ataque de birra, e então vi Leigh na porta, de rosto pálido e frenética, e minha mãe logo atrás.

— Cadence! — ela gritou com a voz instável. — Cadence, não toque na Sphinxie!

Ele se virou para ela e começou a chorar: soluços altos, infantis, ásperos, que sacudiam todo o seu corpo. Minha mãe desapareceu da porta e reapareceu ao meu lado, as mãos segurando meus ombros. E o alívio, quente e firme, envolveu meu peito e começou a derreter o gelo que vinha crescendo.

— Você está bem? — ela arfou, sem fôlego.

— Estou — respondi, levantando-me meio cambaleante. Eu estava trêmula, mas não tanto quanto imaginei que estaria. Dei uma ridícula e involuntária corridinha no lugar, como um atleta tentando descartar uma lesão. — Estou perfeitamente bem.

Quando levantamos os olhos, Cadence havia desabado no chão; Leigh se aproximou e o abraçou, deixando-o chorar dramaticamente em seu ombro. Ele soluçava e se agarrava a Leigh como uma criança pequena. Não parecia convincente; era como uma atuação ruim, um filme B exagerado.

— Desculpa! — ele choramingou, e ela lhe acariciou os cabelos; senti um tipo esquisito de pena dela, ali sentada, tentando com tanto empenho ser uma mãe, ser uma boa mãe, confortando seu filho que era velho demais para estar chorando daquele jeito. Por que ele estava fazendo aquilo, forçando lágrimas nos olhos como se estivesse tentando provar alguma coisa? Seria tudo porque ia morrer, tudo por causa das emoções fora de lugar que ele não conseguia controlar? Olhei para minha mãe e vi sua testa franzida, em um misto de confusão e mal-estar. Como eu, ela não conseguia entender as atitudes dele.

— Está tudo bem — Leigh disse e continuou afagando os cabelos dele, alisando as ondas loiras, tão parecidas com as suas.

— Estou morrendo — Cadence gemeu no ombro dela. — Eu vou morrer.

— Eu sei, Cay. Sinto muito — disse ela, beijando o alto de sua cabeça. Ele fungou e se virou nos braços dela para olhar para mim. Seu rosto estava marcado de lágrimas, o cabelo grudado na pele úmida de suas faces fundas.

— Sphinxie — disse ele, estendendo o braço para mim. — Por favor, me perdoa.

Apenas um momento antes, ele estivera alto e assustador, furioso e excitado ao mesmo tempo. Ele me empurrara e eu ficara ali, sentada no chão, com seus quadris em toda a minha volta, me lembrando da sensação da lâmina fria rasgando meu rosto. Ele parecera ávido e faminto, e achei que fosse me machucar outra vez. Mas agora era ele quem estava no chão, trêmulo e digno de pena. Ele se encolhera, de repente se tornara frágil, um cão raivoso que se deitara depressa, com o rabo entre as pernas. Respirei fundo e me ajoelhei ao lado dele e de Leigh no chão.

Eu o deixei me envolver com os braços, o deixei implorar que eu o perdoasse, o deixei tentar parecer arrependido. Eu era mentalmente

92

muito mais velha que ele, inteira e completa, e ele era tão novo, terrível e cru. Seus cabelos roçavam meu rosto, fazendo cócegas em minha pele. Isso, de alguma forma, piorava tudo; ele havia levantado naquela manhã, tomado banho e se vestido, descido e tomado o café, feito tudo perfeitamente, e depois havia desmoronado. Ele era talentoso, inteligente e luminoso, mas fracassara antes mesmo de começar.

— Não fique brava comigo, Sphinxie — ele disse no meu ouvido, com a voz ainda trêmula e os braços me apertando com força. — Por favor. Eu *preciso* de você aqui.

— Tudo bem — eu me ouvi dizer para ele, sentindo o coração bater em meus ouvidos. — Eu não estou brava.

11

Na verdade, eu decidi ali, no chão do sótão, quando disse a ele que não estava brava. Mas foi mais tarde naquele dia, quando estávamos todos na sala de estar, que me dei conta. Minha mãe e Leigh assistiam a uma série na televisão, enchendo os olhos com as excentricidades de pessoas que não existiam, e Cadence e eu líamos: eu segurava um romance com sapatos cor-de-rosa de salto alto na capa, enquanto Cadence folheava O retrato de Dorian Gray. Eu estava com o iPod ligado, os fones firmemente encaixados nos ouvidos, percorrendo devagar minhas músicas.

"And then the nurse comes round, and everyone lifts their heads",* cantou uma voz masculina suave, misturando-se a um som de piano que parecia água derramando da borda de uma pia. "What Sarah Said", do Death Cab for Cutie. Não era minha banda favorita, mas eles tinham músicas suaves e boas de ouvir enquanto se estava lendo. "But I'm thinking of what Sarah said... that love is watching someone die."** Levantei os olhos. Cadence virou uma página do livro. Lá fora da ampla janela da sala, um bando de passarinhos desceu no gramado de Leigh e começou a ciscar no chão.

---

* "E então a enfermeira entra e todos levantam a cabeça" (N. do E.).
** "Mas estou pensando no que Sarah disse... que o amor é ver alguém morrer" (N. do E.).

"So who's gonna watch you die?",* perguntou a voz do cantor, e eu baixei o livro. A câmera digital estava na mesa de centro. Eu a peguei e tirei lentamente a capa. Os olhos de Cadence se moviam de um lado para o outro, seguindo as palavras na página, e eu liguei a câmera.

"So who's gonna watch you die?" Foquei a câmera na capa do livro dele, depois a movi para cima até o seu rosto, filmando aqueles olhos notáveis que se moviam de um lado para o outro, de um lado para o outro. Ele parecia concentrado, firmemente interessado nas palavras na página à sua frente, os lábios um pouco separados, em paz — ou tão em paz quanto ele podia ficar.

"So who's gonna watch you die?" Mantive a câmera nele por mais um momento, depois parei antes que ele pudesse levantar os olhos e me notar. Ele virou outra página. E pensei no modo como ele havia explodido no sótão, a torrente de emoções que ele havia liberado. E restava menos de um ano, e agora mesmo os ponteiros do relógio na cozinha continuavam se movendo, e o relógio do fogão estava mudando, novos números aparecendo. O tempo escoava rapidamente, como as notas fluidas do piano... escoando, escoando, transbordando. A enorme tela no sótão se enchendo a cada dia de mais azul. Cadence, mais magro, mais pálido, perdendo mais e mais controle a cada segundo. Ele tinha menos de um ano, e isso significava que eu tinha menos de um ano para entendê-lo, para conhecê-lo, para fazer o que pudesse por ele. E amor, a canção tinha dito, era ver alguém morrer.

"So who's gonna watch you die?" Ali... foi quando eu soube. Eu não iria embora no fim da semana. Minha mãe teria que entrar no avião e ir para casa sem mim, porque eu ia ficar. Eu não ia sair dali até que Cadence tivesse partido.

Mas por quê? Minha mente girava e eu sentia fios invisíveis me amarrarem à casa de Leigh, marcando minha posição. Eu podia muito bem ir embora no fim da semana, entrar naquele avião e deixar Cadence

---

* "Então quem vai te ver morrer?" (N. do E.).

para trás, para sempre. Eu nunca mais o veria, nunca mais precisaria ter medo dele, nunca mais precisaria pensar no que poderia ter sido. Podia fazer o que todos diriam que eu deveria fazer: seguir em frente. Eu tinha a escola, amigos. Eu era normal, não era? E tinha feito minha parte, tinha feito minha boa ação e vindo visitá-lo, como ele pedira. Simples assim.

E, no entanto, eu estava começando a perceber que eu não era uma pessoa tão simples quanto sempre acreditara. Durante toda a minha vida, me agarrei a essa crença em minha existência comum, encobrindo medos, lembranças e emoções, enquanto passava corretivo sobre a cicatriz, manhã após manhã. Eu era a boa menina para minha mãe, a zé-ninguém na escola, dois pés a mais no time de futebol. E tinha nascido direito, e crescido direito, e compartilhava meus brinquedos, e não fugia sorrateiramente à noite, e meus olhos não eram frios como o gelo. Comum. No entanto, não havia nada de comum no plano de minha mãe, nada de comum na situação em que eu me encontrava, nada de comum em mim e Cadence.

Eu era mais velha agora. Tinha dezesseis anos. *Dezesseis*. Eu sabia coisas. Meus sentimentos estavam mudando, pontilhados de interrogações. Eu podia formar minhas próprias opiniões. Queria construir meu próprio caminho, meu próprio fim. Havia essa coisa chamada amor que eu começava a entender ser mais complicada que um garoto e uma garota dando uns amassos depois da escola, que uma mãe beijando a filha na testa na hora de dormir. O amor podia ser doloroso, assustador.

Eu podia ir para casa. Podia continuar cobrindo a cicatriz. Podia ouvir minha mãe para sempre. Era uma opção... uma opção segura, aconchegante e confortável.

Ou eu podia correr o risco, podia entrar na zona de perigo de propósito, podia fazer um sacrifício, podia enfrentar o que eu sabia que cabia a mim. *Amor é ver alguém morrer.*

Lá fora, o pequeno bando de passarinhos levantou as asas e saiu voando pelo céu aberto.

12

Minha mãe veio ao meu quarto naquela noite para conversar comigo, para perguntar o que havia acontecido no sótão. Ela me fitou com os olhos cheios de preocupação e ansiedade. Um nó começou a se formar em minha garganta no momento em que ela se sentou na cama ao meu lado, mas senti uma necessidade urgente de provar a ela que eu estava bem.

— Não foi nada, mãe — eu lhe disse, afastando o incidente como se fosse uma mosca incômoda. — Ele ficou todo nervoso porque eu subi lá sozinha. Parece que ninguém tem permissão para entrar no sótão sem que ele esteja lá. — Revirei os olhos para mostrar que tinha sido uma bobagem, nada importante, só um incidente bobo. Ela continuava olhando para mim ansiosa, com a testa franzida.

— Eu só quero que você tenha cuidado, Sphinxie — disse ela. Com um suspiro, levou a mão à testa e alisou o cabelo para trás. — Bem, vamos embora daqui a três dias. — Ela falou essa última parte mais para si mesma do que para mim; era como se estivesse se tranquilizando com o fato de que faltava pouco tempo para nossa visita terminar, que nada horrível demais poderia me acontecer em apenas três dias.

— Sobre isso... — falei devagar. Minha língua estava grudando no céu da boca. Eu sabia o que ela ia dizer quando eu revelasse minhas intenções. Ela ia agir como mãe e insistir que eu fosse para casa. Mas eu precisava tentar. Precisava tentar.

— O quê? — disse minha mãe, e eu respirei fundo.

— Eu não vou embora — declarei, supondo que seria melhor abrir o jogo de uma vez.

Minha mãe abriu a boca e ficou congelada por um momento, em choque, antes de se recuperar o suficiente para falar.

— O que você está dizendo, Sphinx? É claro que você vai embora. — A voz dela era firme, mas senti um tremor de emoção por trás da resoluta insistência maternal. — Temos coisas para fazer em casa e...

Comecei a falar de novo, interrompendo-a antes que ela dissesse qualquer outra coisa.

— Eu tenho que ficar, mãe. Eu realmente tenho. Preciso ficar até que ele se vá, mãe, eu *preciso* ficar com ele. — Eu falava mais depressa do que pretendia. — Ele está tão vazio, mãe, acha que não pode contar com ninguém além dele mesmo. Está sempre sozinho, mesmo quando tem pessoas em volta. E acho que ele nunca foi feliz, não de verdade, ele está...

— Sphinxie — minha mãe disse com a voz falhando. — Eu sei que você quer ajudar o Cadence, mas não tem como fazê-lo melhorar. Você não pode fazê-lo feliz.

— Mas posso tentar! — exclamei, e minha voz foi se elevando cada vez mais. — Ele tem menos de um ano! Acho que devia ter uma chance de ser feliz, você não acha? E talvez eu seja essa chance. Ele me chamou aqui, ele quis que eu viesse! — Parecia tão claro para mim, fazia um sentido tão perfeito. E não são as mães que nos ensinam a não ser egoístas, a pôr os outros em primeiro lugar?

— Sphinx... — minha mãe tentou falar, mas eu a cortei bruscamente.

— E pensa na Leigh, mãe! Você não acha que seria importante para ela se tivesse mais alguém por perto para ver o filho dela morrer tão jovem e frágil? Se mais uma pessoa além dela se importasse o bastante? Eu vou ficar, mãe. Preciso fazer isso. Eu realmente preciso.

Os lábios de minha mãe estremeceram.

— Sphinxie, ele pode te machucar de novo — ela disse e segurou minha mão. — Não posso deixar que isso aconteça.

Mas você já deixou, disse uma voz silenciosa no fundo da minha mente. *E seu plano para mim não deu certo, e agora sou eu que preciso fazer as escolhas. E foi você mesma quem me disse que devemos fazer aos outros o que gostaríamos que nos fizessem.*

Ergui a cabeça e encontrei seu olhar. Apertei sua mão e tentei sorrir, ainda que apenas para não chorar.

— Ele é só um garoto, mãe. E está morrendo. — Apertei sua mão mais uma vez, e as unhas dela se afundaram na pele da minha palma. — E se fosse eu, mãe? — perguntei. — Você não gostaria que alguém fizesse por mim o que eu quero fazer pelo Cadence? Não ia querer que alguém ficasse comigo?

Ela baixou a cabeça e não disse nada. Talvez estivesse se dando conta de sua parte em tudo aquilo. Eu esperava que sim.

— Você gostaria — afirmei. — Eu sei que gostaria. Qualquer um gostaria.

Quando fui dormir naquela noite, sonhei que tinha subido ao sótão sozinha e encontrado uma garça azul caída no chão na frente da tela enorme, com as asas torcidas e quebradas.

* * *

Acordei com a chuva tamborilando na janela e no telhado e trovões ecoando em meus ouvidos.

— Não está um dia muito bonito, não é? — Leigh comentou durante o café da manhã. — Achei que podíamos sair e fazer alguma coisa hoje, mas não sei se quero sair com esse tempo.

— Eu com certeza não quero — Cadence disse de imediato. Ele virou a cabeça em minha direção e suavizou o olhar. — O que você acha, Sphinx? Não prefere ficar em casa hoje?

— Está bem ruim lá fora — admiti, dando uma olhada para minha mãe. Ela baixou os olhos para o prato, como se não estivesse me observando apenas um instante atrás. Não havíamos chegado a uma conclusão nem a qualquer tipo de decisão na noite anterior: tínhamos apenas conversado até as duas horas da manhã, e chorado, e nenhuma de nós conseguira aceitar totalmente a argumentação da outra. Mordi o lábio. Era sexta-feira, o que nos deixava apenas mais dois dias antes que fosse segunda-feira e tivéssemos de partir em outro avião à tarde, voar sobre o largo oceano e cruzar para outro tempo. Seria manhã quando eu chegasse em casa, se saíssemos à tarde. Eu estaria começando o dia outra vez.

— Sempre detestei trovões quando era pequena — minha mãe falou, pensativa. — Eles me deixavam apavorada.

— Mas eu amava — Leigh disse, com um sorriso. — Tentava convencer a Sarah de que era o som mais lindo do mundo.

— E jamais conseguiu — contou minha mãe, rindo. — Eu achava que ela era louca.

— Muito obrigada — brincou Leigh. — Eu ainda amo trovões. Mas queria sair com vocês de novo hoje. Foi divertido quando fomos ao cinema, não foi?

Percebi que ela deixou de fora a parte do restaurante. Perguntei-me o que a garçonete teria feito com o dinheiro. Ela nem entendera bem aquilo, só achara que Leigh era uma mulher rica e complacente com o filho mimado e sem educação. Eu gostaria de ter parado para contar a ela. De repente, queria que ela soubesse o nome de Cadence.

— Bom — disse Cadence, sacudindo os cachos loiros para trás e afastando a cadeira da mesa. — Eu vou pintar. — Ele se levantou, deixando o prato na mesa, e saiu andando rápido, com os braços cruzados sobre o peito.

— Por que todos nós não pintamos hoje? — Leigh sugeriu depressa, olhando timidamente para Cadence em busca de aprovação. — Estaria tudo bem, Cay, se a Sarah, a Sphinxie e eu subíssemos também e pintássemos com você? Podemos usar papel em vez de uma tela.

Ele parou de costas para nós e descruzou os braços; sua cabeça se inclinou para o lado e eu sabia que ele estava pensando: será que ele realmente nos queria pintando em seu santuário? Mas então ele se virou.

— Tudo bem — disse apenas e continuou em passos rápidos em direção às escadas. Quando chegamos ao sótão, ele já estava trabalhando, de pé diante da tela gigantesca, preenchendo-a com mais azul.

Leigh trouxe uma pilha de papel de impressora e três pratos de papel para colocar a tinta. Fomos até as prateleiras onde os tubos se encontravam alinhados, cuidadosamente organizados por cor. Passei a mão sobre eles; eram frios ao toque.

— Tem alguma tinta que você não quer que a gente use? — minha mãe perguntou a Cadence, antes de fazermos nossas escolhas.

— Não toquem nas azuis — disse ele, sem tirar os olhos uma vez sequer de seu trabalho.

— Está bem — falei e estendi a mão para os tubos.

Peguei um lilás, um marrom-claro, um amarelo-palha. Minha mão pairou sobre um azul-celeste antes de me lembrar depressa. Com cuidado, espremi minhas cores escolhidas em um dos pratos de papel. Enquanto fazia isso, meus olhos procuraram minha mãe, que estava ocupada selecionando suas próprias cores. Eu sentia que estávamos nos rodeando com cautela, como se eu tivesse aberto uma fenda entre nós ao falar de minha decisão de ficar. Mas não era assim que as pessoas cresciam, abrindo fendas, cortando cabos para soltar seu barco do cais, até que fosse fácil se afastar e viver a própria vida? E dizem que as pessoas amadurecem mais rápido quando precisam lidar com tragédias. Eu achava que aquilo era normal, mas, ainda assim, me dava uma vaga sensação de náusea.

Cadence estava de repente ao meu lado, com o tubo de azul-celeste na mão. Devagar, ele abriu a tampa e fez o tubo pairar sobre um espaço vazio em meu prato de papel, entre punhados de marrom e lilás. Por um momento, achei que ele estava me provocando; já meio que esperava que ele fosse puxar a tinta e levá-la embora. Mas então seus dedos apertaram o tubo e um círculo de azul-celeste apareceu em meu

101

prato, brilhante e belo. Pelo canto do olho, vi minha mãe e Leigh observando, e uma involuntária sensação de orgulho cresceu em meu peito por Cadence ter escolhido a mim para oferecer um de seus azuis, e apenas a mim.

Depois que ele terminou de despejar o azul para mim, ajoelhei em um pequeno semicírculo no chão do sótão com minha mãe e Leigh. Minha mãe havia escolhido rosas e verdes, e Leigh vermelhos e roxos. Leigh pegou um pote de vidro de boca larga cheio de pincéis em uma das prateleiras e o pôs ao nosso alcance. Notei um jarro vazio na prateleira e o enchi de água na pia, para podermos lavar os pincéis. E então começamos, ali no sótão.

Pintei uma mesa com o marrom e, acima dela, tracei um longo e largo retângulo amarelo. Fiz traços marrons cruzando o retângulo amarelo para ser as traves da janela. As vidraças em si eram o azul, o azul sagrado que ele proibira para todos, exceto para mim. Em volta, espalhei o lilás como fundo e então, com o marrom, fiz linhas para mostrar que havia paredes e um chão, e não apenas aquela massa cor de lavanda. Fiz o amarelo entrar pela janela em raios e aterrissar na superfície da mesa. Era uma mesa torta, com pernas de palito que poderiam ter sido pintadas por uma criança de cinco anos. Típico de mim. Nunca tive nenhum talento para arte.

Ao meu lado, minha mãe pintava uma trepadeira em flor. Longos ramos verdes subiam em espirais pelo papel e explodiam em flores cor-de-rosa. Ela havia pegado meu amarelo emprestado para acrescentar detalhes às pétalas, depois pegou um pouco do meu marrom para fazer o fundo: as linhas cruzadas de uma treliça. Ao lado dela, os vermelhos de Leigh se espiralavam pelo papel de um jeito que me lembrava o trabalho de Cadence. Os cordões carmim produziam a forma de uma mulher em vermelho-brilhante segurando uma pequena criança roxa nos braços. Os cabelos da mulher subiam em traços irregulares como raios e se tornavam roxos nas pontas, crescendo até o topo do papel e virando nuvens ondulantes.

— Você é muito boa — eu disse a Leigh, virando-me para ver melhor sua pintura.

— Ah, obrigada, Sphinxie — ela respondeu, mas manteve a cabeça baixa sobre o papel, com os cabelos loiros caídos para frente, escondendo o rosto. Depois de um momento, ela levantou os olhos. — Posso ver o seu?

Ergui obedientemente meu desenho, sentindo-me um pouco envergonhada de como ele me parecia infantil.

— Gosto do seu estilo — disse Leigh. — Lembra o estilo de algum artista famoso que não estou recordando bem quem é...

Olhei para minha obra.

— Eu não acho muito bom — confessei. — A mesa parece boba.

— Não parece, não — Leigh discordou. — É simples, mas tem elegância.

— Obrigada — falei, sentindo-me agradavelmente surpresa com seus comentários.

— E o que acham do meu? — minha mãe perguntou, afastando o pincel do papel com um jeito decidido de quem terminou o trabalho. — Fiquei um pouco entusiasmada demais com as espirais. — As trepadeiras dela tinham crescido fora de controle pelo papel, fazendo arcos umas em torno das outras e se agarrando à treliça marrom, folhas e flores projetando-se para todos os lados.

— Me lembra um Georgia O'Keeffe — Leigh afirmou. — As flores com certeza.

— Gostei das espirais — comentei. Eu queria ser mais conhecedora de arte, ter algo com que comparar o trabalho de minha mãe. E queria não soar tão pouco natural, não estar ainda tão tensa pela nossa conversa. Engoli em seco, peguei o jarro de água e agitei os pincéis dentro dele como colheres em uma panela de sopa, tentando limpá-los. A água adquiriu um tom marrom-acinzentado. — Não é estranho que, quando a gente mistura todas essas cores lindas, o resultado seja isso? — perguntei, levantando o jarro.

— Você esperava algo mais bonito, não é? — minha mãe comentou, parecendo pensativa.

Levei o jarro até a pia e despejei o conteúdo. A água marrom desceu pelo ralo em um redemoinho e desapareceu quando abri a torneira e comecei a lavar os pincéis. Girei as pontas entre os dedos como tinha visto Cadence fazer na noite em que chegamos à Inglaterra.

— O que acha, Cay? — ouvi Leigh perguntar atrás de mim.

— Você exagerou no vermelho — disse ele. — E a mesa da Sphinxie está torta. Mas suas flores, Sarah, me lembram Georgia O'Keeffe.

— Como você sabia qual era de quem? — perguntei, olhando curiosamente sobre o ombro. Ele estivera de costas para nós o tempo todo, e agora até nossos pincéis já estavam lavados, deixando apenas as pinturas.

— É fácil — disse ele, sem explicar por que e como.

— E o seu quadro? — minha mãe perguntou. — Vai usar só azuis?

— Talvez — ele respondeu apenas. — Eu gosto de azul.

Olhei para o desenho de minha mãe, para aquelas flores delicadas e viçosas que pareciam se mover conforme enchiam o papel, sem deixar nenhum espaço vazio; para o meu, minha pequena mesa de pernas finas, joelhos fracos e imperfeita, mas com a luz brilhando sobre ela daquele retângulo de amarelo. E para o de Leigh, para seu amor materno bruto e vermelho, sangrando furiosamente por todo o papel e explodindo naquelas furiosas nuvens roxas.

E então para o de Cadence: seu amplo e serpenteante oceano de azul, azul, azul. Era artístico e fluido, equilibrado e firme; belo, pintado com mão delicada, diferentes tons e nuances, subindo e descendo... mas, quando se olhava atentamente, na verdade não era nada. Quando se pensava em como havia todo um mundo de outras coisas para pintar, um mundo de flores e mães, crianças, o sol, a terra, pessoas em toda parte, aquilo não era nada.

Nada além de azul.

13

Leigh prendeu nossas pinturas na porta da geladeira com ímãs. Antes disso, a porta estava vazia. Imaginei que talvez houvesse obras artísticas ali quando Cadence era pequeno e não trabalhava em tela, mas agora não havia nada — até que nossas pinturas chegaram. Leigh sorriu e se afastou para olhar.

— Gosto de ver arte na minha geladeira — disse, apoiando as mãos nos quadris.

— Nós tínhamos toneladas de desenhos da Sphinxie na nossa geladeira — minha mãe contou. — Ela gostava de desenhar as princesas da Disney e cavalos.

Senti um calor de constrangimento subir ao rosto. Minhas tentativas infantis de produzir arte eram tão lugar-comum e, quando comparadas aos trabalhos de Cadence, tornavam-se simplesmente patéticas. Eu gostava de desenhar quando era bem pequena, quando ainda estava alegremente fechada no estágio de acreditar que cada rabisco que saía de meu lápis era uma obra-prima e parecia exatamente com o que quer que eu estivesse tentando desenhar. Mais tarde, fiquei frustrada com minha falta de talento e desisti do desenho. Depois tentei poesia por um tempo. Era sempre em um formato de rimas rígidas, falando de temas típicos: arco-íris, por exemplo, ou flores em um jardim. Desisti da poesia também. Agora as únicas coisas na porta de nossa geladeira que tinham algo a ver comigo eram meus horários de treinos e jogos de futebol. Pelo menos no futebol eu era boa.

— Eu não desenho mais — expliquei para Leigh, esperando que não houvesse um rubor visível em meu rosto. — Sou mais chegada em esportes.

— Sua mãe me contou que você é uma ótima atleta — Leigh disse. — Temos fotos suas de uniforme de futebol em algum lugar por aqui. Você parece uma profissional. — Duvidei que realmente parecesse uma jogadora profissional, mas me senti orgulhosa mesmo assim. — Pretende jogar profissionalmente?

— Não — respondi. — Ainda não decidi o que quero fazer.

— Não se preocupe, você vai acabar descobrindo — disse ela, olhando para a geladeira outra vez. — Eu gosto mesmo da sua pintura, Sphinxie.

— Obrigada — respondi pela segunda vez. Imaginei se Leigh olhava para meu desenho, com sua mesa torta e mal executada, e desejava ter tido um filho comum. Devia ser tão difícil ser mãe de Cadence.

Supus que devia ter havido um tempo em que ela gritava com ele, irritada, tentando fazê-lo se ajustar, parar de violar regras, parar de apunhalar as pessoas pelas costas. Mas, em algum ponto no processo, conforme ele ficava mais velho, ela deve ter ficado cansada. Esgotada. Totalmente exausta de tentar criar aquele filho que brilhava tanto diante de seus olhos que até doía. E então a doença viera e, embora seu lado maternal ainda sentisse o impulso de corrigi-lo quando ele agia errado, ela não fazia isso. Ele estava morrendo, e ela simplesmente desistira. Era como eu e minha poesia, amplificados um milhão de dolorosas vezes.

Éramos apenas Leigh, minha mãe e eu agora na cozinha; Cadence ficara lá em cima, estacionado na frente da tela, com a ponta dos dedos coberta de azul. Vivienne não tinha vindo nesse dia. Na maioria dos dias ela estava ali, mexendo em coisas na cozinha ou organizando algo em outro aposento. A casa ficava parada sem ela por perto; ela acrescentava uma vivacidade ao lugar que Leigh, tristemente, parecia ter perdido. Houve um tempo, eu tinha certeza disso, em que era Leigh quem se movimentava pela casa, sorrindo e conversando animadamente com todos. Ela parecia mais velha que minha mãe agora, embora ambas tivessem a mesma idade. Estava com as mãos apoiadas no balcão da cozinha.

— Você está bem, Leigh? — minha mãe perguntou com carinho.

— Não posso dizer que sim — ela respondeu. — Mas também não posso dizer que não.

Minha mãe avançou e a abraçou com força, e as duas se balançaram lentamente para frente e para trás, como um cavalinho de brinquedo. Fiquei ali parada, me sentindo uma intrusa diante de algo terrivelmente particular, e desviei os olhos para o chão.

— Sphinxie — Leigh me chamou e, quando levantei a cabeça, ela estava olhando para mim sobre o ombro de minha mãe, os olhos azuis reluzindo de lágrimas sob a luz da cozinha.

— Sim? — respondi, sentindo a boca seca e umedecendo os lábios.

— Você é uma menina muito boa — disse ela, e lágrimas escorreram de seus olhos, descendo pelo rosto e pingando nas costas da blusa de minha mãe. — Eu sei que você tem muita compaixão pelo meu filho... — A respiração dela fez um ruído na garganta. — Você é uma menina muito boa mesmo.

Eu não soube o que dizer. Não queria dizer obrigada, não parecia a coisa certa, mas, ao mesmo tempo, não queria ficar parada ali como uma estátua, sem dizer nada. Abri a boca e nada saiu, então fechei de novo. O dia seguinte era sábado, e depois disso restaria apenas mais um dia em nossa visita.

— Não se preocupe, Leigh — falei sem pensar. — Eu vou ficar.

— O quê? — disse ela, separando-se de minha mãe.

— Sphinx — minha mãe disse com a voz baixa como uma advertência. Hesitei, olhando para ela, mas só por um momento. Ela havia me trazido até ali, lembrei a mim mesma. Ela me criara até chegar a este ponto. E agora eu estava mais velha, traçando meu próprio caminho, e sabia para onde eu queria ir. Respirei fundo, tentando trazer força para dentro de meu peito e pensando com firmeza: *Não recue.*

— Mãe, eu já disse, eu preciso fazer isso — falei, trêmula. Então olhei para Leigh, bem no fundo de seus olhos, e afirmei: — Eu quero ficar com o Cadence até... até ele ir embora.

As mãos de Leigh procuraram de novo o balcão e o seguraram outra vez.

— Querida — minha mãe interpelou —, nós já conversamos sobre isso. Você não pode...

— Por quê? Por causa da escola? — Eu ri, aquele tipo de risada curta e forçada que é mais uma expressão de ironia que uma risada de fato. — Mãe, isso é mais importante do que qualquer coisa que eu tenha para fazer em casa. Eu quero ficar com o Cadence.

— Ah, Sphinxie — Leigh murmurou.

— Querida — minha mãe repetiu.

Eu mal podia ouvir qualquer uma delas. Embora meus pés estivessem solidamente plantados no chão, eu sentia aquela espécie de pânico vertiginoso, antigravitacional, que se sente ao escorregar e cair de costas em uma escada. Eu tinha que manter a firmeza.

— Me deixa ficar! — exclamei, sentindo-me como uma criança pequena numa crise de birra. — Eu preciso ficar. — Minhas faces começaram a queimar; eu me sentia constrangida pelo modo como estava agindo, como se estivesse fazendo uma cena, criando problemas... mas ao mesmo tempo eu precisava desesperadamente falar. Eu tinha de convencê-las. Eu ia ficar. Precisava ficar. *Era* para eu ficar, fazia parte de algum plano, eu estava convencida disso. — Quero estar aqui por ele — falei, e minha voz soou chorosa em meus ouvidos. — E não digam que ele nem vai se importar se eu estiver aqui ou não, porque vocês não sabem. Não vou perder essa chance. Se tiver a mínima chance de que o fato de eu estar aqui faça o Cadence feliz, eu quero arriscar.

Leigh olhava para mim boquiaberta, as lágrimas descendo em ondas por seu rosto. Eu não sabia dizer se ela estava emocionada comigo ou horrorizada, se aquelas eram lágrimas felizes ou não. Fechei a boca e apertei bem os lábios. Não queria ofendê-la. Isso era a última coisa que eu queria fazer. Segurei as mãos nas costas e de repente me senti extremamente nervosa. Será que eu a havia irritado ou impressionado de maneira intensa e positiva? O que eu estava fazendo? A cozinha ficou em silêncio.

— Eu... desculpa — gaguejei. — Não devia ter dito nada.

— Não, não — disse Leigh. — Está tudo bem, Sphinxie, está tudo bem.

Minha mãe fechou os olhos por um instante e pôs o braço sobre meus ombros, mas não disse nada. Meu rosto ainda parecia queimar. A parte mais infantil de mim queria ir embora para que eu não tivesse que olhar para Leigh e me perguntar se eu a havia magoado, se ela dizia que estava tudo bem apenas da boca para fora. O resto de mim, porém, estava quase orgulhoso de minhas atitudes. Eu tinha falado o que pensava. Eu não costumava falar de mim daquele jeito: era uma ocorrência rara. Foi um avanço. Achei que parte do constrangimento começava a sair do meu rosto. Eu não estava *quase* orgulhosa de mim — eu estava de fato orgulhosa.

Ninguém parecia saber o que dizer. O braço de minha mãe era como uma fileira de tijolos sobre meus ombros, e os olhos de Leigh ocupavam todo seu rosto. Ela estendeu o braço sobre o balcão, pegou um guardanapo no suporte e enxugou as faces. Depois amassou o guardanapo em uma bola na mão e apertou os lábios, tentando se controlar. E olhei para a geladeira, para nossas pinturas, e pensei na massa de azul vazio lá em cima. Era como o amplo azul do oceano, profundo, frio e perigoso. Belo, mas tão perigoso. E ali estava eu, e havia falado o que queria, e de repente sentia como se pudesse nadar, qualquer que fosse a profundidade da água.

E então o oceano entrou na cozinha. Cadence apareceu na porta, a cabeça erguida, as mãos cruzadas nas costas, lembrando-me um pouco Napoleão. Ele avançou e parou na nossa frente, os olhos acesos com algo que era, como de costume, ilegível.

— Ela é uma boa menina, não é? — disse ele, fazendo um gesto com a cabeça em minha direção.

— Você também é bom, Cay — Leigh falou sem energia.

— Não diga isso — ele revidou com desdém. — Ninguém é bom. — Ele se virou para mim e perguntou com ferocidade: — Por que você quer ficar? Para aproveitar umas férias na Inglaterra, é isso?

— Não — eu disse baixinho, sacudindo a cabeça. — Eu só quero estar aqui por você.

Os olhos dele faiscaram, e foi quase como se eu tivesse dito algo totalmente incompreensível para ele.

— Só quero estar aqui por você — repeti, e meus olhos foram atraídos para os dele. Eram olhos tão estranhos. Pareciam feitos de três camadas: a primeira, uma camada de gelo, a segunda o azul normal, tão parecido com o de Leigh, e a terceira uma chama oscilante, dançando fora do alcance das outras pessoas, dentro de sua cabeça. E eu queria alcançar essa chama, entendê-la.

Ele olhava para mim como uma pessoa olha para um quadro famoso em um museu. Ele me estudava, todas as linhas que compunham meu ser, fascinado. Eu só queria estar ali por ele. Talvez, para um gênio como Cadence, ver isso em mim fosse como esperar uma tela ampla e detalhada e perceber de repente que tudo era um aglomerado de pontos multicoloridos, bem mais complicado do que se supusera de início. Parecia que Cadence estava se inclinando para dentro de mim, perscrutando mais e mais de perto, embora eu não tivesse certeza se aquilo era real ou só minha imaginação. Se eu fosse de fato um quadro, um dos guardas do museu teria se aproximado e mandado Cadence dar um passo para trás. Vi o início de um sorriso mexer os cantos de sua boca, puxando-os para cima. Seus olhos estavam acesos, e eu ainda não conseguia desviar o olhar.

Então ele pareceu se recolher de volta em si mesmo. Seus olhos se fecharam outra vez, o gelo se espessou sobre a chama dançarina, e ele estendeu o corpo em sua plena altura, perfeitamente ereto.

— Sphinx — disse com seriedade. — Não tem nenhuma razão para você querer ficar comigo. — Ele declarou isso como um fato científico, algo inegável. Como se julgasse que, ao ouvi-lo falar, eu perceberia na hora o erro de minha ideia.

— Mas aí é que está — respondi, sentindo um bolo terrível subir em minha garganta. — É por isso que importa tanto, é por isso que eu quero tanto estar aqui.

Ele olhou para mim com uma expressão neutra, como um gato examinando um rato sob sua pata. Depois se virou lentamente para Leigh e sorriu. Um sorriso estonteante, de tirar o fôlego.

— Ela é uma boa menina — repetiu, e seu sorriso se alargou ainda mais. Estávamos novamente congeladas na cozinha. Leigh tinha o corpo ligeiramente inclinado para frente, parecendo que poderia simplesmente se lançar ao chão a qualquer momento. Era como uma cena de um filme; a trilha sonora seria aguda e suave, criando um suspense ao fundo. Parecia irreal. Meu orgulho recém-encontrado ainda estava comigo, mas se recolhia mais para o fundo agora: eu tinha a sensação de que era minha culpa ter começado aquilo, ter criado aquele estranho peso no ar quando resolvi falar que queria ficar. Era como a tensão depois das conversas com minha mãe, exceto que agora envolvia mais pessoas, tinha consequências maiores.

— Eu adoraria que... — Leigh começou depois de um momento, depois parou e respirou fundo, um pouco trêmula. Ela engoliu antes de continuar. — Eu adoraria que você ficasse, Sphinxie. — Então ela olhou para minha mãe, e vi seus olhares se encontrarem. — Mas, claro, a decisão é sua, Sarah — disse em uma voz mais baixa.

Leigh parecia uma criança assustada pedindo autorização, com os olhos úmidos. Minha mãe abriu a boca e fechou outra vez.

Cadence olhou para o relógio sobre o fogão.

— Está quase na hora do jantar — ele disse de repente. — O que vamos comer?

— Pensei em pedir alguma coisa — Leigh respondeu com um fio de voz. Todos estavam abalados, menos Cadence, que se afastou tranquilamente do grupo, deslizou até a mesa e se acomodou em uma das cadeiras como um príncipe esperando para ser servido. As pessoas sempre dizem que gostariam de não se preocupar tanto, de não se deixar afetar tanto, se machucar tanto. Cadence era mestre nisso. Ele nem se lembrava mais da incômoda tristeza e da tensão instaladas ali, das palavras que havia escutado antes de entrar, do modo como Leigh me chamara de boa menina. Ele superava tudo com muita facilidade. E ali estava eu com a dor na garganta, o peso no peito. Dentro de mim havia cores girando, se chocando, crescendo e se transformando a cada momento.

Nenhuma delas era azul.

14

Minha mãe me deixou ficar.

Ela protestou até o finzinho da semana em que ficaríamos ali, e eu juntava coragem e ia para o quarto dela todas as noites para conversar, tentando enfiar em sua cabeça que eu não ia desistir. Eu queria ficar. Eu *tinha* que ficar. Tinha que abrir a fenda entre nós e fazer os dedos dela me soltarem, assegurando-lhe que estava tudo bem, que esse era o plano agora. Que eu precisava de Cadence tanto quanto ela precisava de Leigh, que eu sabia que ela ia querer fazer a mesma coisa por Leigh se sua amiga estivesse morrendo, embora Leigh não fosse nem de longe tão extraordinária quanto Cadence. Havia algo importante que precisava ser feito ali, e era meu trabalho fazê-lo.

No sábado à noite, ela sacudiu a cabeça e fechou os olhos. Mas, no domingo à noite, ela cedeu — pelo menos em parte.

— Não quero que você fique muito tempo — disse —, mas conversei com a Leigh e decidimos que você pode estender a visita por mais uma semana. — Ela afagou meu cabelo como se eu fosse menor do que era de fato. — Preciso voltar para o trabalho, tem uma reunião que não posso perder de jeito nenhum. Tem certeza que vai ficar bem sem mim? E vai ficar bem quando voltar de avião sozinha?

— Sim, eu vou ficar bem — respondi e a abracei, abracei de verdade, pela primeira vez desde que começamos a ter aquelas conversas noturnas. — Muito obrigada mesmo. — Olhei sobre o ombro dela.

Havia um espelho pendurado na parede sobre a cômoda do quarto. Vi meu reflexo e, embora eu estivesse sorrindo, grata por aquela semana extra, meus olhos eram duros. Mais uma semana era muito pouco; eu precisava ficar até o fim. Mas mordi a língua para não dizer nada. Depois que minha mãe fosse embora, imaginei que seria mais fácil ir adiando mais e mais o fim da minha visita. Sem ela ali, a única pessoa que poderia me levar ao aeroporto era Leigh, e eu sabia que ela queria que eu ficasse.

E, se Leigh queria que eu ficasse, minha mãe queria também, embora ainda não tivesse plena consciência disso. Para minha mãe, quando se tratava de ajudar Leigh, a resposta era sempre *sim*, sempre havia sido *sim*.

— Me ligue todos os dias — minha mãe pediu. — Mais de uma vez por dia, se puder.

— Não vai ficar em pânico se eu deixar de ligar algum dia — comentei como um gracejo.

— Vou tentar — disse ela, e afagou meu cabelo outra vez. — Eu te amo, Sphinxie.

— Eu também te amo — murmurei.

Ela me beijou no alto da cabeça e então saí pelo corredor escuro do primeiro andar da casa de Leigh, em direção ao meu quarto. O quarto de Leigh estava escuro, mas, quando olhei para o de Cadence, notei uma fina faixa de luz escapando pela fenda da porta ligeiramente aberta.

Eu me aproximei na ponta dos pés e parei diante da porta, com a mão levantada para bater, pensando se queria falar com ele ou não. Tinha vontade de lhe contar que ia ficar e de confirmar se ele estava mesmo de acordo. Havia uma vozinha em minha cabeça dizendo que talvez eu estivesse sendo egoísta ao insistir em ficar; talvez Cadence ficasse mais feliz se eu fosse embora. Afinal eu não tinha parado para pensar nessa possibilidade, certo? Bati de leve na porta, três batidinhas tímidas e hesitantes.

— Quem é? — disse ele.

— Sou eu — falei em voz baixa. — Posso entrar?

— Não. — A resposta foi curta.

— Ah, tudo bem — eu disse, um pouco decepcionada. Talvez ele não estivesse vestido. Fiquei do lado de fora. — Eu só queria contar que vou ficar mais uma semana.

— Que bom. — A voz dele se suavizou de repente. — Eu esperava que você ficasse.

De dentro do quarto, sons tênues de lápis rabiscando papel chegaram aos meus ouvidos. Imaginei o que ele estaria escrevendo. Talvez fosse uma lista de coisas que queria fazer nas semanas que lhe restavam... ou talvez fosse uma história. Será que ele gostava de escrever ficção? Pelo menos ele lia muito.

— Você tem alguma previsão de voltar para o seu quarto logo, Sphinx? — Cadence perguntou depois de alguns minutos, fazendo-me pensar como ele sabia que eu ainda estava ali. Eu podia ter me afastado naqueles momentos de silêncio. Por um breve instante, fiquei subitamente convencida de que ele podia ver através da porta, que estivera me observando o tempo todo e eu não percebera.

— Sim — respondi baixinho. — Eu só queria te contar que vou ficar — repeti depois de uma pausa.

— Obrigado. — A resposta foi suave e murmurada.

Ouvi um ruído; ele havia largado o lápis sobre uma superfície dura. Uma mesa, provavelmente. Seria a mesma mesa com a gaveta de onde ele tirara a faca automática tantos anos atrás?

— Boa noite, Sphinx — disse ele. Eu o imaginei sorrindo ao dizer isso. Soou como se ele estivesse.

— Boa noite, Cadence — falei, afastando-me da porta.

Fiquei contente por ele parecer satisfeito com minha permanência, mas um sentimento pesado de decepção se aninhou em meu peito e ficou ali. Eu imaginara que ele me deixaria entrar em seu quarto, que teríamos outra conversa como a que havíamos tido nos balanços ou na sala do piano — mas isso não aconteceu. A luz se apagou no quarto dele, fazendo o corredor mergulhar na mais profunda escuridão. De repente, eu me senti muito menor do que apenas um minuto atrás. As coisas nem sempre eram como se imaginava; esse era o problema.

Em vez de ir para o meu quarto, voltei para o da minha mãe. Como todas as mães, ela acordou assim que me aproximei da cama.

— Você está bem, querida? — perguntou, com a voz rouca de sono. — O que foi?

— Posso dormir com você esta noite? — pedi. Tantos anos atrás, no dia em que meu rosto foi cortado, minha mãe se ofereceu para dormir comigo, para ficar comigo. E eu passara aquela semana inteira tentando crescer, tentando romper os cordões que me prendiam a ela, mas agora queria aceitar a oferta de anos atrás. Agora eu não sentia que havia crescido nem um pouco. Sentia que tinha dez anos outra vez, uma menininha com medo do escuro.

— Claro — ela respondeu, ainda meio dormindo, e se moveu para abrir espaço. Deitei na cama ao lado dela, dobrei os joelhos de encontro ao peito, e ela puxou o cobertor sobre nós duas. Cobri metade do rosto e, lá embaixo, o ar estava quente e cheirava ao hidratante de lavanda que minha mãe usava. As fendas se fecharam; eu precisava dela, e ela estava lá.

* * *

Na manhã seguinte, eu me sentei na cama, ao lado da mala de minha mãe, enquanto ela conferia se não tinha esquecido nada. Suas roupas estavam ordeiramente dobradas dentro da mala, em um nítido contraste com a massa de tecido amarfanhado e revirado que minha mala se tornara na última semana. Alisei uma prega em uma de suas blusas.

— Não se preocupe se esquecer alguma coisa — eu disse. — Eu ainda vou estar aqui.

— Toda hora eu me esqueço disso — ela falou com tristeza. — Queria que você fosse para casa comigo.

— Eu sei. Mas...

— Mas eu sei que isso é importante — ela completou, sorrindo e fechando a mala. — Não se preocupe, Sphinxie, eu vou ficar bem naquele avião enorme sozinha! — Ela riu e puxou os zíperes. — Sei que você também vai ficar bem.

Ela levantou a mala da cama e a pousou no chão com um baque suave.

— Me faz um favor — disse ela, e seu sorriso de repente ficou sério. — Esteja aqui pela Leigh também. Ela precisa de alguém ao lado dela, mais ainda que o Cadence.

Eu sabia que ela estava certa. Leigh era a mãe que seria deixada para trás, com um pedaço de si eternamente quebrado e perdido.

— Você acha que ela vai ficar bem? — perguntei à minha mãe. — Quando o Cadence se for, quero dizer.

— Acho que ela vai sobreviver — minha mãe respondeu, segurando meus ombros. — Vai ser muito difícil, claro, mas as pessoas aguentam. Ela nunca vai esquecer, mas vai conseguir seguir em frente, eu acho. Ela é forte, sempre foi.

— Ainda bem — eu disse baixinho. — Sinto tanto por ela, mãe. Ela vai sentir isso para sempre.

Depois do café da manhã, entramos no carro de Leigh para levar minha mãe ao aeroporto. Cadence se sentou ao meu lado no banco de trás, usando uma jaqueta vermelha de tecido leve e segurando uma caneca de chá com tanta força que os nós de seus dedos ficaram brancos. Seu cabelo caía sobre os olhos em uma massa de ondas douradas. Os fones do iPod estavam em seus ouvidos, e ele não respondia nada que nenhuma de nós dizia. Eu me inclinei um pouco para tentar ver o que ele ouvia: a "Quinta sinfonia", de Beethoven.

Lá fora o céu estava cinza, mas claro. Enquanto nos afastávamos da casa de Leigh, notei um homem correndo com um cachorro pela lateral da estrada. Era um golden retriever peludo, com a língua cor-de-rosa pendurada para fora da boca, o rabo balançando feliz enquanto seguia o dono.

— Olha aquele cachorro — minha mãe disse do assento do passageiro. — É muito bonito. Eu sempre quis um golden retriever quando era criança.

— Eu me lembro! — exclamou Leigh. — Eu ajudei você a vender limonada na rua da sua casa para juntar dinheiro e comprar um filhote! — Elas riram juntas, divertindo-se com a lembrança.

— E você conseguiu o cachorro? — perguntei à minha mãe, curiosa.

— Não. A vovó é alérgica, lembra?

— E a sua limonada era muito aguada — Leigh acrescentou. — Tivemos só uma cliente, uma menininha do outro quarteirão, e ela tomou um gole e cuspiu. Depois disse para todas as outras crianças não comprarem a limonada horrível da Sarah. Eu achava que ela era a menina mais antipática do mundo.

— Eu também não gostava dela — disse minha mãe. — Ela estava na minha classe naquele ano. Vivia rindo do meu cabelo.

— Como era o nome dela mesmo? — Leigh perguntou.

— Polly? Lucy? Não sei — minha mãe falou e riu sem razão aparente. Foi quando percebi como ela estava nervosa por ir embora sem mim.

Estávamos nos aproximando dos subúrbios da cidade rural de Leigh, chegando mais perto a cada minuto da urbana cidade de Londres e seu aeroporto. Logo minha mãe estaria no avião, subindo e subindo, enquanto meus pés permaneciam firmemente no chão. Como eu queria. Mesmo assim, senti uma súbita pontada de nervosismo no estômago que me fez tremer. Eu era a pessoa que Cadence tinha machucado mais; eu conhecia seu lado negro melhor do que ninguém. E, ainda assim, estava determinada a ficar. No entanto, por mais que a gente cresça, sempre existe uma parte de nós que gostaria que nossa mãe pudesse estar sempre por perto para nos proteger, mesmo quando se tenta ser adulto, mesmo que tenha sido sua ideia fazê-la ir embora sem você. Meu estômago revirava de ansiedade, em conflito. Naquele momento, detestei ter a capacidade de sentir uma mistura tão confusa de emoções dentro de mim.

Quando chegamos, carreguei a mala de minha mãe até dentro do prédio, fiquei ao seu lado no check-in e prendi na alça da mala a etiqueta que o homem atrás do balcão lhe dera. Enquanto caminhávamos pelo aeroporto em direção à fila para despachar a bagagem, Cadence veio andar ao meu lado, perto o bastante para roçar a mão acidentalmente na minha, vez por outra. Olhei para ele, que me deu um sorriso amistoso. Seus olhos faiscavam. Senti um arrepio percorrer o corpo.

— Sphinx — ele falou com naturalidade, em voz baixa. — Olha isso.

Quando me virei para ver do que ele falava, ele pôs a mão no bolso e puxou um canivete. Ao ver aquilo, senti um calafrio horrível por todo o corpo, como se alguém tivesse despejado um balde de água gelada na minha cabeça. E lembrei, com uma sensação de frio no estômago, que ele havia me apresentado a lâmina que usou em meu rosto com palavras idênticas. *Olha isso.*

— O que você está fazendo com isso? — sussurrei, tentando não olhar para a pequena lâmina. — Cadence, estamos em um aeroporto, você não pode carregar isso! Eles levam essas coisas muito a sério!

— Mil perdões — Cadence disse, mansamente, e enfiou o canivete de volta no bolso. — Esqueci que estava no meu bolso. Eu só estava te mostrando, Sphinx.

Era mentira. Ele tinha trazido aquilo no bolso de propósito, eu sabia. Mas com que intenção? Seria uma ameaça? Por um momento, eu me perguntei freneticamente se seria tarde demais para mudar de ideia e voltar para casa com minha mãe. Talvez eu estivesse louca quando a convenci a me deixar sozinha em um país estrangeiro com um garoto que já havia me cortado com uma faca. Mas não havia nada que eu pudesse fazer agora. O canivete estava escondido. Ninguém o tinha visto, a não ser eu. E Cadence provavelmente só estava tentando ver se eu teria alguma reação, se ele conseguiria causar algum problema no aeroporto. Só uma brincadeirinha, um pequeno jogo. Ele sempre estava fazendo algum tipo de jogo.

Esperamos com minha mãe enquanto ela fazia hora para passar pela segurança e hesitava interminavelmente, enchendo o ambiente com conversas vazias para evitar o inevitável. Quando por fim nos abraçamos e dissemos "tchau" e "eu te amo" mil vezes, ela parou de novo antes de entrar para me lembrar de todas as coisas que eu deveria fazer, ligar para ela, ter cuidado e ser uma boa hóspede na casa. E eu prometi que seria assim. Então ela desapareceu, deixando um sopro de si ainda impresso no ar, ainda tentando cuidar de mim.

— Bom, Sphinxie, agora somos só nós e você — Cadence disse como quem não quer nada.

— É — respondi, respirando fundo e tentando não pensar no canivete.

— Quer almoçar fora, no caminho para casa? — Leigh perguntou.

— Claro, se estiver tudo bem para você e o Cadence — falei.

Leigh sorriu e pôs um braço sobre meus ombros, apertando de leve. Atrás de nós, Cadence parara em uma banca de revistas e espiava as chamadas nas capas: fofocas, escândalos e quem traiu quem.

— Lógico que está tudo bem — disse Leigh, ainda sorrindo. — Nem sei lhe dizer quanto significa para nós você estar aqui, Sphinx.

— Significa muito para mim também — respondi, ainda olhando para o céu através da janela, para onde minha mãe tinha desaparecido. Não havia volta agora.

Fomos a um restaurante perto da casa de Leigh, um local pequeno e informal. Não parecia que havíamos realmente deixado minha mãe no aeroporto, e eu precisava ficar lembrando que ela estava em pleno voo, a caminho de casa. A garçonete tinha um jeito de vovó, com cabelos grisalhos penteados para trás e rugas em torno da boca, que revelavam uma vida inteira de sorrisos. Quando fizemos os pedidos, ela não anotou.

— Eu guardo tudo direitinho aqui — disse, dando uma batidinha na lateral da cabeça, quando viu que a olhávamos com ar intrigado. Ela usava pequenos brincos em forma de cenouras que pendiam dos

120

lóbulos das orelhas. Quando trouxe nossos pedidos, tudo estava exatamente certo; ela realmente guardara tudo direitinho na cabeça. Eu a admirei por isso, pois ela já era uma senhora. Era de imaginar que tivesse problemas de memória.

Leigh e eu dividimos uma grande cesta de batatas fritas, mas Cadence pediu uma salada simples. Ele estava rearranjando as folhas de alface, movendo-as em círculos e olhando para a janela atrás de mim. Tinha começado a chover outra vez. Imaginei se ele estaria se sentindo triste ou apenas acompanhando a trajetória de alguma gota de chuva, vendo se ela chegaria antes das outras à base da janela. Virei para trás na cadeira e escolhi uma gota. Se ele estivesse aborrecido, eu queria distraí-lo.

— Vamos brincar de corrida de pingos de chuva — falei, apontando. — Esse aqui com certeza vai ganhar.

Ele só olhou para mim, não parecendo muito impressionado. Eu sabia que ele devia estar achando que eu agia como uma criancinha. Esperei que ele revirasse os olhos e voltasse a atenção para a salada. Em vez disso, ele me observou por um momento, com a cabeça ligeiramente inclinada para o lado, depois apontou para a janela também. Soltei um involuntário suspiro de alívio.

— Acho que é esse que vai ganhar — ele falou, mostrando-me sua escolha.

E, por um minuto, observamos intensamente aqueles pingos, torcendo por nossos escolhidos.

Ambos chegaram à base ao mesmo tempo. Olhei para Cadence e ele se virou para mim quase simultaneamente. Seus olhos eram frios quando giraram depressa para encontrar os meus. Por um momento, imaginei se ele estaria bravo por não ter ganhado, embora uma gota de chuva chegando à base de uma janela fosse um evento aleatório, e não uma habilidade a ser dominada. Senti um lado de minha boca se movendo em um trêmulo sorriso involuntário, como um cachorro assustado retraindo os lábios.

E então ele sorriu também, e sua boca se alargou quase em sincronia com a minha.

— Viu isso, Sphinxie? — disse ele.

— O quê? — Por um instante fugaz, achei que ele estivesse se referindo a seu próprio sorriso. Eu o fizera acontecer. Eu apontara as gotas de chuva. E conseguir fazer essas pequenas coisas por ele significava que minha escolha de ficar não seria perdida. Eu tinha um propósito ali.

— As gotas de chuva, Sphinx. Elas terminaram a corrida juntas.

— É — falei, me sentindo de repente confusa. Seu tom de voz era como se ele estivesse tentando demonstrar algo, mas eu não sabia o quê.

Ele balançou a cabeça em um gesto satisfeito e olhou de novo para a janela, ainda mantendo o sorriso no rosto. Fiquei pensando no que ele estaria tentando me dizer. E então Leigh falou algo com sua voz alegre forçada, que só ouvi mais ou menos, e o tamborilar da chuva no telhado foi parando lentamente.

15

Agora que eu era a única hóspede, a casa de Leigh parecia maior e mais imponente. Passei pela porta e entrei no saguão com a sensação de que nunca havia reparado de fato em como aquele lugar era grande. Atordoada, deixei meus sapatos molhados na pilha comunitária na entrada e segui Leigh para a cozinha, enquanto Cadence desaparecia no quintal, deixando a porta bater atrás de si.

Vivienne estava no fogão, com uma grande panela fervilhando à sua frente. Tinha uma colher de pau presa na orelha como um lápis e as pulseiras prateadas em seu pulso chocalhavam alegremente quando ela se movia. Sua camiseta exibia um enorme símbolo da paz roxo na frente. Ela se virou e sorriu para mim quando entrei na cozinha.

— Soube que você vai ficar com a gente um pouco mais — disse ela, pegando a colher de pau na orelha e colocando-a na panela. — Fico contente por ter gostado tanto daqui. — Ela mexeu a sopa para um lado e para o outro. — É muito legal que você queira ficar pelo Cadence.

Eu me senti incomodada sem querer. Aquilo vinha me irritando desde que aparecera pela primeira vez: o jeito como eu era "tão legal", "tão boa" por ficar com Cadence. Algumas meninas que eu conhecia na escola provavelmente pensavam em mim como a boazinha; eu não saía escondida à noite, não ia para a balada, nunca tinha experimentado álcool ou drogas. Mesmo assim, eu não era santa. E achava que havia algo triste nisso, em todos acharem que eu era tão boa quando não era, e acharem Cadence tão terrivelmente mau. Nada nunca fora dito de forma explícita, mas ainda assim era triste. Ambos éramos apenas adolescentes; eu era tão propensa quanto ele a me dar mal por algum erro idiota. E era bem possível que a própria extensão de minha permanência naquela casa já fosse um erro idiota.

— Você pode se mudar para o quarto que a sua mãe estava usando, se quiser — ofereceu Leigh, tirando-me de meus pensamentos. — Ele é maior e tem banheiro dentro.

— Ah, obrigada — respondi, sentindo-me ligeiramente apreensiva. O fato de minha mãe não estar mais ali me deixava insegura; eu não queria ocupar o quarto dela e lembrar a todo momento que estava mesmo sozinha agora. Sem falar de ser constantemente lembrada *dela*, das discussões que tivéramos, e do plano, e da fenda entre nós. Era um paradoxo. Eu a queria de volta e não queria. — Talvez eu mude, mas não sei. Gosto do quarto onde estou, é tão bonito.

— Ah, que bom. Fico feliz que você goste — disse Leigh. — Fiquei meio insegura quando o decorei.

— Eu acho a decoração incrível — garanti. Não só a casa dela parecia ter crescido, como também suas conversas comigo tinham ficado repentinamente desajeitadas. — Você sabe para onde o Cadence foi?

— Provavelmente para o sótão — ela respondeu, indo até o fogão para ajudar Vivienne a acrescentar os ingredientes à sopa. — Pode subir se quiser, Sphinxie. — Ela disse isso com cautela, lembrando-se, como eu, de quando ele me empurrara por ter subido até lá sozinha.

— Vou subir — declarei, tentando transmitir autoconfiança. Saí da cozinha e galguei lentamente os degraus. Quando cheguei ao primeiro andar, virei na direção da escada do sótão, mas o som de movimento dentro do quarto de Cadence chamou minha atenção. Ele não estava no sótão, afinal. Do mesmo jeito que na noite anterior, a porta de seu quarto não estava totalmente fechada, mas deixava uma fresta. E, como naquela noite, fui até lá e bati de leve.

— Sim? — ele disse.

— Posso entrar dessa vez? — perguntei, corajosa.

Houve uma pausa.

— Pode — ele respondeu por fim, e sua voz era mais aguda e mais doce, sedutora. Fiquei contente por ele querer minha companhia, mas aquele tom de voz me pôs na defensiva. Mesmo sem saber o que esperar, abri a porta com firmeza.

Ele estava sentado em uma cadeira na frente da escrivaninha, sem camisa. A camisa manchada de tinta que ele usava para pintar estava estendida sobre a cama, o que me fez pensar que ele ia trocar de roupa quando bati na porta e decidiu me deixar entrar só para me chocar. E funcionou. Eu nunca tinha estado sozinha com um garoto seminu antes.

Seus ombros eram bem largos e a cintura estreita, mas a clavícula se projetava acentuadamente, assim como as costelas, e em seu peito havia um enorme hematoma roxo, azul e preto, amarelado nas bordas, que cobria quase todo o lado esquerdo. Recuei; parecia terrivelmente doloroso. E não era um hematoma qualquer em um corpo qualquer. Era Cadence. O belo Cadence, se desfazendo diante de meus olhos, se desintegrando em uma fragilidade perceptível e dolorosa.

— Tem outros — ele disse em voz baixa, notando meu olhar. — Tenho hematomas por toda parte. Quer ver, Sphinxie? — Ele se levantou e chegou perto de mim. Muito perto.

— Não — respondi, trêmula. — Não... não precisa.

Ele sorriu para mim e se afastou rapidamente, com os olhos brilhando muito. Pegou a camisa de pintura na cama, vestiu e abotoou. Engoli em seco, incapaz de apagar da cabeça a imagem de seu corpo pálido. Será que aquilo o aterrorizava quando ele se olhava no espelho? Se eu visse no meu corpo inteiro as evidências de estar morrendo, ficaria apavorada. Muito.

Ele estava sentado na cama agora, um pouco reclinado, com os braços apoiados atrás do corpo e os dedos esticados sobre a colcha. A colcha era branca, tudo na cama era branco, e tudo no quarto era branco ou feito de madeira escura e reluzente. Exceto as paredes: ele havia pintado as paredes em todos os tons imagináveis, e pintara tudo que pudera imaginar. Animais, flores, água, montanhas, árvores, carros, nuvens, casas. Planetas, estrelas, galáxias rodopiantes. Devia ter começado quando criança; algumas pinturas eram mais imperfeitas e estavam mais próximas do chão que as demais. Meus olhos percorreram as paredes à procura de algo. Não me dei conta do que era até perceber: não havia pessoas. Ele pintara tudo, exceto pessoas.

— Gostei das paredes — falei, tentando me distrair para não pensar em seu corpo. Levantei os olhos. Até o teto estava coberto de pinturas: peixes e criaturas do mar, principalmente. — Por que você pôs peixes no teto? — perguntei.

— Por que você acha?

— Não sei — eu disse. — Me conta.

Ele suspirou.

— Deita.

— Deitar?

— É! — Cadence segurou meus ombros e me forçou a deitar na cama, depois se deitou ao meu lado. — Pronto! — falou com firmeza, como se isso explicasse tudo.

Olhei para o teto, sem saber o que dizer, até que de repente compreendi.

— Ah, entendi! — exclamei. — Você pôs peixes no teto porque assim, quando está deitado na cama e olha para cima, é como se estivesse debaixo d'água, vendo eles nadarem acima de você.

— Exatamente — Cadence disse.

Fiquei olhando para o teto por um momento em silêncio, percebendo que ele não tinha me repreendido por não saber por que os peixes estavam no teto. Simplesmente me mostrara a resposta. Eu me virei para ele, sentindo um pequeno sorriso abrir caminho pelo meu rosto, mas não durou muito. Olhar para Cadence me fez constatar que ele estava muito perto de mim outra vez. Recuei um pouquinho, sentindo a necessidade de pôr alguma distância entre nós.

Os botões do alto de sua camisa estavam abertos e me vi olhando fixamente para a linha marcante de sua clavícula, que se projetava do corpo como uma cadeia de montanhas. Depois de um momento, eu me forcei a desviar o olhar. Um canto de sua boca se ergueu em um sorriso quase imperceptível.

— Sphinxie — disse ele, rompendo o silêncio com sua voz mais doce. — Quando você chegou, eu te contei meu segredo. Contei que os médicos disseram que tem algo errado com a minha mente. — Ele fez uma pausa, parecendo pensativo. — Mas eu não te contei o que era.

— Ah — murmurei, com uma sensação incômoda. Comecei a sentir arrepios na nuca e desejei poder voltar o tempo e sair do quarto antes que ele começasse a falar de seu segredo outra vez. Eu havia empurrado para o fundo de minha mente o que acontecera entre nós nos balanços naquele dia e me recusado a permitir que isso voltasse a tomar conta de meus pensamentos. — O que é? — consegui dizer, quando percebi que ele estava esperando. Ele não olhava para mim. Tinha a cabeça um pouco inclinada para trás e os olhos nos peixes do teto.

Nesse momento, ele voltou a me encarar, e seus olhos brilhavam muito.

— Eles acham que eu sou sociopata — disse Cadence, com uma voz tão suave que eu a sentia no ar.

Sociopata? Olhei espantada para ele. A palavra me fazia pensar em séries de TV de crimes, serial killers, fotos granuladas de Ted Bundy, homens atléticos atraindo crianças para seus porões. Em um instante, minha mente colocou Cadence em uma fila ao lado dos assassinos da televisão e dos estupradores dos noticiários, e ele parecia tão deslocado ali, com seus sedosos cabelos loiros e seus olhos admiráveis, e sua voz como ela soava naquele instante, uma brisa suave contra a minha pele. Sacudi a cabeça.

— Eles não disseram isso — contestei. A negação foi instintiva. Achei que ele estava tentando me assustar, me impressionar de uma maneira distorcida.

— Disseram, sim — ele confirmou calmamente. — É meu diagnóstico. Eles falaram para a minha mãe. Ela não contou para a sua, Sphinx, porque teve medo que a sua mãe não deixasse você vir se ficasse sabendo.

Abri a boca, mas nada saiu. Leigh teria realmente mantido em segredo o problema de Cadence e me deixado entrar em sua casa sem saber de nada? Seria verdade? Sacudi a cabeça outra vez, ainda negando firmemente, mas por dentro eu já sabia que tinha de ser verdade. Sempre houvera algo errado com Cadence. Meu pai percebera quando a borboleta morreu. Todos nós percebemos quando ele cortou o meu rosto. E agora, ali estava o problema, finalmente identificado.

— Você está com medo, Sphinxie? — ele sussurrou, os olhos ainda pregados em mim. — Está com medo de mim? — Ele riu, tão suavemente, tão levemente. — Lembre-se do que eu te disse. Quando os médicos não entendem alguma coisa, eles põem um rótulo qualquer só para se sentir seguros.

Eu não conseguia falar. Não conseguia me mover. Estava me encolhendo dentro de mim mesma ao lado dele, pensando na faca, pensando em todas as vezes em que ficara me perguntando por que ele tinha feito aquilo comigo. Meus dedos roçaram o edredom de sua cama e o apertaram. Ao meu lado, Cadence passou a mão pelos cabelos.

— Sphinx — ele disse, quase com indiferença, como se não houvesse nenhum problema. — Não fique aí deitada sem falar nada. Eu te contei meu segredo. Agora é a sua vez. Você tem que me contar o seu.

Minha cabeça estava a mil, e minha mente se agarrou com alívio à distração de ter que pensar em um segredo para contar a ele. Engoli em seco e tentei organizar os pensamentos. Percorri depressa minha coleção de momentos constrangedores e paixões ocultas por meninos, tentando encontrar algo que parecesse vagamente secreto, mas não revelador demais. Minha mente se rebelou contra minhas intenções, dando-me o oposto exato de não revelador demais: pensei em como minha cicatriz era uma barreira entre mim e minhas amigas, em como Cadence era um segredo só meu, em como minha melhor amiga na época, Kaitlyn, tinha pegado a fotografia dele e o achado bonito, e como ela acabara sendo a primeira pessoa para quem eu expliquei a cicatriz. Depois de alguns minutos lutando arduamente contra pensamentos indesejáveis, decidi contar a Cadence que eu nunca tivera um namorado. Isso não era de fato um segredo, mas tinha a aparência de um, na minha opinião.

— Eu nunca tive um namorado — falei em tom de confissão.

De imediato me arrependi da minha escolha. Eu não devia falar de namorados com ele. Não devia. Era um assunto arriscado; havia uma possibilidade de que a conversa desviasse para uma direção perigosa. E Cadence tinha acabado de me contar que havia algo muito errado com ele. Pensei em me levantar e sair do quarto. Mas como eu poderia? Eu não fui embora porque queria estar ali para ele.

Cadence nem alterou sua expressão.

— Eu já sabia disso, Sphinx — ele disse, sério.

— Como? — perguntei, pensando que talvez ele tivesse ouvido minha mãe conversando com Leigh sobre o assunto antes de ir embora.

— Por causa da gente — ele falou, como se fizesse perfeito sentido.

— Como assim?

— Nós fomos feitos um para o outro, Sphinx. É natural que você estivesse esperando por mim.

Eu me retraí.

— O quê?

— Esperando por mim. Imaginando que um dia encontraria uma maneira de ser boa o bastante para realizar o plano. — Quando percebeu que eu apenas o encarava, de olhos arregalados e em silêncio, ele continuou: — Você sabe. O plano das nossas mães. — Ele ergueu as sobrancelhas brevemente, depois deu de ombros, mudando para uma posição mais confortável. — Nossos filhos — disse ele, em um tom mais doce.

— Nossos filhos? — falei, mais alto do que pretendia.

— Ei, calma. A gente teria filhos. Você sabia disso, Sphinx. — Ele ficou quieto por um momento, depois rolou de lado e de frente para mim, com o rosto apoiado na mão. — Já imaginou? — Seus lábios se separaram e alargaram em um sorriso. — Eles provavelmente iam se parecer com a mãe. Teriam o cabelo como o seu.

Ele estendeu o braço para mim e eu pulei.

— Caramba, Sphinx — ele disse em um tom manso. — Você é tão assustada.

Ele aproximou a mão outra vez e eu fiquei parada, ouvindo as batidas do meu coração retumbar na minha cabeça, enquanto ele prendia atrás da minha orelha uma mecha de cabelo que havia se soltado.

— Pronto, é só isso — ele falou, como se nada tivesse acontecido.

É só isso? Quando ele arrumou meu cabelo, foi tão suave que parecia que uma brisa tinha passado sobre a minha pele. Eu quase nem senti. Engoli e lembrei que ele poderia ser perigoso. O fato de ele estar sendo tão gentil não significava nada — não se sente nada ao observar o rodopio de um furacão percorrendo um mapa meteorológico na televisão. Só porque não parecia ser nada não queria dizer que não era nada. Mas eu me perguntava: Seria realmente essa a razão de eu nunca ter tido um namorado? Será que eu tinha uma espécie de aura à minha volta, será que já estava comprometida em meu íntimo sem saber? Esperava ter filhos com um pai brilhante e terrível? E ele realmente pensava nesses filhos, realmente os imaginava parecidos comigo? Não, isso era tolice. Isso era terrível. Ele estava doente, estava todo errado, ele tinha dito que os médicos o haviam diagnosticado. E era exatamente por isso que eu não devia ter tocado no assunto de namorados.

Respirei fundo e consegui revirar os olhos com desdém, como se achasse que ele estava sendo ridículo e assunto encerrado. Agora ele estava me observando, olhando para mim como um gato olha fixamente para um pedaço de barbante arrastado pelo chão. E eu me vi dividida entre a impressão persistente da mão de Cadence pondo meu cabelo atrás da orelha e a sensação instintiva em meu estômago me dizendo para ter cuidado. O perigo estava ao redor.

— Mas e você? — perguntei, forçando as palavras a saírem de minha boca seca. Ter Cadence me olhando daquele jeito sem dizer nada era muito inquietante. — Já teve namorada?

— Claro — ele respondeu, como se fosse óbvio. — Mas nenhuma delas era certa para mim.

— Ah — murmurei, sem saber mais o que dizer. Ele falava como se sempre terminasse os relacionamentos depois que as meninas, claro, não conseguiam corresponder às suas expectativas. Eu me perguntava como haviam sido essas meninas. Imaginava se ele as comparara comigo antes de decidir dispensá-las.

— Bom — disse Cadence, após alguns momentos de silêncio —, isso está ficando meio chato.

— O que você quer fazer, então?

Ele rolou até ficar de bruços e esticou o braço pela borda da cama para pegar alguma coisa embaixo dela. Puxou de lá uma caixa e se sentou enquanto a trazia para cima. Era um jogo de xadrez.

— Vamos jogar xadrez — disse ele, tirando o tabuleiro de dentro da caixa e o abrindo.

— Eu sou péssima no xadrez — falei e, quando me sentei para abrir espaço para o tabuleiro, percebi que estava tremendo um pouco. Abracei a mim mesma para tentar parar.

— Não faz mal — disse ele. — Xadrez é um dos meus jogos favoritos. Sempre foi. — Ele posicionou o rei e a rainha brancos em seus lugares na superfície quadricul..da do tabuleiro. — Arrume as peças. Eu vou ficar com as brancas.

Obedientemente, peguei as peças pretas e as posicionei nos lugares apropriados.

— As brancas começam — ele me lembrou.

— Eu sei — respondi, enquanto a mão elegante de Cadence pairava sobre o tabuleiro, tomando sua decisão.

Ele moveu um dos peões para frente. Então era a minha vez. Meus soldadinhos enfrentando os dele. Movi um peão também. E assim foi, até ele me vencer em sete movimentos. O fato de termos começado essencialmente com o mesmo lance não pareceu importar. Ele havia me derrotado com facilidade.

— Bom jogo — cumprimentei, educada. — Você joga muito bem.
— Jogar xadrez, ao que parecia, era mais uma das coisas que ele podia fazer sem esforço.

Tornei a arrumar as peças pretas e peguei de volta o bispo que ele havia capturado, mas Cadence recolheu as peças de volta na caixa, fechou a tampa e a colocou no chão, empurrando-a para debaixo da cama com um movimento do pulso. Pronto. Fim de jogo. Por um momento, seus olhos tinham se acendido e os cantos de sua boca tinham se levantado em um sorriso satisfeito. Tudo se fora agora, ele voltara a ser aquela parede lisa. Cadence olhou para a escrivaninha, para um pequeno relógio digital colocado no centro.

— Está quase na hora do jantar — disse. — Vou descer.

Ele saiu e me deixou no branco muito branco de seu quarto, cercada pelas cores e as pinceladas de tinta, e os peixes nadando em ondas sobre a minha cabeça, sem uma única pessoa em parte alguma. Deslizei da cama, com arrepios na nuca novamente, meus pés avançando em passos abafados pelo tapete branco estéril. Então fechei a porta atrás de mim, selando a fresta, deixando para trás o mundo onde não havia mais ninguém.

132

16

Naquela noite, antes de ir dormir, perguntei a Leigh se poderia usar seu computador. Ela estava sentada no sofá da sala, mas não me aproximei, preferindo fazer a pergunta de uma distância segura. Eu não sabia mais o que pensar dela. Lá estava Leigh, baixando a revista, sorrindo, dizendo sim, levantando-se do sofá e trazendo seu laptop para mim de outra sala. E lá estava eu, com a testa franzida, me perguntando como ela podia ter mantido em segredo o problema de Cadence. Seria mesmo verdade que ela esconderia algo assim de mim, de minha mãe?

Leigh me entregou o laptop e eu o peguei devagar.

— Obrigada — murmurei, evitando olhá-la diretamente.

— De nada, Sphinxie — disse ela, e então notou minha expressão. — Está tudo bem? Algum problema?

— Não — respondi, sacudindo a cabeça. — Estou bem. — Eu me virei e caminhei para a escada, segurando o laptop com firmeza contra o peito.

Quando cheguei ao quarto, coloquei o laptop em cima da cama. Eu sabia exatamente o que ia fazer com ele, mas me senti como daquela vez, quando era pequena, e escutei a conversa de minha mãe ao telefone. Eu ia descobrir coisas que preferia não saber. Em vez de abrir o laptop, adiei o momento examinando minha mala, juntando todas as roupas em uma pilha gigantesca e levando tudo para o cesto de roupa suja no quarto de Leigh. Eu não tinha mais roupas limpas, já que só trouxera o suficiente para uma semana. A camiseta que eu usava estava amassada, com a borda das mangas dobrada estranhamente para cima, por ter ficado enfiada no fundo da mala desde o primeiro dia. *Eu devia ter deixado minhas roupas mais em ordem*, pensei com desânimo. *Não quero ficar andando por aí toda amarrotada.* Fechei o cesto de roupa suja e vesti o pijama, com um nó de apreensão e mal-estar se formando no estômago.

Então, por fim, eu me sentei na cama e liguei o laptop, porque não podia adiar para sempre. Era a primeira vez que usava um computador desde que chegara ali. Ele zumbiu e ligou, carregando muito mais depressa que meu velho computador em casa. A tela inicial surgiu, e vi que Leigh tinha uma foto de Cadence ao piano como papel de parede. Abri depressa uma janela na internet. "Sociopata", digitei na ferramenta de busca e cliquei no primeiro resultado. O brilho da tela do computador fazia minha mão no touchpad parecer a de um alienígena enquanto eu rolava pela página, sentindo a respiração presa na garganta.

"Uma em cada 25 pessoas é sociopata", declarava a primeira linha no site. "Sociopatas nascem assim, não se tornam mais tarde."

Então não era culpa de Leigh ele ter crescido daquela maneira. Minha mãe estava certa todos aqueles anos atrás ao telefone; algumas coisas eram inevitáveis. Era um mero acidente, um erro de genes, cromossomos, espermatozoide e óvulo, aquele único óvulo que, por acaso, estava na frente da fila na hora certa. Não era culpa de ninguém.

"As características de um sociopata incluem tendência patológica a mentir, charme superficial, ausência de remorso ou culpa, senso exacerbado de valor pessoal, total falta de empatia e problemas comportamentais desde cedo."

Estremeci. Era a descrição cabal de Cadence em um único parágrafo. Os médicos haviam dito que era isso que estava errado nele. E, depois de ler essa informação, eu soube que estavam certos.

"Quando se deparam com sociopatas, muitas pessoas mencionam seus olhos penetrantes. Sociopatas com frequência encaram para tentar discernir e entender as emoções das pessoas à sua volta."

Compreendi, por fim, o significado de ele ter chorado depois de me observar com atenção no dia em que esmagou a borboleta. Ele precisou ver minha deixa primeiro.

"Sociopatas não têm emoções verdadeiras, apenas as imitam. Eles não conseguem ser realmente felizes. Os pequenos prazeres que obtêm derivam de magoar as pessoas à sua volta. Um sociopata é incapaz de sentir amor de verdade."

Depois disso, havia figuras, duas imagens de tomografia de cérebros humanos, com as partes ativas iluminadas em vermelho e laranja e as partes em repouso mais claras, misturando azuis e amarelos. Saí da internet e fechei o laptop, com as mãos trêmulas.

Como seria, eu me perguntei, não ter emoções de verdade, apenas imitá-las para sempre? Eu não conseguia imaginar. Fingir tudo, desde o primeiro dia de minha existência, me esgueirar pela vida com um sorriso falso, lágrimas falsas. Nunca sentir o coração dar pulos da mais completa alegria, nunca o sentir pesado de dor — apenas senti-lo imóvel, frio e indiferente a tudo. Será que eu tentaria sacudir meu coração, talvez, provocando as emoções dos outros? Organizando as pessoas como peças de um jogo, fazendo-as rir e depois partindo-as em pedaços, na esperança de que elas chorassem e me levassem a chorar também? Será que eu sentiria algum tipo de esperança? Era impossível imaginar: sou daquelas pessoas que viram motivo de piada por chorar muito em filmes melosos. Eu não conseguia me imaginar passando por cada etapa da vida nesse nível de distanciamento constante.

E nunca sentir amor. Nunca levantar os olhos um dia e ver meu par perfeito olhando de volta para mim, sentir o calor flutuar entre nós e subir pela cabeça, estonteante e vivo? Em vez disso, ficar ali, com meus olhos penetrando, encarando, perscrutando as profundezas da alma de todas as outras pessoas, sem saber por que elas sorriam ou se apegavam umas às outras. Quem não quer encontrar sua alma gêmea? Quem ia querer um casamento de conto de fadas se isso não significasse nenhum sentimento dentro do peito? Eu sentia arrepios só de pensar.

E não havia cura. Cadence continuaria assim pelo pouco tempo que lhe restasse. Preso, sem perspectiva, sem saída. Só observando, imitando tudo tão perfeitamente, brilhando e brilhando, mas tão, tão morto. Ele nunca sorriria de verdade. Nunca choraria de verdade. Nunca se apaixonaria de verdade, por mais suavemente que soubesse falar ou por mais gentis que suas mãos pudessem ser. E nunca entenderia o que estava perdendo. Senti um nó subindo na garganta e pensei: *É isso, é exatamente isso. Estou com pena dele.* A ideia era reconfortante. Mesmo que a cicatriz nunca desaparecesse do meu rosto, mesmo eu sendo tímida e uma zé-ninguém na escola, e mesmo que os garotos nunca reparassem em mim, ainda assim eu era normal, estava tudo certo comigo, eu podia sentir tudo. A constatação me chocou. E, naquele momento, a alguns quartos de distância, ele estava vivo, respirando como eu, e era frio, tão frio quanto seus olhos, e vazio como um vaso de cerâmica empoeirado.

De repente entendi por que ele era tão terrivelmente bom em tudo. Era porque não havia mais nada para ele fazer. Ele não podia trabalhar em construir relacionamentos com as pessoas. Então o que restava? Para a maioria das pessoas, as pessoas vinham em primeiro lugar, e os hobbies e o aprendizado em segundo. Para Cadence, não existia o elemento "pessoas". Nunca existira. Ele não tinha absolutamente nada a fazer a não ser se lançar em outras coisas: se dedicar, se esforçar, ter sucesso em todas elas. Brilhar, como eu sempre o via. Mas as pessoas continuavam ausentes de sua vida, do mesmo modo como estavam ausentes das pinturas nas paredes de seu quarto.

A câmera digital estava fora da capa em minha mesinha de cabeceira. Eu havia filmado Cadence disfarçadamente pela terceira vez naquele dia, não muito depois de ele ter me contado seu terrível segredo.

136

Tínhamos acabado de jantar, ele se sentara no sofá, apoiara os pés na mesinha de centro e adormecera. Sua cabeça caíra para trás no encosto, os cabelos loiros espalhados pelo couro escuro. Adormecido, seu rosto perdia aquela aparência de parede lisa que às vezes tinha e se abria de leve, tornando-se mais infantil, mais humano. E mais doentio. Suas pálpebras pareciam finas e transparentes, os ossos da face se destacavam, projetando sombras sob eles, e, à luz do abajur da sala de estar, eu via uma teia delgada de veias azuis irradiando de suas têmporas e em sua testa.

Vivienne já tinha ido embora e Leigh ainda estava na cozinha, conversando com alguém ao telefone, de costas para a sala. Tentei ignorá-la. Não queria pensar nela ainda, no que ela havia feito. Determinada, foquei a câmera no rosto imóvel de Cadence e o filmei, apenas um minuto enquanto ele dormia. De repente, minha mão tremeu. E se ele não estivesse dormindo? E se eu o estivesse filmando e ele estivesse morto? Desliguei a câmera e a coloquei na mesinha de centro, depois estiquei a mão para tocá-lo, sacudi-lo. Hesitei, com medo de que ele acordasse bravo comigo por tê-lo tocado... mas e se ele nem acordasse?

Decidi levantar o pé e usá-lo para cutucar o tornozelo de Cadence. Ele se moveu e virou a cabeça para o lado. Respirei aliviada. Meu coração batia mais depressa que o habitual. Fiquei com tanto medo ao pensar que ele pudesse ter ido embora, ao pensar que ele tivesse morrido na minha frente, ao achar que a pessoa que eu amava e temia em igual medida tivesse partido da minha vida.

Enquanto assistia de novo ao vídeo de um minuto antes de dormir, os mesmos sentimentos surgiram em meu peito, fazendo com que eu me sentisse muito pequena. Estava me dando conta aos poucos de que um dia, não muito longe no futuro, eu veria Cadence morto, se conseguisse ficar ali até então, conforme eu pretendia. O garoto brilhante ia dormir e nunca mais acordar, e eu veria seu corpo quando a vida o tivesse deixado. Veria aqueles olhos belos e terríveis sem nenhuma luz. De repente, não tinha mais certeza se poderia lidar com isso.

E agora, sozinha no quarto, com o laptop desligado, eu não tinha certeza se poderia lidar com o que viria antes disso também. Se Cadence era sociopata, se ele era perigoso, se estava tão doente assim, o que faria nos dias antes de sua morte? O que ele faria *comigo*?

Respirei fundo, trêmula. Naquele momento, tive vontade de telefonar para minha mãe e dizer que queria voltar para casa. Se eu lhe contasse o segredo, sei que ela compraria imediatamente uma passagem de avião e me tiraria de lá. E eu estaria segura. Bastava um telefonema, e eu poderia fazer isso naquele mesmo instante.

Mas você precisa estar aqui por ele, aconteça o que acontecer, disse uma vozinha em minha cabeça. *Precisa fazer o máximo possível com o pouco tempo que resta a ele. Você tem que estar aqui, tem que fazer isso. Você sabe que a sua missão é essa. Até Cadence sabe. Ele disse que fomos feitos um para o outro.*

Estendi o braço e apaguei o abajur na mesinha de cabeceira. No escuro, puxei o cobertor até o queixo e me encolhi feito uma bola. De repente, desejei que minha mãe ainda estivesse no outro quarto de hóspedes, para o caso de eu precisar ser pequena outra vez e correr para ela durante a noite.

17

No dia seguinte, saímos juntos depois do café da manhã. Leigh nos levou a um vilarejo perto de sua casa, formado basicamente de pequenas lojas e restaurantes de administração familiar. Era a imagem perfeita que todos têm de uma cidadezinha inglesa. Encantadora. Lindas casinhas e prédios enfileirados, todos parecendo a morada de uma vovozinha bondosa. Floreiras nas janelas. Galinhas ciscando em alguns dos quintais. Achei aquilo absolutamente adorável. Parecia um livro infantil ilustrado.

— Eu adoro este lugar — disse Leigh. — Tão pitoresco, e as lojas têm coisas muito legais.

Cadence parecia indiferente, ou deprimido, se fosse capaz de se sentir assim. Ele fechou melhor a jaqueta e veio caminhando atrás de nós, com os olhos escondidos atrás de óculos escuros de aro fino.

Em uma das vitrines, havia uma gaiola cheia de pequenos periquitos em um local ensolarado. Os passarinhos se movimentavam de um lado para o outro por todo o espaço, fazendo barulho e batendo as asas cortadas. Leigh parou na frente da vitrine e bateu o dedo no vidro, fazendo as avezinhas virarem a cabeça para ela.

— Eu tive um periquito quando era adolescente — falou, sorrindo. — O nome dele era Orville.

— Que bonitinho — comentei, parando ao lado dela diante das aves. Cadence chegou ao meu lado e eu lhe perguntei: — Você gosta de passarinhos?

— Gosto — ele disse, depois de um momento de silêncio contemplativo. Então tirou os óculos escuros e os observou, acompanhando com os olhos um específico: azul e branco, com uma mancha amarela na garganta.

— Quer um? — Leigh indagou, ansiosa, quase pulando para frente. O fato de Cadence ter demonstrado um interesse relativamente animado por alguma coisa a fazia entrar logo em ação, como se esperasse congelar o tempo e mantê-lo assim. — Quer esse que você está observando, com a manchinha amarela?

— Pode ser — ele respondeu, surpreendendo-me. Ele não me parecia o tipo de pessoa que gostava de cuidar de bichos de estimação, e me perguntei por que um periquito comum despertaria seu interesse. Entramos na loja e um sininho tocou sobre a nossa cabeça quando abrimos a porta. Observamos o homem vir de trás do balcão e abrir a gaiola dos periquitos, Cadence apontar a ave que queria, o homem capturá-la na mão com facilidade. Ele pôs o periquito em uma caixinha de papelão com furos no alto e a deixou sobre o balcão enquanto examinávamos gaiolas, brinquedos para passarinhos, sementes e frutas secas.

— Quero uma dessas gaiolas que ficam penduradas em uma trave — disse Leigh. — Igual à que eu tinha para o meu passarinho. E é bem prática para mudar de lugar. Eu costumava levá-lo para a varanda para tomar ar fresco. — O homem nos mostrou onde havia esse tipo de gaiola na loja, mas Cadence não pareceu interessado em escolher uma, então foi Leigh quem escolheu: uma gaiola circular com o topo em forma de cúpula, as espirais de metal pintadas de azul-turquesa.

Pagamos e fomos embora, pois não queríamos deixar o passarinho na caixa enquanto passeávamos pela cidade. No carro, no caminho de volta para casa, Cadence segurou a caixa no colo, com o periquito fazendo barulhos suaves dentro dela. Vez por outra ele tentava mover as asas e batia no papelão.

— Coitadinho, ele quer sair — comentou Leigh. — Que nome vai dar para ele, Cadence?

— Não tenho ideia — ele respondeu secamente, com os dedos esguios batendo de leve na lateral da caixa. — Qual era o nome do seu mesmo?

— Orville — Leigh respondeu com animação. — Um dos irmãos Wright. Os que projetaram o primeiro avião.

— Então esse podia ser Wilbur — sugeri. — É o nome do outro irmão.

— Ótimo. Será Wilbur — disse Cadence, sorrindo para mim. Dentro da caixa, o recém-batizado Wilbur fazia pequenos ruídos, raspando os pés no fundo de papelão. Sorri também, contente por Cadence ter deixado que eu desse o nome.

— Espero que ele esteja bem aí dentro — falou Leigh. — Não parece muito feliz.

Quando chegamos à casa de Leigh, ajeitamos a gaiola em um canto relativamente vazio da sala antes de abrir a caixa. O periquito olhou para nós lá de dentro por um segundo antes bater suas asinhas cortadas e ir parar no chão da sala a alguns passos de distância, fazendo-nos dar um pulo. Leigh foi atrás dele e o pegou habilmente nas mãos.

— Pronto! — ela exclamou, triunfante. — Sphinxie, abra a porta da gaiola para mim, por favor.

Destravei o pequeno gancho e segurei a portinha aberta para que ela pudesse colocar Wilbur lá dentro. Ele voou para um dos poleiros, olhando em volta com olhos assustados que pareciam pequenas contas negras.

— Ele parece totalmente confuso — falei, rindo. — Não está acostumado a ficar em uma gaiola pequena sem outros passarinhos em volta. — A cabecinha do periquito virava de um lado para o outro, examinando cada um de nós. Cadence se aproximou e se inclinou perto da gaiola, fazendo o passarinho focar nele. O pequeno bico amarelo se abriu um pouquinho, como em preparação para se defender, se necessário.

— Passarinho bobo — Cadence disse baixinho, enfiando um dedo entre as barras da gaiola e balançando um dos espelhos que Leigh havia pendurado. — Passarinho bobo, bobo.

— Ele não é nada bobo. Na verdade, passarinhos são bem inteligentes — Leigh comentou. Ela arrumou as vasilhinhas plásticas de comida que tinham vindo com a gaiola e abriu um dos pacotes de alpiste. Com cuidado, despejou sementes suficientes para encher um dos recipientes e me pediu que enchesse o outro com água na cozinha.

— Precisamos prestar atenção para que ele sempre tenha comida — ela nos informou. — Passarinhos precisam comer o dia inteiro. — Ela pôs a vasilha de alpiste em uma pequena plataforma dentro da gaiola, e o periquito desceu até ela e começou a comer avidamente.

Achei que havia algo muito desesperado e melancólico no jeito como Leigh despejara com cuidado as sementes e nos lembrara de que precisávamos manter a vasilha sempre cheia. Ela estava saltitante como uma criança entusiasmada com um novo bichinho de estimação, mas havia algo muito pesado em seu entusiasmo. Era como se ela estivesse tentando supercompensar com alegria uma tristeza que ela queria esconder. Na cabeça dela, Cadence quisera tanto aquele passarinho, e ela o comprara para ele... mas ele, como sempre, não reagira com alegria normal. Achei que ela tentava sentir o entusiasmo e a felicidade infantis por ele, e isso era triste. Eu começava a entender. Ela estava tão desesperada. *Sinta isso, sinta isso, sinta.*

Era assim para Leigh todos os dias, em tudo que ela fazia. E deve ter sido assim desde que Cadence nasceu e cresceu estranho e distante, como uma parede por trás das emoções que aprendera a fingir.

Quando percebi isso, achei que finalmente havia compreendido por que ele me queria ali. Eu era a primeira pessoa com quem ele aprendera a ler pistas emocionais, a primeira pessoa que ele analisara. No passado, em nossas muitas brincadeiras, ele modelara sua máscara olhando para mim, como no dia em que matou a borboleta e eu, sem querer, lhe ensinei que ele deveria chorar. Eu era como o modelo da aula de artes, com as emoções à mostra, despida para o aluno tentar captar a minha imagem. E, ah, como ele tentara.

Ele não tinha de fato nenhum interesse pelo passarinho. Leigh e eu cuidávamos diligentemente do periquito Wilbur, nos revezando para trocar o jornal da gaiola, dar comida, colocar água fresca todas as manhãs. Wilbur parecia até bem feliz para um bichinho engaiolado. Voava de um poleiro a outro, conversava com seu reflexo no espelho e cantava quando deixávamos a gaiola na frente da janela, permitindo que ele visse os passarinhos silvestres lá fora. De vez em quando, Cadence parecia lembrar que ele estava lá e ia até a gaiola, enfiava um dedo por entre as barras e acariciava a cabecinha emplumada.

Leigh e eu gostávamos de deixar Wilbur solto para explorar a sala de estar; suas asinhas ainda não haviam crescido desde que o trouxemos da loja, então ele apenas corria pelo chão da sala, ciscando no tapete. Cadence ia para outro cômodo quando fazíamos isso. Imagino que ele preferisse a ave do outro lado das linhas azuis das barras da gaiola, mas eu gostava de ver Wilbur correr pela sala. Era um pequeno alívio na atmosfera séria da casa poder seguir aquela criatura alada, observar sua curiosidade surpresa diante de tudo que encontrava pela frente.

Quando eu era pequena, tínhamos um gato, um gato velho que, na verdade, pertencia à minha mãe. Eu tentava segurar o pobre gato como um bebê e sempre era arranhada por minhas exibições de afeto excessivamente entusiasmadas. Ver o periquito correr pela sala me fazia querer um também, daquela mesma lojinha de animais, e levá-lo comigo para casa como lembrança.

Uns dias mais tarde, naquela mesma semana, estávamos vendo televisão na sala de estar. Leigh tinha deixado Wilbur sair, e ele estava em seu colo como o substituto de um cachorro. O bichinho não demorara a ficar manso e acostumado conosco; parecia completamente feliz em nosso colo. Leigh o acariciava ritmadamente, passando o dedo indicador em seu dorso.

Achei que Cadence estivesse dormindo, ou pelo menos cochilando. Seus olhos estavam entreabertos e não focavam a televisão. Ele havia começado a dormir muito durante o dia, o que era bastante perturbador. Eu sabia que isso incomodava Leigh também. Ela não queria vê-lo ficar cada vez mais lento, cada vez mais exausto, conforme seu corpo ia cedendo pouco a pouco. Olhei com atenção para ele por um momento, checando, como sempre fazia quando o percebia dormindo, se ele ainda estava respirando. Ele estava, muito lentamente. Seu peito subia e descia, mas quase imperceptivelmente. A cabeça pendera para o lado, apoiada no ombro. *Ele vai acordar com dor no pescoço,* pensei. Então, de repente, ele acordou.

Seus olhos se abriram, literalmente, de uma só vez; em questão de segundos, passaram de um cochilo pacífico a dois grandes orifícios de azul-gelado em seu rosto. Eu me assustei e desviei o olhar, achando que seria estranho se ele me pegasse o observando enquanto dormia. Pelo canto do olho, eu o vi levantar a cabeça e olhar pela sala, quase freneticamente. Será que tivera um pesadelo? Seu olhar percorria toda a sala, parecendo nunca pousar especificamente em nenhum objeto ou pessoa.

— Cay? — Leigh chamou, nervosa. — Você está bem?

— Quero segurar o passarinho — disse ele, e seus olhos pararam por fim no periquito. Por um momento ele olhou fixo, vendo o dedo de Leigh acariciar o pequeno corpo emplumado, observando como ela sorria e imitava o som quando Wilbur chilreava satisfeito.

— Claro — ela disse, parecendo um pouco confusa. Ela pegou Wilbur nas mãos, levantou do sofá e o passou para Cadence. Ele pôs o passarinho no colo e observou um pouco enquanto o minúsculo bico explorava as pregas de sua calça. Sua mão esguia se estendeu e cobriu o dorso de Wilbur, afagando-o suavemente. Mas então a mão foi ficando cada vez mais pesada. Wilbur protestou, mas não conseguiu sair; a mão de Cadence praticamente o prendia e o espremia, e as pequenas asas e os pezinhos cor-de-rosa se agitavam em protesto.

— Cadence! — Leigh exclamou, com a voz mais alta. — Você está machucando o Wilbur!

Mas a mão dele subia e descia, mais pesada, mais pesada. O passarinho gritou, um som agudo e estridente. O rosto de Cadence era vazio e duro como pedra. Mais pesada, mais pesada, mais pesada. Os olhos de Cadence ardiam, brilhantes, dolorosamente.

— Você está esmagando o passarinho! — falei e, sem pensar, levantei e segurei seu pulso fino e ossudo. Meu dedo do meio encontrou com o polegar e eles se sobrepuseram; o pulso de Cadence parecia frágil em minha mão, mas ele era mais forte do que eu imaginara. Depois do que pareceu uma eternidade, consegui levantar sua mão e soltar o periquito. Wilbur estava quieto, mas vivo; saiu cambaleante do sofá e caiu no chão, onde se sacudiu e fugiu, trêmulo, para debaixo da mesinha de centro. Eu ainda segurava o pulso de Cadence, apertando mais forte do que pretendia.

Subitamente furioso, Cadence puxou o braço da minha mão, apertando os olhos. Antes que eu pudesse pensar em recuar, ele fechou a outra mão em um punho e tentou me golpear no rosto, mas errou e só roçou a lateral da minha bochecha. Pulei para fugir e ele veio atrás de mim, me agarrando pelos ombros enquanto se levantava. Nossos pés se enroscaram e caímos sobre a mesinha de centro, em um emaranhado de pernas e braços e um estrondo de vidro quebrado.

Tudo que percebi foi Leigh gritando, o passarinho fugindo em um bater de asas desesperado, a mesa parecendo desaparecer debaixo de nós. E Cadence berrando com a voz rouca e a respiração difícil, rápida e áspera, como se tivesse o ar preso na garganta. Percebi que eu estava em cima dele.

Rolei para o lado e senti algo sendo dolorosamente triturado sob as minhas costas. Cadence levantou a mão sem nenhuma razão aparente e a deixou tombar outra vez; ela caiu em meu ombro e, quando levantei a mão para afastá-lo, havia sangue pingando de minha palma, escorrendo pelo pulso. Ali, enfiado na palma da minha mão, um caco de vidro reluzia.

18

Minha voz ficou presa na garganta e eu não conseguia me mover. Por um momento, tudo que pude fazer foi fitar o teto, involuntariamente. Leigh gritava para não nos movermos enquanto ela chamava uma ambulância. Assim que ouvi a palavra, comecei a soluçar e gritei para ela, frenética.

— Não chame a ambulância! — pedi. — Por favor, Leigh, minha mãe vai ter um ataque! Por favor, não chame a ambulância! — Ao meu lado, Cadence respirava ofegante, com a mão pressionada no peito. Vivienne desceu correndo as escadas; ela estava dobrando as roupas limpas no primeiro andar, mas largou tudo quando ouviu o barulho e apareceu ao lado de Leigh, pálida.

— Querida, eu preciso chamar! — disse Leigh, tentando desesperadamente ficar calma, mas sua voz soava aguda e aterrorizada. — Precisamos levar vocês para o hospital!

— Não posso esperar até a ambulância chegar! — Cadence arfou. — Me leva para o hospital agora!

Leigh estremeceu, com o olhar em pânico.

— Tá bom, tá bom. — Suas palavras se atropelavam. — Vivienne, você pode estacionar meu carro aqui na frente e deixar as portas de trás abertas?

Vivienne saiu correndo, com o rabo de cavalo escuro balançando. E Cadence e eu ficamos deitados na poça de vidro quebrado no chão, ouvindo a respiração um do outro. A dele ainda parecia anormal, muito forçada e áspera.

— Por que está respirando assim? Você está bem? — perguntei, virando a cabeça para ele. Havia uma grossa revista de moda, que antes estava sobre a mesinha de centro, debaixo da minha cabeça. Tive sorte, percebi. A revista provavelmente protegera meu rosto.

— Não sei — ele respondeu bruscamente, ainda rouco. — Está doendo. — Fez uma careta e acrescentou: — Tem vidro atrás da minha cabeça, estou sentindo.

Leigh soltou um gemido.

— Vocês vão ficar bem — ela disse, com a voz mais tranquilizadora que pôde. — Vou ajudar vocês a se levantarem, um de cada vez, depois a Vivienne vai levar os dois até o carro. — Ela me levantou primeiro, segurando minha mão boa e me apoiando sobre os pés, as únicas partes do meu corpo que não estavam machucadas. A princípio eu oscilei, mas ela me amparou, pondo um braço em volta da minha cintura. Eu sentia a dor do vidro em minha pele agora, pequenas pontadas no corpo todo, especialmente nas costas... mas nenhuma no rosto ou na cabeça, até onde eu podia dizer. Aquela revista tinha me salvado.

Quando Vivienne me levou até o carro, tentei me sentar no banco de trás e gritei de dor.

— Tem vidro na minha bunda! — falei e ri, um riso irracional e assustado que explodiu sem meu consentimento.

— Você vai ficar bem aqui sozinha enquanto vou buscar o Cadence? — Vivienne me perguntou, com a testa enrugada de preocupação.

— Sim, estou bem, pode ir — respondi, fazendo um sinal para que ela fosse ajudar Cadence. E então fiquei sozinha no carro pelo breve tempo que Vivienne levou para voltar correndo para dentro da casa e ajudar Leigh a fazer Cadence se levantar. Sentei rígida na beirada do banco, a mão latejando de dor por causa do grande caco de vidro que se projetava de minha palma como uma pequena montanha. Olhei para ele; não conseguia parar de olhar, embora aquela visão me desse tontura. Então pensei que deveria tentar manter as mãos sobre o colo, tentar não deixar o sangue respingar no carro da pobre Leigh, mas três gotas muito vermelhas caíram e penetraram no tecido do assento mesmo assim. E depois mais quatro, depois mais seis, e depois mais que isso. Cuspi na mão machucada e tentei limpar o sangue, mas foi inútil.

Quando Leigh e Vivienne saíram da casa com Cadence apoiado entre elas, eu estava chorando. Não queria chorar, não estava soluçando ou algo assim. Só estava sentada ali, tremendo e gotejando sangue, enquanto lágrimas frias desciam silenciosamente pelo meu rosto. Leigh se sentou no banco do passageiro enquanto Vivienne dirigia, e pôs o braço para trás, tentando segurar minha mão. Eu não deixei.

— Eu sujei o seu carro de sangue, eu sujei de sangue — balbuciei, só conseguindo pensar com clareza no carro.

— Não se preocupe, eu mando lavar. — A mão dela flutuou no ar, procurando algo para fazer, então começou a acariciar meu joelho.

— Minha mãe vai ficar muito brava comigo — eu disse, fungando. Minha voz parecia molhada.

— Não, ela vai ficar brava comigo — Leigh falou. — Eu sou a adulta. Eu sou a responsável.

Sim, pensei sem querer, olhando fixo para ela. *Eu provavelmente nem estaria aqui se você tivesse dito a verdade.*

Vivienne fez uma curva acentuada, e eu me desequilibrei para o lado e me choquei com Cadence, que apertou os dentes de dor. Ele olhou com fúria para o assento do motorista, para o rabo de cavalo agora desarrumado de Vivienne, que balançava atrás dela.

— Dirija com mais cuidado — ele rosnou.

— Cadence! — Leigh quase gritou, arrancando o nome dele da garganta de um jeito nervoso. Em seguida se virou depressa no banco para olhar para ele. Seu rosto estava contraído de preocupação e de um súbito fluxo de impaciência contida. — Chega, está me ouvindo? Chega!

Ele a encarou com fúria. Sua mão ainda pressionava um lado do peito, a respiração ainda era ofegante.

— Estamos chegando? — ele perguntou, depois de um momento de silêncio tenso. Atrás de sua cabeça, o encosto estava manchado de sangue. Fechei os olhos com força e apertei o banco com a mão boa.

— Estamos quase lá, aguenta firme, vai dar tudo certo — respondeu Leigh. A terrível voz irritada que ela usara para gritar com Cadence instantes atrás havia desaparecido tão rapidamente quanto viera, dissolvendo-se em uma trêmula massa de preocupação. Sua cabeça já estava praticamente voltada para trás de tanto virar para olhar para nós.

— Olhem, está ali, chegamos.

Abri os olhos e vi um hospital surgindo à nossa esquerda. Havia dois lugares para virar e entramos no primeiro, mas quase imediatamente percebemos que era o estacionamento de visitantes. Era o outro que levava à emergência. Vivienne deu ré desajeitadamente e quase bateu em outro carro que passava.

— Para! — Cadence protestou, com o rosto contorcido de dor. — Alguma outra pessoa tem que dirigir!

— Cadence! Está tudo certo, estamos bem! — Leigh gritou. O carro fez uma manobra precária e virou na entrada certa. Vivienne pisou no acelerador e fomos jogados para frente, até que finalmente paramos, derrapando diante das portas da emergência.

E então saímos do carro, passando rapidamente pelas portas automáticas e deixando um rastro vermelho na sala de espera, nos imaculados ladrilhos brancos do hospital. Uma enfermeira veio e pôs toalhas nas cadeiras para que sentássemos, e nos acomodamos na beirada, nos sentindo rígidos e doloridos em toda parte. Esperamos pelo que pareceu uma eternidade, e eu estava tão consciente do vidro em minha mão que podia sentir seus contornos sob a pele. Leigh implorava que nos atendessem depressa, que nos arrumassem um quarto, um médico.

— Eles estão sangrando — ela dizia, com a voz aguda e frenética. — Minhas crianças estão sangrando. — Leigh não conseguia ficar sentada; ela andava de um lado para o outro e ia repetidamente ao balcão da recepção, insistindo para que a espera não demorasse tanto.

Quando por fim nos levaram para os quartos, fomos separados: Leigh foi com Cadence, e Vivienne ficou comigo. Um médico jovem de cabelos curtos e castanhos entrou e me examinou. Ele puxou o vidro de minha mão com uma pinça, depois olhou entre meus cabelos, à procura de mais algum pedaço. Tive de tirar a blusa e a calça para que ele removesse o resto dos cacos, e estava gelado naquele quarto de hospital. Eu sentia que tinha pontos no corpo inteiro; não consegui contar quantos precisei levar. Minhas roupas estavam em uma pequena pilha no chão, aos pés de Vivienne, com manchas vermelhas que agora escureciam para marrom no ar seco. Vivienne usava uma regata sob a blusa e, quando o médico terminou de me atender, ela a tirou e me deu, para que eu não tivesse de vestir de novo a blusa ensanguentada.

Vivienne e eu ficamos sentadas ali na emergência sozinhas por mais de meia hora. Eu não parava de pensar no som estranho da respiração de Cadence no carro. Estava nervosa por eles demorarem tanto. Por fim, Cadence e Leigh apareceram. A aparência dele era aterrorizante. Ele estava furioso, amargo e com um ar maligno. A parte de trás de sua cabeça era um emaranhado de cabelo e sangue.

— Ele não deixou raspar o cabelo — Leigh contou a Vivienne. — Tiveram que dar os pontos com todo o cabelo no caminho. Está um horror.

— É melhor ficar com o cabelo assim do que ficar sem nada — Cadence disse, irritado.

— Por que a respiração dele estava daquele jeito? — perguntei, ainda preocupada.

— Uma costela quebrada — Leigh explicou.

— E o que é preciso fazer? — Vivienne quis saber.

— Nada, pelo que entendi. Antigamente eles enfaixavam o peito para segurar tudo no lugar, mas agora não fazem mais isso, porque impede a pessoa de respirar fundo.

Eu estava paralisada, me sentindo mal. Embora soubesse que aquilo estava fora de meu controle, que ele havia me agarrado e me feito cair, que eu não tive como evitar, ainda assim eu tinha caído sobre ele. Tinha quebrado sua costela. Fui eu.

— Desculpa — eu disse, e minha voz soou chorosa e irritante.

Ele não respondeu. Eu não esperava que respondesse.

Quando entramos no carro, a maior parte do sangue já havia secado. Foi então que me lembrei do periquito. Eu esperava que Wilbur não tivesse se cortado com um estilhaço de vidro, que estivesse seguro. *Ninguém se lembrou de colocá-lo de volta na gaiola*, pensei quando nos aproximamos da casa de Leigh.

Olhei a palma de minha mão, as linhas finas que, de repente, eram tudo que havia para segurar a pele unida, e me senti frágil. Quebrável. E mortal. Quando vivemos o dia a dia, apenas nos esquivando das coisas que a vida lança sobre nós como se fosse um jogo cósmico de queimada, não percebemos que um dia podemos cair do jeito errado e nunca mais levantar. Pousei a mão no joelho, com a palma para cima.

Cadence estava virado para o outro lado, olhando pela janela. A parte de trás de sua cabeça estava horrível com os pontos, os cabelos loiros grudados e pegajosos, parecendo duros e estranhos, colados logo acima da nuca. Eu desejava saber o que ele estava pensando. Estaria agradecido de alguma forma por estar vivo e ter sido medicado, quando pouco tempo atrás estava deitado ao meu lado no vidro, sangrando sem parar? Ou estaria apenas bravo, cheio de raiva que ele não sabia para onde dirigir? Tive um desejo momentâneo de esticar a mão e tentar tocá-lo. Se fosse qualquer outra pessoa, eu teria feito isso, sabendo que ele se sentiria reconfortado com o toque de alguém que acabara de passar pela mesma coisa e saíra bem daquilo... mas ele não era qualquer outra pessoa. Ele era Cadence, sozinho em seu solo sagrado, mesmo quando se feria. Eu sabia disso. Mas meu desejo de tentar alcançá-lo só crescia.

Como ele se sentira quando estava com medo, quando caímos e ele implorou a Leigh que o levasse ao hospital? Eu me tranquilizei ao ver o rosto de Vivienne e de Leigh, por saber que elas estavam ali e se preocupavam comigo. Mas ele, sozinho e sem ninguém a não ser ele mesmo, como se sentira? Ele estava deitado no chão, respirando com dor e uma costela quebrada, e em sua cabeça não tinha ninguém a não ser ele mesmo. E isso deve ter sido aterrorizante. Só pode ter sido.

— Ei — eu disse baixinho, quando chegamos à entrada da casa de Leigh. — Ei, dá para acreditar no que aconteceu com a gente? — Eu sabia que isso não ia significar nada para ele, mas queria tentar mesmo assim. — E estamos bem — continuei. — Estamos bem mesmo.

Eu tentava projetar externamente o que sentia. Queria me sentir agradecida por nós dois, aliviada por nós dois, e envolver ambos com esses sentimentos. Ele estava sempre procurando; eu queria pôr ali, bem na frente dele. Ainda pensava em alcançá-lo, em tocá-lo. Só uma vez.

— Tivemos muita sorte — eu disse, e devagar, muito devagar, estendi o braço e pus a mão sobre a dele. Era a primeira vez que eu ousava fazer algo assim e meu coração se acelerou de imediato. Meus dedos tremiam e eu mordi o lábio, tentando fazê-los parar. Por um momento, esqueci a dor viva que ainda estava presente em todo o meu corpo, em todos os meus cortes.

Então ele se virou lentamente, e, sem querer, minha mão enrijeceu sobre a dele, com medo de qual poderia ser sua reação. Vi seus olhos se ajustarem. Ele me examinava com atenção outra vez, como no dia em que estávamos na cozinha e eu declarei que ia ficar. E percebi que, durante todos aqueles anos em que éramos pequenos, quando eu olhava para ele e me perguntava como ele podia ler tão bem, desenhar tão bem, falar com tanta clareza, pensar em brincadeiras tão inteligentes, ele estivera olhando para mim e eu não notara que ele também se perguntava coisas a meu respeito. Como eu sentia tão profundamente. Como eu chorava tão alto. Como, embora ele soubesse que podia me superar em todas as outras áreas da vida, eu ainda vivia tão mais intensamente do que ele.

Ele desviou o olhar de mim, puxando a mão da minha e fechando os olhos, como se estivesse fugindo de uma visão desconcertante.

— Não foi sorte — disse ele, com a voz fraca, um fio de som no que parecia de repente um carro gigantesco. — Eu vou ficar com tantas cicatrizes.

E eu me senti desabar de repente, como se estivesse vendo o meio do banco entre nós afundar em um grande fosso. As cicatrizes. Essa foi a primeira coisa que sua mente pensou: as marcas físicas.

Ele era mais inteligente que eu, melhor e mais talentoso que eu, mas também estava mais perdido do que eu, e ambos sabíamos isso. E isso era impressionante, porque eu mesma me sentia incrivelmente perdida. Estava sentada no banco de trás de um carro manchado com meu próprio sangue, e queria minha mãe e não a queria, e era culpa dela mas não era, e eu tentava com tanto empenho fazer algo certo, ainda que o plano estivesse corrompido, arruinado e manchado com meu sangue, tanto quanto o carro. Engoli e doeu, e me perguntei se teria vidro na garganta, no peito, nos pulmões.

O carro avançava devagar. Estendi o braço e pus a mão no ombro de Cadence, mas de repente estávamos na frente da casa e a vida continuava, e eu já havia meio que esquecido como tinha sorte por respirar, sentir e viver.

19

Encontramos o periquito no chão, ao lado dos restos estilhaçados da mesinha de centro, bicando com curiosidade um pedaço de vidro que reluzia à luz da janela. Leigh o pegou e colocou rapidamente dentro da gaiola, depois parou diante da bagunça, examinando o estrago. Meio sem jeito, eu a observei da cozinha, enquanto o medo subia em meu peito. Leigh ia ligar para minha mãe a qualquer momento, não havia dúvida, e ela me faria voltar para casa. Mas agora Cadence estava ferido, além de tudo. Como eu poderia deixá-lo? Eu já tinha decidido que nada me impediria de continuar ali: nem seu diagnóstico, nem seu comportamento, e certamente não um acidente bobo com uma mesinha de centro.

— Não tirem os sapatos — Leigh disse por fim, virando-se dos restos da mesa. — Não precisamos de vidro entrando no pé de ninguém. — Ela suspirou, afastou o cabelo dos olhos e continuou: — Não vou nem tentar limpar isso. Vou chamar alguém que possa vir e fazer o trabalho com segurança. E preciso ligar para a Sarah.

Fiz uma cara de desgosto, e Leigh também. Ela parecia quase tão contrariada quanto eu com a ideia de telefonar para minha mãe, ou talvez ainda mais. Era a segunda vez que eu tive de ir ao hospital como resultado de algo associado a Leigh. Seu filho, sua mesa de centro. Eu não sabia se me sentia pior por mim ou por ela.

Ela ligou para minha mãe primeiro, e chorou enquanto explicava o que havia acontecido. Elas conversaram por alguns minutos, depois

Leigh me passou o fone. Eu o peguei com cuidado, com a mão que não estava machucada.

— Oi, mãe — falei, com a voz trêmula de apreensão.

— Sphinxie! Ah, meu Deus, você está bem? — A voz dela soava alta em meu ouvido, aguda e tensa. Tentei tranquilizá-la, dizer que estava tudo certo, que o médico no hospital me deixara como nova. E havia uma revista na mesa que protegera o meu rosto. Eu tivera tanta sorte, estava tão agradecida. E os pontos nem tinham doído muito.

— Por favor, não me obrigue a voltar para casa — acrescentei no fim de meu discurso. — Eu queria muito que você estivesse aqui para me abraçar e essas coisas, mas não posso voltar para casa. Não agora.

— Se eu pudesse fazer do meu jeito, mandaria a Leigh te colocar num avião hoje mesmo — disse ela. Sua voz era quase zangada, mas eu sabia que ela não estava brava comigo, só irritada por não ter estado ali para segurar minha mão no hospital, para me dizer que tudo ia ficar bem. Brava por ter acontecido alguma coisa comigo. — Mas não posso fazer isso, posso? Com você toda cortada? Você vai ter que ficar aí até cicatrizar um pouco.

Imaginei como ela se sentiria com aquela situação se soubesse o que Leigh havia escondido dela. E então, de repente, meu coração deu um pulo. De certa forma, talvez fosse sorte eu ter me machucado. Eu não tinha parado para pensar que minha mãe esperaria até eu melhorar antes de me mandar em um longo voo de volta para casa.

— Tudo bem — respondi, com um entusiasmo contido.

— Eu te amo, Sphinx — disse ela. — Você nem imagina como seu pai e eu queríamos estar aí com você.

— Eu também te amo, mãe — falei. — Mas estou bem. Sério. Eu tive sorte.

— Ainda bem que você está se sentindo assim tão positiva — disse ela, permitindo-se um breve riso. — Agora fale com o seu pai. Ele quer ouvir a sua voz.

Meu pai mal me deixou falar quando pegou o telefone. Sua voz era bem mais alta e mais brava que a de minha mãe e, embora eu soubesse que sua irritação não era dirigida diretamente a mim, tive uma sensação de vazio no peito. Segurei o fone no ouvido com a mão trêmula e ouvi em silêncio enquanto suas declarações de que sabia que algo ia acontecer se emendavam com perguntas sobre como eu estava me sentindo.

— Eu te amo, pai — falei com uma voz miúda, quando finalmente foi a vez dele de ficar em silêncio.

Eu o podia ouvir respirando, soando ligeiramente sem fôlego.

— Quero você em casa o mais rápido possível — ele disse com a voz mais firme. Senti lágrimas nos olhos. Sabia que isso significava que ele me amava também. Ele só não conseguia dizer as palavras naquele momento. Ainda estava muito bravo. Era como daquela vez, todos aqueles anos atrás, quando saíra batendo a porta depois que eu fui cortada.

Meia hora mais tarde, um homem veio limpar o vidro e o sangue do tapete da sala de estar. Cadence e eu ficamos sentados na cozinha, observando, sob o efeito de analgésicos para amenizar a dor de nossas feridas. O homem da limpeza nos fitou pelo canto do olho enquanto trabalhava. Devia estar imaginando o que teria acontecido, pensando em que sequência de eventos poderia ter levado dois adolescentes aparentemente sensatos a atravessar uma mesinha de centro de vidro. Eu quase tive vontade de perguntar que cenário ele criara na cabeça.

Por alguns dias depois disso, era como se estivéssemos todos pisando em ovos. Leigh se sentia culpada e traumatizada, e a mesinha não existia mais, deixando um vazio na sala. Cadence e eu ainda sentíamos dor, embora eu encontrasse uma estranha sensação de alívio em saber que ambos sofríamos do mesmo jeito, porque tínhamos caído na mesa juntos. Agora Cadence tinha marcas que o ligavam a mim, assim como eu sempre tivera a cicatriz para me ligar a ele.

Leigh encomendou outra mesinha pela internet, uma de madeira dessa vez. Não queria mais saber de mesas de vidro em sua casa, o que não me surpreendia. Enquanto esperávamos a nova mesa chegar, sentávamos na sala, segurando a caneca na mão em vez de pousá-la, e assistíamos a inúmeros filmes. Estávamos tentando fazer coisas que não exigiam muito esforço, porque Cadence precisava se mover o mínimo possível, mas ele nos despistava e subia até o sótão, apesar de todas as recomendações médicas, para pintar mais azul em sua tela. Leigh e eu, então, víamos televisão sozinhas, filmes e mais filmes românticos. Felizmente, ela ficava em silêncio. Quando eu sentia meus olhos constrangedoramente molhados nas cenas sentimentais, ela não chamava atenção para minhas fungadas discretas.

Eu tentava me perder no desfile infinito de personagens superficiais e situações cômicas que se revezavam na tela da televisão, mas minha mente se recusava a dessintonizar. Por mais filmes que eu visse, meu cérebro não parava de pensar em tudo, percorrendo cenários em que Cadence e eu tivéssemos ficado gravemente feridos pelo vidro, em que minha mãe tivesse me obrigado a voltar para casa mesmo com os ferimentos, em que eu não conseguisse nada de útil ficando ali, em que algo se partisse ainda mais na cabeça de Cadence e ele fizesse alguma coisa horrível comigo. E eu sentia dor. Os cortes ardiam em todo o corpo, e a palma de minha mão latejava quase constantemente.

Então, pouco a pouco, conforme os dias se passavam, fui sarando. A dor ficou menor, comecei a usar a mão cortada outra vez, os pontos saíram como fios soltos, minha pele formou as ligações necessárias outra vez. A mesa nova de Leigh chegou, de mogno escuro e brilhante, e ela e Vivienne a arrumaram na sala, preenchendo o vazio. Minha mãe me ligava todos os dias, para saber como eu estava, se já me sentia bem o bastante para voltar para casa. E, em meu coração, eu sabia que estava suficientemente curada, que dias e semanas suficientes haviam se passado para que meus cortes fossem considerados cicatrizados... mas eu não admitia isso. Eu arrastava minha estada, arrastava-a mais cada vez que desligava o telefone, arrastava-me da poltrona para alcançar a câmera digital quando percebia mais uma oportunidade de filmar Cadence. Eu me recusava a deixar que a queda sobre a mesa de centro mudasse qualquer coisa em mim: eu ainda estava em uma missão, firme em minha determinação de concluí-la. Ninguém me faria deixar Cadence.

Ele ainda não havia se curado tão bem quanto eu. Alguns de seus cortes tornaram a abrir, feios e vermelhos. Seu corpo estava focado na desorganização criada pela leucemia e não parecia em forma para cuidar de novas lesões. Ele também se mostrava mais cansado do que de costume agora; dormia ainda mais que antes, e às vezes, quando acordava, mencionava uma dor que não tinha nada a ver com os cortes e a costela quebrada. Nova dor, novos hematomas se espalhando, tomando conta. E eu me sentia culpada, porque parecia que ele havia piorado depois que eu caíra em cima dele. Não tinha sido minha culpa, claro, e eu vivia me lembrando disso. Ele fora muito violento com Wilbur, depois tentara me agredir... Eu não era responsável por nada daquilo. E aquilo devia mesmo acontecer, era esperado, o modo como ele ficava cada vez mais exausto, cada vez mais próximo de pifar.

Era difícil acreditar que algo tão estúpido quanto uma doença pudesse levá-lo. Sim, ele parecia frágil, delicado e abatido, com toda a cor sugada do rosto e depressões escuras sob os olhos, mas esses olhos ainda ardiam. E ele ainda estava ativo, fazendo isso e aquilo e chocando a todos que podia, refulgindo como um sol abrasador, tentando convencer a todos de que ele era um deus, que seu solo sagrado era real. Quando eu pensava dessa maneira, parecia uma idiotice achar que ele estava morrendo. Como ele poderia estar morrendo? Ele ainda brilhava com tanta intensidade.

Um dia, antes do jantar, eu o segui até o jardim e sentei ao lado dele nos balanços. Ele acabara de acordar de um cochilo e seu cabelo estava levantado atrás. A parte onde ele levara os pontos se destacava em estranhos e pequenos tufos e riscos. Ele segurava as cordas do balanço com força, fazendo os nós dos dedos se projetarem. Estava frio lá fora e eu me preocupei que talvez ele não devesse estar ali, que talvez lhe fizesse mal. A neblina pairava em ondas cinzentas sobre a extensão do jardim e encobria as árvores no outro extremo, fazendo tudo parecer fantasmagórico e, de certa forma, mais velho.

— Está esfriando — comentei e, de imediato, senti que deveria ter dito algo mais interessante. Ele evidentemente também achava o mesmo, porque não se importou em responder. Em vez disso, empurrou o chão com os pés, e seu balanço começou um lento trajeto para frente e para trás. — A neblina parece sinistra — falei depois de alguns minutos. — Mas bonita também.

— Parece mais bonita que sinistra — ele disse com a voz plana.

Fitei a neblina outra vez, deixando meus olhos se acostumarem.

— É, acho que você tem razão — admiti.

Houve um silêncio momentâneo. Eu ouvia a respiração dele: aquela aspereza estranha que aparecera no dia em que caímos sobre a mesa ainda era audível. Ele virou a cabeça de lado e olhou para mim com os olhos semicerrados, as íris pálidas quase reluzindo à luz tênue.

— Sphinx, sabia que eu senti sua falta quando nos mudamos para cá? — ele disse com suavidade. — Eu queria trazer você comigo. Não deviam ter me obrigado a deixar você lá. — Ele fez uma pausa, fixando os olhos nos meus. — Mas não importa mais. Você está aqui agora, até o fim.

Concordei com a cabeça, incerta quanto ao que responder. E então ele sorriu. Lentamente, os cantos de sua boca se levantaram e afastaram os sinais da doença por um breve instante. Eu estremeci.

— Você devia saber que eu queria trazer você comigo, Sphinx — ele murmurou. — Não sentiu falta de mim também?

Eu não sabia se devia mentir ou dizer a verdade. Tudo que eu sabia é que estava maravilhada com o modo como ele transformara sua voz em veludo e me envolvera com ela. E minha resposta real àquela pergunta era complicada. Não, eu não sentira falta dele, mas sentira sua perda. Sentira alívio por estar segura, sem suas mentiras e seus jogos psicológicos, sem a ameaça de sua presença se erguendo sobre mim, mas, quando ele foi embora, levou sua luz brilhante consigo, me deixando sozinha para preencher os vazios e observar a linha em meu rosto passar de vermelho-vivo a um branco vago. E agora? Desviei o olhar, soltando-me da fixidez do olhar dele, e foquei intensamente a neblina que pairava em ondas sobre o jardim de Leigh.

Pelo canto do olho, eu o vi inclinar a cabeça lentamente. Então, uma de suas mãos soltou o balanço e veio em minha direção. Recuei por instinto, mas ele não fechou a mão em punho nem ameaçou fazer algo que pudesse me machucar; em vez disso, segurou minha mão, que estava pousada em meu colo. Olhei para ele, paralisada, esperando que ele dissesse algo, mas ele não se virou para mim. Ficou olhando para frente, para a neblina, com os olhos brilhando na luz fraca, e apertou minha mão. Seu toque foi delicado no começo, quase como se estivesse tentando me reconfortar, mas então começou a ficar mais forte. E ele me apertou mais, e mais, e mais, como se não quisesse se segurar a nada neste mundo mais do que a mim. Eu gemi de leve. Suas unhas se enfiavam na minha pele.

Ele me soltou bem no momento em que eu ia tentar puxar a mão, e segurou a corda do balanço outra vez, ainda olhando para a neblina. Compreendi, então, o que ele tentara fazer quando apertara Wilbur com tanta força que quase o matara. Ele vira Leigh acariciando a avezinha e observara algo em seus olhos: seu afeto pelo passarinho, o prazer que estar com ele lhe dava. Experimentara fazer a mesma coisa, mas não tinha entendido com clareza, então apertou o passarinho mais e mais, tentando, tentando, se esforçando, se esforçando, mas não conseguiu alcançar o que tinha visto nos olhos de sua mãe. E agora mesmo, quando segurou minha mão e a apertou com mais e mais força, ele procurava a mesma coisa, tentava encontrar aquela sensação em mim.

Não pude deixar de me perguntar se eu conseguiria lhe dar as respostas que ele procurava.

20

A tela estava três quartos preenchida, os azuis avançando mais para a outra extremidade. Subi silenciosamente até o sótão e parei atrás dele com a câmera digital, filmando suas amplas pinceladas que levavam as ondas de azul-celeste e ceruleo até o fim do espaço branco vazio. Depois de alguns minutos desliguei a câmera, apenas instantes antes de ele levantar a ponta do pincel da tela. Devagar, ele se virou e caminhou até as prateleiras onde guardava as tintas, e uma mão fina se entendeu para escolher outro tom de azul.

— Oi — falei, para que ele não se assustasse ao me ver de canto de olho. — Subi aqui e não falei nada porque comecei a te ver pintar...

— Eu sei — ele disse com uma voz firme e cansada. — Eu sabia que você estava aqui, Sphinx. — Os dedos dele pairaram sobre um tubo de azul-claro em um momento de indecisão, antes de optar por um tom mais escuro. Esperei que ele me repreendesse por tê-lo filmado sem pedir permissão, mas ele não disse nada. *Ele sabia que eu tinha subido*, pensei, *mas não que eu estava filmando*.

Eu o observei abrir a tampa do tubo de tinta e espremer uma quantidade generosa sobre a paleta. Seus dedos pareciam quase translúcidos agora.

— Esse azul é bonito — comentei, para não ficar apenas ali parada, em silêncio.

— Não é apenas *azul* — disse ele. — Chama azul-ultramarino.

— Ah, legal. — Eu tinha avançado em direção a ele, mas parei e dei um passo atrás. A tela gigantesca me chamou atenção outra vez e eu a examinei, pensativa. — Você quer ser um artista famoso algum dia e fazer exposições em galerias? — Assim que as palavras deixaram minha boca, eu me dei conta de como havia sido estúpida por dizê--las. Não haveria algum dia. Só lhe restavam alguns meses.

— Não tenho tempo suficiente para isso, Sphinx — disse Cadence, com uma voz suave e melancólica. — E você sabe tão bem quanto eu.

Senti um peso no peito. Eu não devia ter dito aquilo, e parecia que o havia deixado triste. Seria possível isso? A cabeça dele estava ligeiramente curvada, dando-lhe um ar pesaroso.

— Desculpa — murmurei. — Eu... eu não pensei direito...

Ele voltou para a tela e suspirou enquanto mergulhava o pincel na pequena poça de azul-ultramarino na paleta.

— Bom — disse ele —, a maioria dos grandes artistas só ficou famosa depois que morreu. — Ele baixou a paleta, equilibrando-a na beirada da pia. — Van Gogh, por exemplo.

Eu havia estudado Van Gogh na escola. Tinha sido um pintor fantástico, mas ficara louco e tirara a própria vida. De repente, tive medo de que Cadence também pudesse se voltar para o suicídio como uma fuga, uma maneira mais rápida de acabar com aquilo, em vez de esperar que a leucemia seguisse seu curso. Ou talvez ele achasse que estava acima disso e se considerasse sagrado demais para forçar uma partida antes do tempo. Ele sabia que estava doente, mas não podia saber o que não podia sentir, certo? Eu não tinha certeza de quanto ele entendia a respeito do que lhe faltava.

— Mas me diz, Sphinx — ele continuou, levantando o pincel. — O que você quer fazer quando for mais velha? — Ele fez um traço fino de azul-ultramarino cruzando a tela e começou a trabalhá-lo, fundindo-o com os outros azuis.

— Bom — falei devagar —, ainda não sei direito. — Essa era a resposta clássica para a pergunta que eu menos gostava no mundo. Parentes, amigos, professores, até meus pais começavam a me fazer essa pergunta cada vez com mais frequência. Muitas meninas na escola sabiam exatamente o que queriam da vida, mas eu não tinha a mínima ideia da faculdade que queria fazer ou de que profissão seguir, e isso me fazia sentir boba e imatura.

— Você quer dizer que não consegue pensar em nada — disse Cadence, sem tirar os olhos da tela. Senti o corpo todo ficar tenso involuntariamente, como se estivesse se preparando para um golpe. O que ele queria que eu dissesse? — Não consegue pensar em nada para fazer com a sua vida. Eu sabia que sua resposta ia ser essa, Sphinx. Você continua igualzinha a quando era criança e sempre precisava que eu dissesse do que a gente ia brincar. Era patético na época, e ainda é. E essa é uma das poucas coisas que você sabe com certeza, não é?

Eu vinha pesquisando sobre sociopatas sempre que tinha oportunidade, na esperança de que, se continuasse metendo todos os fatos na cabeça, isso poderia funcionar como um escudo e me impedir de querer me abrir com ele. Conhecimento é poder, certo? Ele era lindo, mas tinha a mente prejudicada. Não importava o que ele dissesse, desde que eu sempre me lembrasse disso. Era o que eu tentava dizer a mim mesma, o que queria acreditar. No entanto, suas palavras ainda me afetavam, e seus olhos me enfeitiçavam, e, na verdade, eu nunca estava um passo à frente dele — sempre estava atrás, levada de momentos de veneno para toques suaves como veludo, e de volta àqueles outra vez.

Fiquei ali em silêncio, enfiando a câmera no bolso de trás do jeans e tentando não prestar muita atenção no que ele dizia. *Ele vai enjoar de falar assim em dois segundos e vai voltar a ser o Cadence brilhante*, pensei, determinada, procurando me infundir confiança. *E, de qualquer modo, isso não importa.*

Ele parou, como eu havia previsto. Eu esperava que ele fosse me expulsar do sótão assim que terminasse. Em vez disso, ele se virou para mim, batendo o cabo do pincel pensativamente nos lábios.

— Se você encontrasse alguma coisa significativa para fazer com a sua vida, você faria? — A voz dele estava a mundos de distância do tom ríspido e arrogante de apenas alguns momentos atrás. Ela ficara mais harmônica, as vogais se estenderam e as consoantes se suavizaram um pouco.

Abri a boca e fechei de novo com a mesma rapidez. Seria essa pergunta mais uma armadilha? Estaria ele tentando me atrair? Se eu tinha consciência de que poderia ser isso, não seria pega, certo? Decidi responder com sinceridade. Afinal nada me impedia de simplesmente sair do sótão ou gritar chamando Leigh, se a situação ficasse difícil demais para lidar.

— Sim, faria — respondi.

Em um instante, Cadence veio até mim e parou a alguns centímetros de distância. Ele me encarou com os lábios um pouco separados, os olhos brilhando com uma leve umidade. Depois inclinou a cabeça um pouco para trás e olhou para a lâmpada no teto, e, sem querer, reparei em mil pequenas coisas em seu rosto. O arco das sobrancelhas. O contorno das faces. O modo como seu cabelo caía na testa. A linha definida do queixo. O tom preciso de rosa-claro de seus lábios. O fato de seus cílios serem tão loiros quanto seus cabelos. Como eu nunca notara isso? Eu me sentia cativada. Às vezes eu achava que ele poderia fazer qualquer coisa comigo que eu não me importaria, se ao menos isso o ajudasse a sentir algo.

— Sphinxie — ele falou e eu pisquei. Seu olhar saiu do teto e voltou para os meus olhos, e lembrei que nunca havia notado seus cílios porque eu não olhava para ele daquela maneira, principalmente agora que conhecia seu segredo. *Vocês deveriam se casar*, disse a voz entrecortada de minha mãe em minha cabeça, e a lembrança dela chorando em meu ombro em nossa cozinha flutuou, indesejada, para o primeiro plano de minha mente. — Sphinxie — Cadence repetiu, e pisquei de novo, tentando limpar meus pensamentos.

— O quê? — respondi, forçando minha voz a permanecer estável.

— Vem comigo quando eu for — ele disse em um sussurro macio.

— Ir com você? — ecoei, confusa. — Ir com você para onde? Eu não sei o que... — Interrompi minhas palavras. Os olhos dele queima-

164

vam sob as pálpebras semicerradas, um incêndio florestal começando sob uma cobertura de folhas. E de repente eu entendi. Minha boca ficou seca. — Você quer dizer que... quer que eu morra também?

Minha voz saiu mais aguda que de costume e falhou um pouco. Comecei a sacudir a cabeça de leve, enquanto meu peito parecia se encher rapidamente de água gelada. Então era isso. Era por isso que ele me queria, era por isso que eu estava ali.

— Não — eu disse, sacudindo a cabeça, tentando fazer minha voz soar firme e forte. — Não, eu não vou morrer com você. Não posso fazer isso.

— Faria sentido, Sphinx — ele disse no mesmo sussurro. — Nós dois sabemos o que vai acontecer com o plano das nossas mães. Ele só vai se desfazer ainda mais. Elas vão ficar arrasadas, Sphinx, quando eu for embora e você ainda estiver aqui. Você vai ser o lembrete para as duas de que tudo saiu errado. Seria melhor se você partisse também e fosse comigo. Nós dois indo embora, tranquilamente, suavemente. Nossas mães seguiriam em frente e se lembrariam da gente do jeito que quisessem, e não como realmente somos. É assim que é para ser. Fomos planejados um para o outro, Sphinx, você sabe disso. Fomos feitos um para o outro, para ficar juntos. E agora temos que ir embora juntos, você não percebe?

— Não — eu disse, e ouvi minha voz ficando menor, mais aguda, mais fraca. — Não, não é isso...

— E nós morreríamos juntos — ele continuou, ignorando meus frágeis protestos e se aproximando ainda mais de mim, poucos centímetros agora. — Pense em como estaríamos, Sphinx. Imagine a cena. Deitados na minha cama, indo embora mansamente, como se estivéssemos adormecendo. Seria perfeitos. Seria arte. — Ele estendeu a mão sem o pincel e segurou a minha, com suavidade, com gentileza. — Podíamos até ficar de mãos dadas — murmurou.

Minha mão estava rígida na dele, congelada como todo o resto de mim. Mas eu podia imaginar nós dois. Podia imaginar como estaríamos pálidos e imóveis, feito estátuas entalhadas em mármore branco.

Nossos olhos estariam fechados e minha cabeça pousada em seu ombro, e nossos cabelos espalhados em torno da cabeça e, sim, estaríamos de mãos dadas. Minha mão começou a tremer na dele, meus dedos se dobrando sobre os dele, como se uma força invisível os estivesse puxando, ainda que eu lutasse para resistir. A ponta dos meus dedos roçou a pele dele e eu os retraí depressa, como se tivessem queimado, e enrijeci a mão outra vez. Mas eu conseguia ver como seríamos, podia ver exatamente como seríamos, uma cópia deturpada de Romeu e Julieta.

Meu coração se acelerou, parecendo bater de encontro às costelas, implorando para ser salvo do oceano gelado de meu peito. Eu me sentia perturbada por Cadence estar parado tão perto de mim, pelo que ele havia sugerido — porque eu podia ver que era verdade. O plano só ia ser destruído ainda mais, certo? Nossas mães seriam atormentadas por minha presença depois da morte de Cadence. Se ambos estivéssemos mortos, elas poderiam se lembrar de nós, doces e perfeitos, se quisessem. E eu não ficaria para trás, assombrada pela imagem de Cadence e sua terrível luz brilhante, como um flash de câmera fotográfica que tivesse disparado, afetado meus olhos e me cegado para sempre.

Fomos planejados um para o outro, feitos um para o outro, e agora temos que ir embora juntos.

Eu sabia que essas palavras estavam obviamente erradas. Devia ser fácil descartá-las, elas deviam parecer malucas. Mas não era assim. Elas começavam a fazer sentido, a ideia estava se encaixando na minha cabeça. Tentei engolir e não consegui. Minha garganta parecia grossa demais.

Mas não. Não, não, não. Eu não queria morrer. Não queria me matar. *Jamais* ia querer fazer isso.

Queria protestar em voz alta, mas não podia mais. Não era uma questão de escolha: minha voz havia congelado na garganta, o gelo em meu peito chegara até o alto e a prendera ali. Só fiquei olhando para Cadence, para aqueles olhos terríveis, para sua boca. Eu podia libertar minha mão da dele a qualquer momento. Não havia nada de fato me prendendo ao chão sob meus pés. O sótão não estava trancado para me manter prisioneira. Mas e se ele tentasse me matar se eu discordasse, se eu não quisesse fazer aquilo eu mesma? Eu nunca sentira tanto medo.

Mas eu conseguia ver. Conseguia encontrar sentido. *Será que isso significa que eu poderia fazer?*

— Vamos planejar direitinho — disse Cadence. — Tem que ser arte. Vou pensar na maneira perfeita para você fazer isso.

Em minha cabeça, eu era criança outra vez. Estava no quintal de casa e os jogos que Cadence inventava eram sempre os melhores jogos do mundo, sempre muito melhores que qualquer coisa que eu pudesse imaginar. Eu estava sentada no chão do quarto dele no dia anterior à nossa festa de aniversário conjunta. Olhava para ele, de pernas cruzadas sobre a cama, e ele me contava que havia pensado em jogos perfeitos para brincarmos em nossa festa.

Cadence soltou minha mão, inclinou a cabeça e me examinou, pensativo. Depois estendeu o braço e traçou a linha da cicatriz em meu rosto, devagar, deliberadamente.

— Mais uma faca para você, Sphinxie — disse ele. — Não acha que seria perfeito?

Clique. E me senti despertar de um estado de hipnose. Aquilo estava fora de controle, eu o havia deixado falar por tempo demais. Devia tê-lo calado logo no começo, corrido dele. O fato de saber que existe uma armadilha de aço montada na floresta não significa que seja seguro caminhar sobre ela. Arranquei a voz da garganta, puxando-a do meio do gelo.

— Não — falei com o máximo de firmeza que pude, apesar da voz trêmula. — Não, eu não vou fazer isso. Não vou me matar. Sinto muito pelo que está acontecendo com você, Cadence, mas não vou morrer junto.

Os olhos dele se abriram muito, não mais suaves. Ele pegou minha mão de novo e apertou com força, forte o bastante para me fazer gemer de leve. Sem dizer nada, virou minha mão para cima, expondo a parte interna do pulso.

— Me solta, Cadence — falei, puxando o braço, mas ele me segurava com violência. — Eu disse para me soltar!

Ele me ignorou e levantou o pincel, ainda molhado de azul-ultramarino. Sem falar nada, pintou uma linha cruzando meu pulso, depois largou minha mão. Tentei fugir, mas ele me agarrou pelo outro pulso, virou-o para cima e pintou uma linha nele também.

— Me solta! — repeti, mais alto e mais aflita. Ele largou minha mão como se estivesse jogando algo no lixo e se elevou sobre mim.

— Quando eu disse para você vir comigo — disse ele, sua voz reduzida a um grunhido rouco na garganta —, estava falando sério, Sphinx.

— Quando eu disse que não vou me matar, estava falando sério — revidei, tentando soar rebelde.

— Por quê? — ele perguntou, me desafiando. — Você não tem nada melhor para fazer. Nenhum plano para o futuro, não é verdade? Nada, exceto isso. E nunca vai ter nada melhor para você do que isso, Sphinx. — Ele se virou e voltou para a tela. Olhei as linhas pintadas em meus pulsos e as imaginei mudando, passando de azul-ultramarino para vermelho-gotejante. Senti todo o ar sumir dos pulmões, como se já estivesse morrendo ali mesmo.

Então saí correndo do sótão, desci as escadas tão depressa que tropecei e quase caí. Lágrimas brotavam de meus olhos quando derrapei para dentro do banheiro. Minhas mãos se atrapalharam com as torneiras da pia. Eu as abri e enfiei os pulsos sob o jato d'água, e os esfreguei até não haver mais nenhum traço de tinta, até minha pele ficar cor-de-rosa sob a água quente. Ofegante, fechei as torneiras e me apoiei no balcão de cabeça baixa, vendo a água girar na pia, observando os fios finos de tinta descerem em espiral pelo ralo com a água.

Eu não queria me matar. Nunca ia querer fazer isso. Mas não conseguia levantar o rosto para me olhar no espelho, e eu sabia por quê.

Eu não queria ver a pessoa que poderia tirar minha vida.

21

Depois de enxugar tremulamente as mãos, fui para o quarto e me sentei na cama. A câmera digital continuava no bolso de trás de meu jeans e fez uma pressão incômoda quando me sentei. Eu a tirei, a joguei de leve na cama e me deitei ao lado dela, encolhida como uma bola.

Já era como meu quarto agora, não como um quarto de hóspedes. Eu estava lá havia pouco mais de um mês, acordando naquele quarto havia mais de quatro semanas. Os lençóis e travesseiros tinham o meu cheiro; não cheiravam mais a um lugar estranho. E o banheiro adjacente tinha minha maquiagem e minhas escovas de cabelo espalhadas sobre o balcão da pia. Eu não me preocupava mais em guardá-las depois de usar. Havia me estabelecido na casa de Leigh, me aconchegado lá para o inverno.

Estremeci e abracei meu corpo; era um inverno mais frio do que eu havia esperado, e minha mente era diferente do que eu imaginara. As pessoas frequentemente falam que, quando se é jovem, a gente sente como se fosse viver para sempre, uma sempre-viva no meio da nevasca. Mas agora eu sentia meu cabelo sobre a testa e pensava em folhas mortas: marrons, secas, caindo e sendo cobertas por um manto branco, gelado e denso.

Não. Eu precisava sair dali. Não era hora para isso, não para mim.

Eu podia ligar para minha mãe. Podia lhe contar tudo. Podia pegar um voo. Podia me desculpar com Leigh, dizer que estava sendo muito difícil para mim, que eu não era forte o suficiente para ficar e ver Cadence definhar. Podia me fazer acreditar nisso por algum tempo, o bastante para sair dali, para um lugar seguro, que ainda fosse quente.

Um pensamento louco me veio à cabeça de repente: eu ia ficar, mas daria tudo certo. E, quando fosse embora, levaria todos os quadros de Cadence comigo, para os Estados Unidos, e os mostraria a alguém em uma galeria de arte, para que se tornassem famosos. Eles seriam pendurados nas paredes imaculadas da galeria, com luzes brilhando do alto sobre eles, e as pessoas pagariam para vê-los. Sob cada um deles haveria um pequeno cartão com o nome de Cadence e o título. Será que tinham título? Nunca tinha ouvido Cadence chamar nenhum de seus quadros por um nome específico, mas eles deviam ter título. Ele provavelmente pensava em cada um deles de modo particular. Eu descobriria como se chamavam antes de ele morrer. Anotaria todos os nomes em um papel dobrado e o levaria comigo, com todos os quadros, para alguma galeria de arte que os tornaria famosos. E talvez a renda obtida pudesse ir para pesquisas sobre o tipo de leucemia que Cadence tinha, ou pesquisas para a cura de sociopatas...

Eu me detive. Aquilo mais parecia uma história inspiracional piegas: uma menina leva para casa os quadros do amigo morto, consegue torná-los famosos e doa o dinheiro. Puro clichê. Era o fim de todos os filmes já imaginados sobre o tema, se houvesse algum. Além disso, quem sonhava em ficar famoso *após* a morte? E isso pressupunha que um dia eu fosse embora da casa de Leigh. Depois de descobrir o que havia de errado com Cadence, eu achei que estaria protegida pelo meu conhecimento, intocável desde que lembrasse o que ele era. Achei que, enquanto continuasse repetindo a verdade para mim mesma, ele não conseguiria penetrar minha mente. Agora eu sabia que estava errada. Se eu ficasse, havia uma chance de que não levasse nada para casa comigo, de que minhas coisas ficassem espalhadas pelo quarto de hóspedes de Leigh para sempre — ou pelo menos até que minha mãe viesse e as levasse embora.

E, de qualquer modo, Cadence não acredita em Deus, pensei por acaso. Pelo que eu entendia de religião, se você não acreditava, simplesmente acabava depois da morte. Nada de vida eterna. Nada de olhar das nuvens para ver se já ficou famoso. Nada de espiar a Terra para verificar como as pessoas estão se lembrando de você. Será que isso aconteceria comigo também, se eu me fosse, quando eu me fosse? Será que eu acreditava o bastante? Minha respiração se acelerou de repente: lembrei vagamente de ouvir alguém dizer que suicidas não vão para o céu. Seria verdade? Não, não podia ser... não se você fosse uma boa pessoa, não se estivesse se matando por alguém, não se estivesse cumprindo um propósito maior, não se aquilo significasse algo importante...

Levantei da cama de um pulo. Não era bom estar sozinha naquele momento. Eu precisava de distração, precisava de uma sacudida para acordar, precisava estar com alguém, qualquer pessoa. Saí depressa do quarto e desci as escadas, tão rápido que derrapei na curva, no fim do último degrau.

— Leigh! — exclamei, surpreendendo-me com a urgência de minha própria voz. Ela estava sentada à mesa da cozinha, com uma caneca de chá à frente. Parei, imaginando que talvez estivesse chorando, mas, quando ela se virou para mim, vi que estava só triste, como sempre.

— Sim? — ela respondeu com a voz um pouco rouca. — Algum problema? — E franziu a testa.

Abri a boca e tornei a fechar na mesma hora. *Algum problema?* Ela fizera essa pergunta com tanta naturalidade. Sim, com certeza meu rosto estava pálido e assustado, e ela podia ouvir minha respiração rápida e estranha, mas não sabia o que estava acontecendo. Não sabia o que Cadence tinha me dito no sótão e não sabia o que eu estivera e ainda estava pensando.

Um súbito misto de raiva e terror se acendeu dentro de mim. Leigh não sabia de *nada*. Ela não sabia o que ia acontecer no dia em que Cadence me cortou, não sabia que havia algo errado com seu filho, não soube tomar o cuidado necessário para que eu não ganhasse a cicatriz. E, mesmo agora, com Cadence diagnosticado, ela ainda permanecia alheia ao que ele estava fazendo comigo. E minha mãe... minha mãe sabia menos ainda. Provavelmente ela estava na cozinha em nossa casa, fazendo algo trivial, como lavar a louça, sem ter a menor noção do que acontecia comigo. Por que elas não sabiam? Eram adultas, eram *mães*. Era o papel delas saber o que eu não podia lhes contar.

— Não — respondi, forçando-me a manter um tom de voz estável. — Não, estou bem. — Olhei em volta para ter certeza de que Cadence não havia se esgueirado por trás de mim. — Mas, Leigh, eu estava lá em cima agora, vendo o Cadence pintar, e ele falou... — parei, freando as palavras que quase saíam de minha boca. Eu não podia contar a Leigh o que Cadence me dissera. Ela reagiria com horror, subiria na mesma hora e conversaria com ele sobre isso, e ele ficaria bravo com ela... e comigo. O que ele faria, se eu contasse a Leigh o que ele tinha me dito? Pensei nas linhas azuis pintadas em meus pulsos; elas ainda estavam na minha mente como lembretes fantasmas, embora eu as tivesse lavado. — Ele comentou que a maioria dos artistas só fica famosa depois da morte — eu disse, hesitante. — Acho... acho que ele pensa que é isso que vai acontecer com ele. Eu estava pensando, será que não podemos arranjar algum tipo de exposição para as obras dele, em uma galeria de verdade?

Os olhos de Leigh se acenderam, e eu soube que ela já havia esquecido qualquer expressão assustada que tivesse visto em meu rosto quando desci as escadas. Isso havia sido totalmente retirado de sua mente pela sugestão de algo mais que ela poderia tentar, mais uma chance de despertar seu filho por dentro.

— Não acredito que nunca pensei nisso — ela falou, gaguejando um pouco. — É que ele sempre manteve sua arte tão reservada... sempre escondida lá naquele sótão... mas tenho certeza que ele ia adorar... — A voz dela já ressoava esperança. Esperança, enquanto o chão da cozinha se transformava em areia movediça sob meus pés e minha mão se agarrava ao balcão com força. E ela não sabia.

172

— Tem alguma galeria de arte aqui perto? — perguntei, maravilhada por conseguir soar tão convincentemente calma. — A gente podia ligar para eles e contar a situação. Tenho certeza que deixariam a gente usar uma das salas para expor o trabalho do Cadence, seria incrível... — Eu me interrompi. O que eu estava fazendo? O que havia dado em mim para pensar que eu não podia pedir ajuda, para pensar que eu precisava disfarçar o terror e lidar com aquilo sozinha, como se não tivesse mais ninguém na casa? Claro que eu tinha que contar a Leigh, tinha que lhe contar tudo. Era um fato simples e horrível da vida que as mães nem sempre soubessem o que acontecia com seus filhos; eu não podia simplesmente ficar esperando que Leigh fosse capaz de ler a minha mente e me salvasse. E guardar segredos quando minha vida estava em jogo era burrice. Eu tinha idade suficiente para saber disso.

De repente, eu me lembrei de estar sentada no avião antes da decolagem, quando minha viagem para a Inglaterra começou, ouvindo a comissária de bordo explicar o funcionamento das máscaras de oxigênio. *Em caso de despressurização da cabine, máscaras de oxigênio amarelas cairão automaticamente do compartimento acima do assento.*

— Sim, com certeza — Leigh prosseguiu. Ela levantara da cadeira e começara a abrir gavetas, procurando uma lista telefônica. Senti que ela estava contendo as lágrimas e direcionando toda sua emoção para procurar aquela lista e, em seguida, folhear rapidamente as páginas. Seus olhos eram olhos de mãe, sorvendo avidamente a visão dos números de telefone, procurando aquele de uma galeria de arte que pudesse lhe dar mais uma chance de fazer seu filho sorrir. *Puxe uma máscara em sua direção e coloque-a sobre a boca e o nariz*, dizia a comissária de bordo em minha memória, segurando uma máscara como exemplo e esticando a faixa elástica para demonstrar como funcionava. *Coloque sua própria máscara antes de ajudar outras pessoas.*

— Espera! — falei de repente.

Ela se virou para mim com os olhos cheios de desespero. E eu me senti encurralada outra vez. Pensei em como a destruiria saber o que

Cadence queria que eu fizesse... e que ele fora capaz de dizer aquilo tão belamente que eu não tinha mais certeza se sairia viva daquela casa. E aquela mulher já devia ter sido destruída inúmeras vezes: quando Cadence me cortou, quando ele foi diagnosticado com uma doença incurável, tanto psíquica como fisicamente. Será que ela desabaria de vez se descobrisse o que ele havia feito agora? Eu a imaginei internando-o em algum tipo de hospital psiquiátrico, sentindo-se finalmente incapaz de continuar cuidando dele. Isso seria inaceitável; ele não podia passar seus últimos dias trancado por causa de algo que eu havia contado à sua mãe.

— Leigh — falei, e minha voz soou mais calma que antes, parecendo estranha aos meus ouvidos. Lambi os lábios, tentando trazer alguma umidade de volta à boca. — Leigh, eu não quero que isso tenha a ver com a doença dele. Ele é realmente um artista muito bom. Não podemos fazer com que ele seja descoberto ou algo assim? Não podemos encontrar alguém que se interesse pelos quadros dele antes de saber que ele tem leucemia?

Os olhos dela ficaram embotados. Ela refletia agora sobre a diferença entre uma conquista real e o resultado da pena de um estranho. Ambas sabíamos que Cadence odiaria isso. Apenas uma de nós sabia todo o resto. E eu estava ficando cada vez melhor na arte de produzir aquela voz calma. A cada momento que passava, mais camadas de dissimulação se acumulavam sobre mim, como uma mortalha. Eu tinha que contar logo, antes de me tornar incapaz disso, antes de desaparecer completamente.

Mas eu não contaria. Eu sabia que não. A comissária de bordo sumiu das minhas lembranças, levando a máscara de oxigênio consigo.

— Eu não sei se... — Leigh começou a dizer algo, mas deixou a frase suspensa, um fio inacabado no ar. — Não sei se temos tempo suficiente. — Não, não tínhamos tempo suficiente. Eu não tinha tempo suficiente. Nunca haveria tempo suficiente para o que estava acontecendo comigo. Mas Leigh falava de galerias de arte, de tinta em telas, não de tinta em meus pulsos. Desejei não tê-la lavado tão freneticamente-

174

mente. Devia ter deixado ali, para que ela pudesse me perguntar a respeito, talvez me pressionar a explicar aquilo. Agora não havia nenhuma evidência do que acontecera. Ela nunca ia me perguntar nada.

As páginas da lista telefônica relaxaram e pousaram, ligeiramente amassadas, depois de ela as ter folheado com tanta aflição. E então, de repente, ela amassou as páginas sob os dedos e as apertou furiosamente em uma bola, com o punho cerrado. Quando as soltou, elas se destacavam do resto da lista, amarfanhadas e rasgadas aqui e ali. Leigh as fitou por um momento, depois pegou a lista, levantou-a sobre a cabeça e arremessou. Ela aterrissou com um barulho surdo no chão, aos nossos pés.

— Você está bem, Leigh? — perguntei timidamente.

Ela olhou para mim como se tivesse esquecido que eu estava lá. Eu sabia que havia círculos escuros sob seus olhos vermelhos, mesmo com a maquiagem que ela usava para disfarçá-los. Leigh olhava fixamente para mim, e eu a olhei de volta, mantendo contato visual direto. *Converse comigo. Você sabe o que há de errado com Cadence. Será que não vê o que está acontecendo comigo, Leigh?*

Trêmula, ela se inclinou e pegou a lista telefônica. Seus olhos pareciam os de uma criança, uma criança velha demais para ter um ataque de raiva, que se sentia constrangida por ter se descontrolado e tido um mesmo assim. Não, ela não via o que estava acontecendo comigo. Não via nada.

— Desculpe, Sphinxie — disse ela, a voz estalando na garganta como folhas secas sopradas ao vento frio de novembro, enquanto seus lábios tremiam nos cantos.

Eu te perdoo, pensei, a garganta ardendo com uma súbita pressão. Ela estava pedindo desculpas por ter jogado a lista telefônica no chão, não por ser cega, não por esconder a verdade. Mas era mais fácil se eu fingisse que ela sabia os motivos que tinha para pedir desculpas. E se eu pensasse que a perdoava, repetidamente, talvez também isso se tornasse mais crível, como a calma em minha voz. Eu seria capaz de engolir aquele nó na garganta.

— É que... Eu não posso acreditar que tenha que dizer isso, ninguém devia ter que dizer isso sobre o próprio filho — Leigh continuou, pousando a lista telefônica no balcão. — Que não há tempo suficiente. Devia haver tempo suficiente para todos.

— É — falei, tão baixo que mal pude me ouvir. — É, devia haver.

Desajeitada, eu me aproximei e a abracei; queria confortá-la, e queria uma mãe para me abraçar, ainda que ela não entendesse o que estava acontecendo. Ela era muito mais alta que eu, o que fez com que eu me sentisse muito mais criança do que deveria. Tive a sensação de estar me intrometendo em sua intimidade e levantei os olhos, tentando discernir se aquele abraço estava tornando as coisas piores ou melhores para nós duas. Os olhos azuis, suaves e úmidos de Leigh se fixaram nos meus.

— É isso, percebe? — disse ela, sacudindo a cabeça. — É isso. Fico pensando que, se eu tivesse mais tempo, poderia ver isso nele.

— Isso o quê? — perguntei, confusa.

— Seus olhos — ela respondeu, ainda balançando a cabeça. — Você está olhando para mim, e eu estou olhando nos seus olhos, e posso ver que você sabe que eu estou chateada, e você entende, e pode sentir o que estou sentindo... você entende porque pode sentir a mesma coisa. — Ela respirou fundo, trêmula, enxugou os olhos nas costas da mão e deu uma batidinha pouco convincente nas minhas costas, em um esforço de retomar seu papel de adulta, mais senhora de si, mais no controle da situação. O controle só durou um momento antes de ela desabar outra vez. — Dezesseis anos se passaram — murmurou —, e acho que nunca vi isso no Cadence. Sua mãe vê isso em você todos os dias, mas eu nunca vi, e agora não há mais tempo.

Minha confusão cessou. Agora eu entendia sua dor. Ela nunca recebera nada de volta; sua relação com o filho fora sempre unilateral. Ele podia correr para ela quando estivesse com medo, ou doente, ou se quisesse alguma coisa, mas nunca a procurara porque ela era a mãe, simplesmente porque se abraçar era algo que mães e filhos faziam para mostrar que se amavam. Leigh criara um recipiente vazio.

Os braços dela me soltaram e eu recuei, entendendo isso como um sinal para encerrar o abraço. Ela me olhou por um momento, mais pálida que alguns minutos antes, como se estivesse tentando discernir se havia revelado mais do que pretendia. E eu evitei o olhar, pensando comigo mesma: *Eu já sei. Você podia ter me contado, mas eu já sei. E acho que te perdoo. Eu te perdoo.*

Meio automaticamente, ela começou a tentar alisar as páginas da lista telefônica, desfazer o dano que havia sido feito, mas era evidente que as páginas não ficariam planas nunca mais. Fiquei observando enquanto ela voltava a procurar o telefone de uma galeria de arte.

— Obrigada — disse ela, um pouco rouca — por essa sugestão da galeria de arte. — A voz dela parecia hesitante, insegura depois de ter despejado tamanha onda inesperada de emoções. — Vou trabalhar nisso. Vou pedir para a Vivienne me ajudar. Vamos tentar fazer alguma coisa.

— Certo — respondi. Então era isso que ela ia fazer agora. Ficaria obcecada com isso, focaria nisso e bloquearia todo o resto. E eu estava por conta própria, sem agasalho em uma tempestade de gelo.

Diante de mim, Leigh voltou de novo a atenção para a lista telefônica. Passou os dedos pelas páginas amarfanhadas uma vez mais e forçou uma última respiração trêmula, recobrando-se e recarregando-se, pronta para mais uma tentativa. Talvez uma galeria de arte aceitasse Cadence, e talvez ela o levasse até a exposição dele, e em algum momento ele se virasse e a visse, e ela pudesse finalmente ver o que tanto procurava. Um brilho quente em vez de frio.

E talvez eu conseguisse lembrar que havia um mundo fora da casa de Leigh, fora dos olhos gelados de Cadence, fora daquela situação no meio da qual eu estava emaranhada. Eu sabia que havia, mas não parecia ter nada a ver comigo. Para mim, só existiam as paredes daquela casa e o que acontecia dentro delas, o que acontecia dentro da minha cabeça. Mas talvez.

Talvez houvesse tempo suficiente.

22

O diretor da galeria de arte que Leigh acabou contatando disse que não era sua política examinar obras de fontes aleatórias, ainda mais de um adolescente. Leigh mordera o lábio enquanto falava com ele ao telefone e percebi que ela estava lutando por dentro, sem saber se deveria ou não mencionar que aquele adolescente específico tinha leucemia terminal. Parte dela queria contar, só para ver a ideia acontecer, para levar o diretor da galeria a concordar por mero choque. Mas o resto dela era uma mãe que conhecia seu filho. Ele odiaria se soubesse que conseguira algo pelo fato de estar morrendo — e, ah, ele descobriria. E, no fundo, será que ela fazia aquilo por ele ou por si mesma, por aquela chance de que talvez ele tivesse uma reviravolta e de repente a amasse? Para se distrair do inevitável, para que pudesse acreditar por mais um curto período que, enquanto estivesse procurando e tentando, Cadence ainda estaria ali para que ela procurasse e tentasse por ele?

— E se eu lhe enviasse a foto de alguns quadros por e-mail? — ela perguntou, a voz se elevando um pouco. — Apenas três ou quatro. Só dê uma olhadinha e me diga o que acha. Por favor, no mínimo seria uma boa experiência para o meu filho ter a opinião de um especialista sobre a arte dele.

Leigh esticou a conversa, falando sem parar e ainda lutando consigo mesma. Eu sabia como ela queria contar que Cadence estava doente. Mas não o fez. E encerrou a ligação.

— Ele falou que eu posso enviar a foto de alguns quadros por e-mail — disse Leigh, baixando o fone com a mão trêmula. — Ele vai tentar dar uma olhada, se não estiver muito ocupado. — Ela esfregou os olhos como uma criancinha cansada e acrescentou, com a voz muito mais fraca: — Espero ter feito a coisa certa ao não mencionar que o Cadence está... — E não pôde continuar.

— Você é a mãe dele — eu lhe disse. — Você sabe. — *É, mas você não sabe de nada.*

Senti que eu e ela estávamos trocando de lugar; eu estava rapidamente me transformando na pessoa adulta, e ela parecia regredir com a mesma rapidez. Talvez eu estivesse imaginando isso, mas parecia que Leigh sempre olhava para mim quase como se procurasse uma orientação, uma luz na escuridão. Eu sempre desviava o olhar. Sim, eu queria estar lá por ela, mas não sabia mais se podia fazer isso de modo adequado, não agora. Eu não era forte, era um prédio oscilando sob um forte vento. Estava à beira de um precipício. Tinha uma faca nos pulsos, traçando o lugar onde as linhas azuis haviam estado, prestes a vomitar diante da visão de meu próprio sangue. Eu podia ver Cadence e eu deitados imóveis em seu quarto...

Mas você é forte, uma voz disse em minha cabeça. *Você esteve aqui todo esse tempo.* E eu sabia que isso era verdade. Eu quis ficar, eu me pus em uma posição em que tinha consciência de que sairia machucada de alguma maneira, lutando contra isso e desejando ao mesmo tempo. Fiquei com medo, e triste, e me sentira tão pequena na maior parte do tempo, mas permanecera ali. Eu estava ali, como sempre estivera, desde o momento em que minha mãe nasceu, quando ela planejou sua vida na cabana de lençóis em seu quintal. Eu estava ali todos aqueles anos, passando pelo dia em que Cadence cortou meu rosto até agora, e continuava ali, e continuaria ali. Eu era mais forte do que pensava.

Mas eu não sabia o que isso significava. Mais forte que o quê? Forte o suficiente para encarar os abusos dele? Forte o suficiente para me sacrificar? Forte o suficiente para viver? Viver, sobreviver, superar: isso era força, isso era significado e propósito. Mas caminhar voluntariamente para a morte era ser forte também. Viver, sobreviver; sacrificar-se, morrer. Naquele momento, os dois lados eram horrivelmente indistinguíveis um do outro.

Durante o jantar naquela noite, Leigh contou a Cadence que havia conversado com o diretor de uma galeria de arte.

— Eu perguntei se poderia enviar alguns trabalhos seus, para ele dar uma olhada — ela disse, ávida. — Você gostaria disso, não gostaria?

— Seria bom — respondeu Cadence. Ele pegou seu copo de água, tirou dele uma pedra de gelo e a colocou na boca para chupá-la. Neutro. Ele sorriu, mas não havia nada por trás daquele sorriso. Nunca havia nada por trás de seus sorrisos, exceto muito ocasionalmente, quando eu achava que via algo brilhando com calor real. Mas esses momentos nunca eram causados por Leigh. Aconteciam apenas quando ele estava comigo. Do outro lado da mesa de jantar, Leigh se abateu ligeiramente, de modo quase imperceptível. Ela não era eu. Não acontecera com ela, mais uma vez.

E Cadence olhou para mim, com ar de quem tem segredos em comum. Eu estava remexendo a comida no prato, com o apetite arruinado por uma sensação ruim no estômago. Encontrei o olhar dele, tentando endurecer o meu. *Não se deixe seduzir*, disse a mim mesma. *Eu quero ajudá-lo, mas não quero morrer. Não quero.*

Ele mordeu a pedra de gelo e a triturou dentro da boca. Depois que a engoliu, olhou atentamente para mim com um de seus sorrisos ofuscantes e afastou uma mecha de cabelo da testa, o que lhe alargou os olhos.

— Sabe — disse ele —, estou muito feliz por você estar aqui, Sphinx. — Seu olhar se voltou para Leigh. — Você não está feliz pela Sphinx estar aqui?

A expressão de Leigh se acendeu e ela me lançou um sorriso radiante.

— Sim — respondeu de imediato, com os olhos um pouco molhados. — Estou muito feliz pela Sphinx estar aqui.

Peguei o copo de água e tomei um gole para aliviar a súbita secura em minha boca.

— Eu... eu também estou feliz — falei e tomei mais um gole de água. *Eu o fiz sorrir. Minha presença o fez sorrir. Eu consigo. Por ele. Por nós.* Baixei o copo e ouvi o tinido suave quando ele tocou a mesa da sala de jantar. *Eu consigo.*

Na minha frente à mesa, Cadence empurrou o prato com o indicador e piscou, o sorriso persuasivo ainda iluminando seu rosto. E Leigh ainda estava feliz, ainda desfrutando o entusiasmo momentâneo por Cadence estar aparentemente contente com alguma coisa. Apertei com força as laterais da cadeira, como se fosse flutuar se não me ancorasse. *Estou escorregando*, pensei e evitei o olhar de Cadence pelo resto da refeição.

Nos dias que se seguiram, tentei manter a mente ocupada com a galeria de arte, e isso se tornou minha distração preferida para escapar dos pensamentos difusos sobre as palavras de Cadence e a tinta azul em minha pele. Eu me perguntava constantemente se o diretor daquela galeria havia terminado seu trabalho real, encontrado alguns minutos livres no escritório e se sentado ao computador para abrir os e-mails. Eu o imaginava ajeitando os óculos empertigados no nariz, inclinando-se para frente em sua cadeira giratória, examinando com atenção os quadros de Cadence. Eu sei que ele veria o gênio de Cadence se parasse um pouquinho para olhar os quadros, do jeito como eu via na minha cabeça. Ele pegaria o telefone na hora e ligaria para Leigh, e Cadence teria sua exposição. E não importaria se ele estava doente. Não importaria nada.

A única ameaça, a única coisa que poderia fazer isso não dar certo, era o tempo. A mesma coisa que doía em Leigh todos os dias, que nos fazia a todos um pouco mais velhos, um pouco mais próximos, enquanto cada relógio no mundo girava dia após dia. Eu esperava que o diretor de arte encontrasse tempo, arrumasse tempo, e desse apenas uma olhada. Uma olhada, seria o bastante. Apenas o tempo suficiente para uma olhada. Se ele tivesse tempo para isso, talvez eu tivesse tempo para entender o que deveria fazer comigo mesma.

A galeria de arte era a última coisa que Leigh podia tentar. Antes de Cadence e eu cairmos sobre a mesinha de centro, ela nos levava a outros lugares quase todos os dias, para distrair nossa mente com algo interessante, novo e divertido. Todos os dias, algo que tirasse nossa cabeça do inevitável e preenchesse os últimos dias — o tempo restante — com emoções melhores. Mas nós não saíamos mais. Cadence estava cansado agora. Seus cortes ainda não haviam cicatrizado direito, sua costela fraturada não se curava. Seu mundo se encolhera para incluir apenas a casa e as poucas coisas que ele fazia lá dentro. Ele pintava, tocava piano e dormia, e, quando acordava, eu conversava com ele, deixando-o encher meus ouvidos de palavras que faziam meu peito se apertar e doer.

Embora fosse assustador, eu estava determinada a não me esconder dele. Ainda precisava estar ali por ele — isso, pelo menos, era algo que eu sentia firmemente que devia fazer. Dia após dia, eu subia até o sótão, ou ia para a sala do piano, ficar ao lado dele. Na maior parte do tempo, ele me ignorava, como se eu não fosse mais que uma peça de mobília. Eu o observava de costas, notando a elegância com que ele se portava. Então tentava conversar e só recebia silêncio em troca. Depois de seu longo discurso no sótão, aquele silêncio era insuportável. Ele era a única pessoa que sabia o que acontecia por trás do véu de calma que eu vestira para me esconder de Leigh. Ele me dissera para abdicar de mim mesma em prol de significado, de propósito e de planos, por ele, para que ele não morresse sozinho. No entanto, ele não falava comigo. *Você é a única pessoa que entende! Preciso falar com você!* Às vezes eu queria gritar, mas não era capaz.

Um dia, por fim, depois do que pareceram anos de agonizante silêncio, não pude mais suportar.

— Por que você não fala comigo? — perguntei. Eu estava sentada em meu lugar habitual, abraçando os joelhos de encontro ao peito em busca de conforto e segurança, enquanto ele tocava a "Sonata ao luar", de Beethoven, repetidamente.

— Sabe — ele disse, sem parar de tocar —, muitas pessoas perdem um pouco a cabeça quando ficam sabendo que alguém vai morrer jovem, porque sempre se espera que as crianças cresçam até ficar adultas, ou o que for. Mas eu decidi que, quando se é inteligente o bastante, se pode crescer quando quiser. Algumas pessoas são bebês, Sphinx, bebês para sempre. Mas eu não. Eu não vou morrer jovem. — A voz dele se endureceu. — Eu sou mais velho que todo mundo.

— Ah — falei, tentando formar uma resposta coerente. — Isso é... Ele me interrompeu.

— A razão de eu não falar com você é que você precisa de silêncio para pensar — ele falou gentilmente, adocicando a voz em um instante. — Você precisa pensar no que quer ser quando crescer. — Ele terminou de tocar, e as últimas notas pairaram até sumir na sala. — Ah, e eu tenho uma faca para você — ele continuou, em um tom tão natural como se estivéssemos falando sobre o clima. — Está na gaveta de cima da minha escrivaninha, no meu quarto. Eu te aviso quando for para pegar.

— Não — eu disse, mas a palavra pareceu vaga e artificial ao sair da minha boca.

— Não vai demorar — ele continuou, com os dentes repentinamente apertados, e soltou a tampa sobre as teclas do piano, me fazendo dar um pulo. E de repente saiu da sala, deixando o eco da tampa do piano soando em meus ouvidos. Eu ainda abraçava os joelhos de encontro ao peito, mais forte, mais forte. *Não vai demorar.*

Eu já sabia disso, claro. Era evidente que a vida de Cadence estava chegando ao fim. A cada dia ele parecia mais pálido, a cada dia ia para a cama mais cedo, a cada dia se movia mais devagar. As depressões em seu rosto se aprofundavam. Ele podia ver os sinais, senti-los.

E isso o deixava mais amargo, assustado, nervoso. Ele estava se agarrando ao ar em busca de apoio, tentando garantir que tudo fosse como ele queria. Sim, ele estava resignado com a morte, sim, ele compreendia que ela se aproximava, mas ainda não a queria, ainda lutava. E, de certa maneira, era assim para mim também.

Mas você tem escolha, tentei lembrar a mim mesma naquela noite, depois de me deitar e apagar as luzes.

Sim, eu tenho escolha, respondi para mim mesma, encolhida sob os lençóis e cobertores. *Não preciso esperar para crescer, para ver se um dia vou arrumar um namorado, para ver se minha mãe e Leigh um dia vão superar o que aconteceu com o plano, para ver se vou conseguir fazer alguma coisa com a minha vida, para ver se alguém vai me querer com essa cicatriz no rosto. Eu tenho escolha.* Puxei os cobertores até metade da cabeça e fechei os olhos, mas estava totalmente desperta.

Mais tarde naquela noite, ouvi Cadence jogando coisas em seu quarto; o que quer que fossem, elas batiam nas paredes e caíam no chão com baques ressoantes. Eu me sentei na cama, com os ouvidos parecendo sintonizados com cada som que vinha de seu quarto, e escutei. Podia quase sentir a frustração e a raiva flutuando no ar, emanando de seu quarto e sibilando lentamente pelo corredor, até me cercar. Houve um estrondo, maior do que qualquer um dos anteriores, e dei um pulo. O som subiu pela minha nuca e senti um calafrio. Lá fora no corredor, a porta do quarto de Leigh se abriu e, quando ela passou correndo na frente do meu quarto, sua sombra se estendeu sob a luz do corredor, alta e mutante.

— O que está fazendo? — ela perguntou em um sussurro alto. Eu ouvi quando ela abriu a porta do quarto de Cadence e quase a imaginei entrando às pressas, ansiosa e aflita. — Você está bem? Cay? — Fiquei apavorada então, porque pensei que talvez aquele último estrondo pudesse ter sido ele caindo.

— Fora do meu quarto! — ele berrou, estilhaçando o breve silêncio como uma peça de porcelana. — Fora, fora, fora!

Imaginei Leigh recuando, relutante, e Cadence se inclinando para frente com agressividade, seus olhos como fendas de um azul-ardente.

— Tudo bem, tudo bem — ela disse baixinho, tentando acalmá-lo. — Mas por favor... por favor, não jogue suas coisas, tá bom? Por favor.

Houve uma pausa e então ele explodiu.

— Não ouse me dizer o que eu não posso fazer! — Cadence gritou, e eu soube exatamente como ele estava, aquela postura terrivelmente ereta, e tremendo ligeiramente, da cabeça aos pés. — Não ouse! — Ele parou e respirou, alto, forte e de modo irregular, me fazendo estremecer. — Eu posso fazer qualquer coisa! — ele continuou, ainda ofegante. — Qualquer coisa! Agora sai daqui!

— Tudo bem — Leigh disse, tentando manter a voz suave e paciente. Ela queria chorar, queria ser uma mãe normal e repreender o filho, mas nem uma coisa nem outra a ajudaria em nada. — Tudo bem, Cadence — ela repetiu, ainda suavemente.

Houve outro momento de silêncio, e achei que ela tivesse ido embora e eu não tivesse notado sua sombra passar. Então Cadence gritou de novo, sem palavras dessa vez; apenas um som longo e agudo de emoção distorcida que eu não saberia nem tentar interpretar. E Leigh emitiu um som também, um gritinho de dor, e algo caiu no chão do corredor, algo pesado e volumoso.

Enterrei as unhas no cobertor e tentei afugentar as imagens da cabeça. Por que nossa mente sempre imagina o pior cenário possível para acompanhar os sons? Um momento depois, Leigh voltou para o seu quarto e ouvi Cadence bater a porta. E então a água correndo no banheiro de Leigh, descendo pela pia e gorgolejando para o encanamento.

Quando acordei na manhã seguinte e saí no corredor, havia um livro grosso no chão, em frente ao quarto de Cadence. A porta de seu quarto estava bem fechada, sem nenhuma fresta dessa vez. Deixei o livro no chão, sem saber se eles queriam que fosse tirado de lá ou não, e desci as escadas.

Leigh estava de pé na cozinha, olhando pela janela sobre a pia. Estava de costas para mim, banhada pelo sol da manhã, os cabelos soltos e despenteados reluzindo sob a luz. Quando ela se virou para me cumprimentar, vi que tinha uma xícara de chá fervente nas mãos e um corte na testa, muito vermelho nas bordas. Olhei em volta para ter certeza de que Cadence ainda não tinha descido. Ele agora dormia até tarde e não levantava mais logo ao amanhecer, como fazia na época em que cheguei.

— Ele jogou aquele livro em você na noite passada? — perguntei, referindo-me ao livro no corredor.

— Sim — respondeu ela, e sua voz era exatamente como tinha soado à noite, suave e controlada, mas derrotada. Faltava algo nela. — Sim, ele jogou. Desculpe se te acordamos, Sphinx.

— Ah, não tem problema — eu disse. — Eu já estava acordada. Só espero que você esteja bem.

— Eu estou — Leigh falou, sacudindo a cabeça como quem diz que não foi nada. Uma das mãos deixou a xícara de chá e subiu até a cabeça, tocando de leve a ferida. Uma expressão estranha apareceu em seus olhos e eu me perguntei se ela estaria torcendo para ficar com uma cicatriz, uma marca para se lembrar dele. Cadence não podia lhe dar nada emocionalmente, e talvez ela quisesse alguma coisa física, uma prova exposta para sempre que nunca parasse de lhe dizer: *Ele era real, ele era seu, você teve um filho.*

A lembrança de meu primeiro dia na casa de Leigh, de mim e Cadence nos balanços, voltou de imediato. Ele havia gritado comigo por eu ter escondido a cicatriz com corretivo e me fez aquela pergunta, aquela que ficaria ressoando em meus ouvidos pelos dias que se seguiram: *Você não sabe que foi tocada por um anjo?* Talvez isso fosse verdade para Leigh. Ele era o seu bebê, o seu anjo caído e despedaçado. Talvez ela quisesse qualquer toque que ele pudesse encontrar dentro de si para lhe dar, mesmo que fosse uma cicatriz. E talvez Leigh e eu fôssemos mais parecidas do que eu jamais imaginara.

De repente, percebi que eu não sabia o que deixaria para minha mãe caso eu morresse. Apenas minhas roupas, minhas coisas na casa de Leigh? O pequeno desenho da mesa torta que eu fizera no sótão no dia em que todos pintamos juntos? Ou as incontáveis fotografias que ela tinha de mim seriam suficientes? *Para com isso*, disse a mim mesma.

Cadence desceu um momento depois e entrou tranquilamente na cozinha, como se não tivesse nada errado, como se nada tivesse acontecido na noite passada. Seus olhos estudaram o corte na testa de Leigh por alguns breves segundos e já mudaram de foco. Ele parou apoiado no balcão da cozinha, o sol da janela produzindo sombras nas partes fundas de seu rosto; vestia a camisa de pintar, um arco-íris de cores manchando o tecido.

— Estou vendo que você pretende pintar hoje — disse Leigh, com aquela voz muito, muito suave.

— É, pretendo — ele respondeu sem dar muita atenção.

— Já está terminando aquela grande tela azul? — perguntei.

— Não.

— Mas só tem mais um pouquinho de branco — falei, me lembrando de como ele havia levado os azuis até a borda na última vez em que eu estivera lá em cima. Ele balançou a cabeça, jogando para trás algumas ondas soltas do cabelo.

— Eu sei — disse e saiu da cozinha.

— Não quer tomar café? — Leigh chamou, mas ele já tinha ido embora.

— O homem da galeria de arte telefonou? — perguntei a Leigh quando ela se apoiou outra vez no balcão, segurando a xícara de chá com as duas mãos. Ela sacudiu a cabeça em um gesto negativo, apertando os lábios. — Ah... Mas aposto que ele logo vai ligar. — Eu estava tentando parecer positiva na sua frente, para tornar as coisas mais fáceis para ela. Não queria que Cadence a levasse para baixo consigo, e não queria levá-la para baixo comigo também.

O telefone tocou enquanto eu ajudava Leigh a preparar o café da manhã; waffles caseiros feitos em sua velha e pesada grelha. Fui até o telefone e vi o número da minha casa. Relutante, levantei o fone, temendo o que estava por vir.

— Sphinxie — veio a voz do meu pai quando pus o fone no ouvido. Ele mal esperou que eu o cumprimentasse de volta antes de ir ao assunto. — Eu sei que você quer ficar, mas já arrastou essa estadia por tempo demais. Quero você em casa. Você já caiu em cima de uma mesa de vidro, e tenho medo que mais alguma coisa ruim aconteça. Chame a Leigh, quero pedir para ela providenciar uma passagem para você amanhã.

Era isso. Ali estava minha chance de escapar, de ir embora, de viver. Meu pai queria providenciar uma passagem para que eu partisse no dia seguinte. Eu voltaria para casa e ficaria segura, e não haveria mais esses pensamentos que andava tendo. Voltaria para a escola, acabaria me decidindo por uma faculdade e uma profissão e inúmeras outras coisas que queria fazer...

Mas eu precisava ficar até o fim. Tinha dito isso à minha mãe. Esse era o novo plano. Era para eu ficar ali.

— Está bem, pai — eu disse, trêmula. — Está bem, mas eu posso... posso falar com a mamãe um instante?

Ele suspirou. Então ouvi o fone sendo passado de uma mão a outra.

— Mãe — comecei quando ela atendeu. Minha voz ficou presa na garganta. — Por favor, mãe. — Eu não sabia pelo que estava pedindo por favor. Eu pedia para ela me levar para casa e pedia para ela me deixar ali, tudo ao mesmo tempo. E esperava que ela entendesse o que eu precisava fazer. Ela teria feito o mesmo por Leigh, afinal.

— Eu sei que vai ser difícil para você vir embora — ela me disse. — Sei o que você queria fazer. Mas seu pai quer você em casa, e eu quero você em casa. Conversamos muito sobre isso e tomamos nossa decisão. E é definitiva.

Fiquei em silêncio, mordendo o lábio, sentindo um nó crescer na garganta. Eu não queria chorar. Não queria morrer. A menininha que sempre existiria dentro de mim queria que sua mãe a salvasse.

— Eu te amo — minha mãe falou com doçura. Ela nem sequer sabia o que estava acontecendo comigo, mas tinha dito que me amava de uma maneira que me fez sentir como se ela soubesse. Engoli o nó na garganta.

— Eu também te amo — consegui dizer. Devagar, devagar, passei o fone para Leigh. Tive a dolorosa consciência de senti-lo deslizar de minha mão, de meus dedos que ainda o roçavam, quando Leigh o pegou e o levou ao ouvido.

Era como se eu tivesse um peso enorme nas costas me esmagando enquanto tirava os waffles da grelha antes que eles queimassem, enquanto ouvia Leigh se afastar e tentar interceder por mim, enquanto ouvia sua voz ficar mais mansa, seus sentimentos mudarem do protesto para a concordância relutante. Ela foi para a sala e ligou o laptop, dando início ao processo de comprar a passagem aérea para mim, ainda falando com minha mãe enquanto fazia isso. E eu fiquei parada na cozinha com um prato de waffles nas mãos, sentindo que estava prestes a desabar.

Eu precisava ficar. Cadence precisava de mim, ele estava chegando tão perto, seu fim estava vindo tão depressa. Tínhamos contatado o diretor da galeria, talvez ele ligasse de volta, e eu precisava estar ali para a exposição, se ela acontecesse. Leigh não estava mais cuidando do periquito; era eu quem me encarregava disso.

E o tempo estava passando, e eu tinha que tomar minha decisão. Eu ia fazer algo significativo aqui. Estava tentando fazer uma escolha, decidir o que aconteceria comigo, o que ser forte significava, o que minha vida significava. Mas agora meu voo já tinha sido reservado.

De repente, não havia mais escolha, não havia mais tempo.

23

Quando Leigh desligou o telefone e encerrou a conversa com minha mãe, ela me agradeceu por ter ficado tanto tempo. Depois me abraçou, tirou o prato de waffles das minhas mãos, serviu o maior de todos para mim e perguntou se eu queria calda. Aceitei, e ela a espalhou sobre o waffle, que brilhou como âmbar molhado em um tronco de árvore ao sol da manhã. Ela apoiou um garfo na beirada do meu prato e começou a se servir.

— Vou levar meu café da manhã para o sótão — falei. — Quero ver se o Cadence me deixa comer lá em cima com ele. Tudo bem? — Achei que talvez ela precisasse de mim ali. Talvez precisasse chorar com alguém outra vez, só mais uma vez. Logo eu iria embora e ela não teria ninguém a seu lado. Bem, exceto Vivienne, lembrei. Mesmo assim, eu não queria abandoná-la. Tendo apenas mais um dia, eu sabia que talvez devesse me concentrar mais em Leigh que em Cadence. Afinal, era ela quem mais sentiria falta da minha presença na casa.

— Claro, Sphinxie — ela respondeu, me tranquilizando. — Pode ir.

— Está bem. — Peguei meu prato e subi as escadas, passando pelo livro no corredor, ainda ali no chão, como um tributo permanente ao que havia acontecido naquele lugar. Comecei a subir os degraus para o sótão e parei na metade, porque de repente me lembrei da câmera digital e percebi que aquele era meu último dia para filmar Cadence.

Voltei para pegá-la em meu quarto antes de subir até o sótão, um pouco trêmula.

Não sabia o que ele ia fazer quando ouvisse que eu ia embora, que não estaria lá para pegar aquela faca em sua escrivaninha. Imaginei se ele teria alguma indulgência comigo pelo fato de não ser mais minha escolha, por ser minha mãe quem estava me levando para casa. Mas isso era tolice; esse tipo de coisa não existia para Cadence. Foi com uma tremenda sensação de apreensão crescendo no peito que subi a escada do sótão. Eu não estava chorando, mas meus olhos ardiam e começavam a umedecer nos cantos.

Cadence ainda não havia começado a pintar quando entrei; diante das prateleiras de tintas, ele misturava um tom de azul a outro. A tela enorme estava ainda mais completa que da última vez em que eu a vira: restava apenas uma fina faixa branca de cerca de dez centímetros, e todo o resto era dominado por aquelas espirais azuis já conhecidas, um oceano de nada. Eu me sentei perto da escada e pousei o prato ao meu lado, com cuidado, para não fazer barulho. Então tirei a câmera da capa, liguei e pressionei o botão para começar a filmar. Eu o observei através da pequena tela da câmera enquanto ele escolhia as cores, sentindo uma terrível tristeza no peito.

Não tinha como eu ir embora no dia seguinte, simplesmente não era possível. Eu precisava estar ali. Precisava acompanhá-lo até o fim. E, se isso significasse morrer com ele, então era o que aconteceria. Estaríamos no quarto dele, pálidos e imóveis, cercados por sua arte — a arte em nós e constituída por nós. Nossas mães um dia iam sarar, elas nos veriam no pôr do sol, nas árvores, em céus azuis, em antigas filmagens e fotografias amassadas, e seguiriam em frente. O plano estava fora de suas mãos. Era nosso plano agora, meu e de Cadence, e só nós podíamos decidir o que fazer.

No entanto, outros tomaram a decisão por mim, a roubaram de mim. Eu ia para casa. Não precisava morrer. Meus pais insistiram e meu voo estava reservado para o dia seguinte.

Desliguei a câmera antes que ele parasse de selecionar e misturar as cores, para não ser pega filmando. Eu a coloquei de volta na capa e a pousei no chão atrás de mim, fora de vista. E ele se virou, com a paleta equilibrada delicadamente na mão, o pincel preso como um cigarro entre os dedos médio e indicador.

— Oi — falei. — Desculpa não ter avisado quando cheguei aqui.

— Eu sabia que você estava aí — disse ele com tom de desdém. — Você não tem como me surpreender, Sphinxie. — Ele caminhou até a tela e parou diante dela, com a cabeça inclinada para o lado. Devagar, mergulhou o pincel em uma das poças de azul na paleta. Sua mão tremia um pouco, notei, como as mãos de meu avô antes de ele morrer de um ataque cardíaco. Cortei meu waffle e comi um pedaço, e Cadence tocou o pincel na tela, com leveza, com graça, traçando um cordão de azul-marinho.

— Eu vou embora amanhã — contei, forçando as palavras para fora. — Tenho que ir para casa. Meu pai insistiu dessa vez e minha mãe concordou com ele. — O waffle parou de repente em algum lugar profundo dentro de mim.

— Ah — disse ele, e eu tive certeza de que ele não tinha realmente me ouvido, pois estava muito entretido com a pintura. De qualquer modo, foi mais um grunhido que um "ah". Ele continuava ocupado demais desenhando aquelas faixas de azul, puxando-as mais longas e mais largas, cobrindo o que restava de branco na tela.

Comi mais alguns pedaços do waffle, depois o deixei de lado, sentindo-me mais sem fome do que jamais estivera. Peguei a câmera no chão às minhas costas e comecei a filmar outra vez, embora já tivesse um vídeo dele pintando. A mão de Cadence ainda tremia, mas mesmo assim ele conseguia produzir suas pinceladas regulares e sem falhas, fluindo tão perfeitamente quanto todo o resto. De repente, seu corpo inteiro pareceu oscilar, e eu me inclinei para frente em suspense, meio esperando que ele fosse cair de costas, que as pernas fossem ceder sob seu peso.

— Você está bem? — perguntei, desejando ao mesmo tempo que ele estivesse bem e que não se virasse e me visse filmando. Ele moveu os pés, abrindo-os mais, como para se estabilizar melhor. Balançou um pouco a cabeça de um lado para o outro, como se tentasse afastar uma onda de tontura, e levantou o pincel outra vez.

E, ao longo do branco, o pincel continuou, levando um azul novo consigo. Misturando-se e confundindo-se com os outros que ele já havia pintado, estendendo-se cada vez mais. Segurei a câmera, firme, mas as mãos dele tremiam, a paleta oscilava, o pincel subia e descia. Ele tinha prática, porém, e não vacilava. Eu me movi um pouco para o lado, tentando obter uma visão de seu rosto e, lentamente, seu perfil apareceu em minha tela. Eu estava me arriscando, filmando o canto de seu olho, mas ele se concentrava totalmente na pintura. Movi a câmera, seguindo os arcos e as linhas, seguindo a mão trêmula, os dedos finos e ossudos.

E, de repente, vi cada linha como uma linha da vida, uma marca para tudo que havia acontecido com ele, tudo que ele tinha sido. Uma linha para quando ele acordara naquela manhã. Uma linha para olhar no espelho e ver os hematomas se espalhando por seu corpo, sua pele branca, o rosto encovado, os ossos se projetando em protesto. Uma linha forte por gritar, pela raiva, pela confusão, por jogar o livro em Leigh e depois bater a porta. Uma para cada vez em que ele havia olhado o relógio, o calendário, e percebido como estava mais perto. Uma para quando havia afagado o passarinho com tanta violência, tentando tanto encontrar o que ele nunca pôde entender — essa linha começava fina e ansiosa, depois explodia em uma espiral mais espessa, para quando ele ficara bravo, para quando caímos sobre a mesa.

Uma linha para o dia em que ele me perguntara se, caso eu tivesse algo significativo para fazer com a minha vida, eu o faria. Uma linha para quando ele atravessara o sótão e falara tão docemente comigo, e enchera minha mente com todas as imagens belas e terríveis do que ele queria que acontecesse. Duas linhas correspondentes às que ele pintara em meus pulsos, advertências, ordens, cicatrizes fugazes, eu não sabia que tinha sido tocada por um anjo?

Havia uma linha para o dia em que nos despedimos de minha mãe no aeroporto, para quando ele tentara passar com um canivete pela segurança. Uma linha para observar os pingos de chuva correndo pela janela no restaurante. Uma linha para me empurrar quando ele me pegara no sótão sozinha, uma linha para nós nos balanços, ele sussurrando em meu ouvido, e eu lembrando que deveríamos nos casar. Uma linha para as coisas que ele deixara no carro, os sapatos marrons, o cachecol e *A metamorfose*. E o azul se estendendo, se estendendo.

Uma linha para as fotos dele em minha casa, aquela dele na frente da *Mona Lisa*, a da árvore de Natal desfocada que minhas amigas tinham visto. Uma linha para os telefonemas que Leigh tinha dado sobre ele, uma linha para a escola particular cara e os professores e o diretor, e os médicos que disseram a Cadence que ele era um monstro para toda a vida, incurável, um sociopata.

A mão dele tremeu e algo atrás de seus olhos concentrados se contraiu. Ele largou no chão o pincel, que rolou alguns centímetros, espalhando pequenos pingos azuis no assoalho. Com cuidado e decidido, ele mergulhou o indicador na tinta da paleta e o usou em vez do pincel, fazendo pintura a dedo.

Linhas para sua infância apareceram, para a inocência perdida, para as vezes em que ele gritou comigo e me usou e mentiu, de novo e de novo. Uma linha para quando estávamos no quintal com meu pai e a borboleta, e o segundo em que ela foi esmagada entre as pequenas palmas das mãos de Cadence. Uma linha para a faca automática na escrivaninha em seu quarto, uma linha para a forma da cicatriz em meu rosto. Uma linha para o som que ecoou no quarto. *Clique, clique, clique.* O azul continuava, cada vez maior. Restava apenas um pequeno espaço agora.

Uma linha para quando ele era bebê, para quando nada estava errado com ele ainda. Uma linha para ele chorando, por comida, por afeto,

194

por um novo brinquedo, como uma criança normal. Uma linha para os primeiros vislumbres do talento brilhante, da máscara de bom, perfeito e belo. E, então, uma para aquele ser novo e formado, crescendo no útero, flutuando de cabeça para baixo em um oceano quente e misterioso, enquanto, ao mesmo tempo, eu também flutuava e crescia em outro lugar.

Uma linha para os óvulos sob a cabana no jardim. Para o plano.

Havia uma linha para tudo que havia acontecido com ele, tudo que ele fizera — e minha presença estava entretecida em cada uma delas. Senti lágrimas ardendo em meus olhos. Era impossível contar a história de sua vida sem contar a minha também, então como seria possível minha vida continuar sem a dele?

Minhas mãos tremiam agora, fazendo a tela da câmera oscilar e desfocar por um breve segundo. E eu olhei sobre ela, além dela, para o azul completo do quadro. Não havia mais branco. *Bipe.* Olhei para a câmera. Um pequeno quadrado preto apareceu na tela, interrompendo a filmagem. "Cartão de memória cheio."

Na minha frente, Cadence largou a paleta e, incrivelmente, ela aterrissou com as tintas para cima. Ele ficou ali parado por um momento, com as mãos manchadas de azul pendentes a seu lado, pingando tinta em seu jeans justo. A tela parecia mais alta e maior agora que estava completamente cheia de azul, e o cercava como uma massa de água. Ele estava ali, enquadrado pelos azuis, pelo vazio, pelo nada, e pelas linhas que representavam tudo, um paradoxo.

E então ele caiu, desabou no chão como um boneco, jogado de qualquer jeito, uma marionete cujos fios foram cortados.

Pronto, acabou.

24

Leigh voou escada acima quando gritei; em um instante ela estava no sótão, e os passos ecoando no primeiro andar me avisaram que Vivienne já tinha chegado e vinha logo atrás. Fiquei sentada ali onde estava, no chão do sótão, enquanto elas passavam correndo por mim e se ajoelhavam ao lado de Cadence, enquanto Leigh punha a mão na cabeça dele e o sacudia. A câmera digital ainda estava em minha mão, o quadradinho preto proclamando que não havia mais espaço, que a memória tinha acabado. Queria levantar e correr até elas, ver se havia algo que pudesse fazer para ajudar, mas estava congelada em meu corpo. Era como se o que eu via nem fosse real e passasse diante de meus olhos em câmera lenta; apertei a câmera com força e pisquei, me sentindo impotente.

Por um momento, achei que ele tivesse morrido na minha frente. Partido sem mim. Pensei que estava segura e, ao mesmo tempo, minha garganta se apertou porque isso significava que eu não tinha ido com ele, não tinha feito o que ele me pedira. Minha mão doía pela força com que apertava a câmera. Eu não sabia o que fazer.

Diante de mim, Leigh continuava sacudindo-o, tentando acordá-lo. Ela segurou as mãos dele, enchendo as suas de tinta azul, e isso quase me deixou nauseada, como se fossem manchas de sangue em vez de tinta, como se estivessem ligadas àquelas linhas que haviam estado em meus pulsos. *Leigh nunca vai se livrar disso*, pensei, atordoada. Eu havia esquecido momentaneamente que era possível lavar a tinta; tudo parecia permanente.

— Sphinxie, vá pegar o telefone — Vivienne disse, e sua voz era baixa e séria, mais assustadora do que se tivesse gritado. Desliguei a câmera e corri escada abaixo com ela pendurada no pulso pela alça, batendo no meu quadril.

Vivienne ficou em casa comigo enquanto Leigh ia para o hospital com Cadence. Eles não a deixaram entrar na ambulância; ela teve de segui-los de carro, e eu a imaginei dirigindo atrás deles, cega para os limites de velocidade, com os dedos apertados no volante, a cor sumida do rosto. Por alguma razão, eu queria desesperadamente saber o que estava tocando no rádio do carro, se é que ela o havia ligado. E será que havia rádios tocando em ambulâncias? *Devia ter*, pensei, *sem dúvida devia ter*. Se alguém estivesse morrendo na parte traseira de uma ambulância, devia haver música tocando, qualquer música, simplesmente algo para acompanhá-lo. Algo em que seu ser semiconsciente pudesse se concentrar antes de mergulhar na escuridão.

Eu me sentei rígida no sofá da sala de estar, ainda segurando a câmera na mão. Será que Cadence ia querer que eu cuidasse disso sozinha, pegasse a faca e me trancasse no quarto de hóspedes, em vez de ficar aqui sentada? O que eu devia fazer? Mas eu não sabia se ele estava morrendo dentro da ambulância, não tinha como saber. Talvez não fosse o momento. E, de qualquer modo, o que eu estava pensando? Eu ia para casa amanhã. Já estava com a passagem comprada.

Liguei a televisão para me distrair e Vivienne se sentou no sofá comigo. Assisti a um programa de jogos britânico sem prestar de fato muita atenção nele. Eu não conseguia ficar parada; a cada segundo, meu olhar se deslocava para o telefone, à espera de que Leigh ligasse e nos contasse o que estava acontecendo. Desejava de todo coração que Cadence não tivesse morrido na ambulância ou em um quarto muito branco de hospital. Ele não queria hospitais; queria estar em casa. Precisavam mandá-lo de volta para casa.

Uma hora mais tarde, o telefone tocou. Vivienne correu para atender e, pelas palavras que disse quando o pegou, pelo modo como pressionou o fone no ouvido, eu soube que era Leigh. Desliguei a televisão para que Vivienne pudesse ouvi-la direito.

— Ah, é? — Ela parecia aliviada. — Aposto que ele ficou mesmo. — Ela riu de leve. — Bom, estamos aqui esperando vocês. — E fez uma pausa, tamborilando as unhas no balcão da cozinha. — Eu sei, sinto muito.

Então eu parei de ouvir, e uma parte da preocupação se dissipou em meu peito. Ele não tinha morrido; ia voltar para casa. Ouvi Vivienne recolocando o fone na base.

— O Cadence acordou na ambulância — ela me contou. — Ficou bravo — acrescentou, depois de uma breve pausa. — Ele queria que dessem meia-volta e o trouxessem para casa, mas eles insistiram em pelo menos verificar se não tinha nenhum problema por ele ter batido a cabeça no chão quando desmaiou.

— Isso é bom — falei, sentindo que ela não havia terminado.

— Sim — ela murmurou devagar. — Eles disseram para a Leigh que estamos muito perto.

— Certo — eu disse, balançando a cabeça e olhando para o chão sem nenhuma razão especial. — Certo, então... certo. — Parei antes de falar alguma coisa idiota. Não havia nada que eu pudesse dizer para mudar aquilo. Estávamos quase no fim.

E eu ia para casa amanhã. A sensação em meu peito só poderia ser descrita como desejo de ter uma crise de raiva ali no chão, de ser criança outra vez e dar vazão a tudo que eu sentia, gritar para todos que eu estava à beira de algo imenso e significativo. Eu estava ali para cumprir algo. E ele estava quase indo embora, e eu ia para casa amanhã.

— Vivienne, posso usar o telefone? — perguntei com a voz trêmula.

— Claro, querida — ela respondeu, com uma espécie de tom maternal.

Levei o telefone da cozinha para a sala do piano e me sentei no banquinho que o servia enquanto discava o número de minha casa. Lá fora, uma nuvem cobrira o sol e havia um bando de passarinhos bem perto da janela, rumorejando entre as árvores. Quando olhei para o piano, ouvindo os sons de discagem e esperando minha mãe atender, vi um reflexo da janela e dos ramos das árvores na reluzente superfície negra.

— Oi, mãe — eu disse, quando finalmente ouvi a voz dela do outro lado da linha.

— Oi, minha querida! — ela exclamou, risonha e alegre. — Como está? Eu e o seu pai estamos ansiosos para te ver amanhã! Estamos com muita saudade.

— Mãe, eu também estou com muita saudade e amo vocês, mas não posso ir para casa amanhã. — Minha voz era totalmente oscilante, falhando e se fendendo como um vaso de cerâmica despedaçado. — O Cadence desmaiou hoje, mãe, bem na minha frente, e foi para o hospital. Ele vai voltar para casa, mas os médicos disseram que está chegando ao fim, mãe. Não posso ir embora. Está chegando ao fim. — Eu suplicava agora, estridente e quase chorosa. O som de mim mesma teria me irritado em qualquer outra circunstância, mas eu precisava me permitir soar assim. Precisava ser uma menininha falando com sua mãe. Talvez aquela fosse a última vez em que eu faria isso. — Mãe, você precisa entender. Eu já estou aqui há tanto tempo, já passei por tanta coisa, tenho que ficar até o fim... Eu simplesmente tenho... Por favor... — Eu estava ocupada demais falando para ouvir qualquer coisa que ela tivesse a dizer, para notar que ela ficara em silêncio do outro lado.

— Sphinx — ela disse, e não ouvi de fato sua voz. Eu a interpretei como se ela estivesse tentando ganhar o controle da conversa, para começar a me explicar por que eu tinha que ir embora no dia seguinte. E me pus a falar de novo.

— Eu tenho que ficar! Durante todo esse tempo aqui, estive pensando em muitas coisas, na vida, em Deus, e em sentimentos e em estar viva, e em como tenho sorte e sou agradecida por isso, e na morte e em como... — Minha voz falhou e lágrimas me vieram aos olhos, rolando pelo rosto. — ... em como não ter medo da morte, porque é uma coisa terrível mas é bela também, mãe, a morte pode ser uma forma de arte tanto quanto a vida pode ser, e tudo pode ser... e, mãe, você tem que me deixar ficar, porque o plano é esse. Eu não sei por que ele não saiu como você e a Leigh planejaram, não sei por que tem que ser assim, mas é. Nossos planos não significam nada, mãe, porque existe um plano maior, e todos nós somos parte dele. Esse é o plano, eu tenho que fazer isso, cabe a mim fazer isso. — Parei para respirar, sem fôlego; eu tinha me esquecido de respirar entre as palavras. — Você entende? — terminei, ainda ofegante. — Você...

— Sim — disse ela, com uma voz muito suave. — Eu sei, Sphinxie.

Por um minuto, nenhuma de nós disse nada. Isso me deu a sensação de um abraço pelo telefone, de simplesmente estarmos juntas, mesmo sem nos tocarmos de verdade. Eu a ouvi respirar. Desejei estar de fato em seus braços. Desejei poder sentir seu cheiro — seu sabonete, seu xampu, o aroma da nossa casa.

— Seu pai e eu vamos até aí te buscar quando tiver terminado — ela disse por fim. — Quero estar presente pela Leigh, no funeral.

Assenti com a cabeça, esquecendo que ela não podia me ver. E ela queria vir me buscar quando tivesse terminado, mas eu não tinha certeza se estaria ali quando ela viesse. Olhei para o reflexo da janela e das árvores no piano e o vi se desfocar sob minhas lágrimas, espiralando até não ser mais nada.

— Está bem — falei, ainda assentindo com a cabeça enquanto piscava para tentar afastar as lágrimas dos olhos, enquanto tentava me convencer de tudo e nada ao mesmo tempo. — Está bem... Vocês vêm me buscar aqui.

Houve mais um minuto de silêncio, e me perguntei se ela estaria me ouvindo respirar, como eu a estava ouvindo. Eu a imaginei de pé na cozinha de casa e fui de imediato tomada por uma onda de saudade e desejo de estar segura com minha família, mas forcei essa ideia a sair da minha cabeça. Eu ia ficar, estava decidido.

— Vou ligar de novo, tudo bem? — falei de repente, quebrando o silêncio. — É provável que... que eu tente ligar todas as noites de agora em diante, tudo bem? — Eu não falava com meus pais frequentemente desde que minha mãe fora embora para casa, mas agora sentia necessidade de fazer isso. Eu não podia deixar que essa conversa frágil e confusa fosse a última. Se fosse para existir uma última conversa, eu queria soar forte e feliz para ela.

— Vamos estar aqui para atender — minha mãe respondeu com doçura. — Estamos sempre aqui para você, Sphinxie.

— Obrigada, mãe — murmurei, apertando o fone como se fosse a mão dela.

Bem no fundo, eu sentia como se já soubesse desde sempre o que ia acontecer. Desde o momento em que Cadence pediu para me ver, tudo se pusera em movimento. Ele me queria ali por um motivo, queria me levar consigo por um motivo. Eu tinha sido sua primeira companhia de brincadeiras, a primeira a quem ele ordenara o que fazer. Fora comigo que ele aprendera a chorar, quando a borboleta morreu, quando as coisas saíam erradas e esperava-se que as pessoas se sentissem mal. Tinha sido eu.

Sua inteligência, seu talento, sua arte? Isso era tudo dele. Mas a aparência de normalidade, os sorrisos simulados, os risos, as lágrimas que ele forçava dos olhos, as emoções que ele aprendera a fabricar mesmo sem jamais entender? Ele os copiara de mim quando éramos muito pequenos, os levara consigo por toda a vida, os usara como uma base sólida para o resto de sua ilusão. Pus a mão sobre a boca, sentindo um soluço subir pela garganta. *Eu sou a máscara de Cadence.* Era por isso que ele queria que eu morresse com ele.

Leigh e Cadence chegaram em casa não muito depois de eu ter desligado o telefone. Vivienne e eu saímos para recebê-los na garagem. Havia nítidos círculos escuros sob os olhos de Leigh, dando-lhe a aparência de já estar no meio da noite, quando ainda estávamos no meio do dia. E Cadence estava fraco e estranho; tinha as pernas instáveis, mas não quis que nenhuma de nós o tocasse ou apoiasse. Vivienne tentou pôr o braço em torno dele para ajudá-lo e ele a mordeu, como um cachorro. Ninguém disse nada; não havia nada para dizer. Quando finalmente chegou dentro de casa, ele se deitou no sofá e ficou olhando para o teto, tentando lutar contra a evidente vontade de dormir. Seus olhos quase se fechavam, mas ele os forçava a se abrir de novo, voltando a olhar fixamente para cima.

Pensei se ele estaria com receio de adormecer e nunca mais acordar. Sem dúvida ele tinha ciência dessa possibilidade, mesmo que não houvesse medo associado à ideia. E ele olhava tão fixamente para o teto, quase como se visse algo além do que estava ali. Será que ele olhava para cima e via sua vida, suas lembranças? Será que via sua tela de azuis se estendendo mais e mais? Ou talvez fosse apenas o teto e mais nada. Nada belo, nada profundo. Apenas o teto e um garoto teimoso abaixo dele, agarrando-se a qualquer corda que pudesse encontrar e que lhe parecesse estar ligada à vida. Ele era um lutador e tanto. Seria capaz de sair lançando facas contra seu oponente imbatível.

E eu? Eu não sabia se estava lutando ou me rendendo. Era como se eu estivesse em uma piscina profunda, funda o bastante para bloquear a luz, e não soubesse o caminho para voltar à superfície. Profunda o bastante para meus dedos não conseguirem atravessar a água e sentir o ar se eu levantasse os braços e procurasse por ele. Procurando, procurando.

Eu me sentei no sofá na frente dele e perguntei como estava se sentindo.

— Fantástico — ele respondeu com um sorriso irônico. Depois tocou o peito e falou com uma voz mais neutra. — Minha costela dói. Vá pegar um analgésico para mim.

Leigh levou para ele os comprimidos e um copo d'água. Ele os engoliu e despejou o resto da água no chão. Apenas amoleceu o pulso e

202

deixou o copo virar, como se não se importasse com nada no mundo. Olhei para a poça no chão enquanto Vivienne vinha com uma toalha de mão e começava a enxugá-la, pressionando com os pés para absorver a umidade do tapete da sala de Leigh.

— Por que você fez isso? — perguntei.

— Porque eu posso — disse ele. — Eu posso, então eu fiz. Foi uma experiência.

Eu não sabia qual era o propósito da experiência, mas, se fosse eu, imagino que teria sido para ver se aconteceria algo comigo. Se, de alguma maneira, o universo mudaria caso eu simplesmente fizesse algo diferente, como derramar água no chão. Talvez fazer algo afastasse o inevitável, chocasse o tempo e o fizesse parar por um minuto para observar o que acontecia ali, para olhar para aquele garoto que se desintegrava bem na minha frente. Belo e terrível, e ainda me surpreendendo, mesmo agora.

Usei o laptop de Leigh outra vez naquela noite, levando-o para o quarto com mãos que pareciam mais frias que o resto do corpo. Eu o coloquei sobre a cama e sentei na frente dele, abri e apertei o botão de ligar. A tela se iluminou e ganhou vida, com ícones surgindo à esquerda e aquela fotografia de Cadence ao piano dominando a tela. Senti um calafrio.

Com mãos trêmulas e geladas, tirei o pequeno cartão de memória de plástico azul da câmera digital e o inseri na entrada USB atrás do laptop. Uma janela apareceu na tela do computador perguntando se eu queria copiar o conteúdo para uma pasta existente ou criar uma nova. Criei uma nova.

Os vídeos que eu tinha feito de Cadence, todos os momentos singelos e clipes curtos, pequenos pedaços de uma vida extraordinária que estava se escoando, todos eles surgiram na tela do computador, enchendo a pasta vazia à qual eu havia dado o seu nome. Cada um era um pequeno quadrado com uma imagem parada dentro: ele ao piano, ele pintando, ele, ele, ele. Quando cliquei no primeiro quadradinho, ele cresceu e encheu a tela, e começou a se reproduzir para mim. Ajustei o volume para que não ficasse muito alto, e assisti. Assisti a todos eles, ali no meu quarto de hóspedes. E, quando terminei, a primeira coisa que pensei foi na tela azul, finalmente preenchida, e no quadro preto na câmera soando um bipe. "Cartão de memória cheio."

Então me dei conta de que eu nunca aparecia em nenhum dos vídeos. Em todos eles, eu era apenas uma presença fora da tela, uma operadora de câmera silenciosa. Agora, eu gostaria de tê-los filmado de outro jeito, de estar visível também. Assim, se eu de fato tirasse minha vida, minha mãe teria filmes de mim para ver, assim como Leigh.

Respirei fundo e salvei a pasta, uma, duas, três vezes, para ter absoluta certeza de que ela estivesse armazenada no computador de Leigh. E então fechei a janela, desliguei o laptop e o levei para baixo, com minha missão quase cumprida.

No sofá, a mão de Cadence se moveu ligeiramente, os dedos se esticando, buscando, buscando por um breve segundo antes de ficarem imóveis outra **vez**.

25

Eles mandaram uma enfermeira à casa de Leigh. Fui eu quem atendeu a porta quando ela bateu pela primeira vez. Era uma mulher baixa, de cabelos ruivos e crespos presos em um coque, e um medalhão dourado em forma de coração pendurado no pescoço em uma corrente. Parecia o tipo de colar que toda menina de oito anos queria, mas deslocado no pescoço de uma adulta. Ela parecia uma boa mulher, mas, aos meus olhos, não era uma presença bem-vinda: era um arauto, um augúrio de morte e, quando a vi parada à porta de Leigh, senti náuseas. Não consegui cumprimentá-la educadamente, porque tive medo do que poderia acontecer se abrisse a boca, então olhei para baixo e me afastei do caminho em silêncio para deixá-la entrar.

Momentos depois, eu estava sentada na sala de estar, a poucos passos dela, ainda olhando para baixo e me sentindo constrangida por não conseguir nem dizer um "oi". Ela se sentou na ponta do sofá de Leigh enquanto falava conosco, as pernas cruzadas recatadamente na altura dos tornozelos. No sofá em frente, Leigh se inclinava para ouvir, olhando de vez em quando para Cadence, afundado nas almofadas do sofá ao lado dela.

A enfermeira perguntou se queríamos instalar uma cama de hospital na casa; isso facilitaria para nós, ela nos disse. Cadence recusou. Disse que não queria morrer em uma cama de hospital, e que forçá-lo a fazer isso o deixaria completamente sem dignidade. A enfermeira se encolheu um pouco sob os olhos ardentes dele e entrelaçou os dedos sobre o colo. Ela parecia rígida, sentada ali no sofá como um pequeno pássaro empalhado.

— Está bem — disse ela. — Então não faremos isso. — A voz dela era aguda, como a de uma menininha. Achei que eles deviam ter mandado uma enfermeira diferente, uma que fosse mais forte e mais adequada para lidar com alguém como Cadence. Então pensei que talvez tivessem enviado uma boazinha de propósito, para evitar disputas de poder entre enfermeira e paciente. Talvez ela fosse a melhor escolha, afinal.

Ela trouxe o equipamento para administração intravenosa, soros e nutrientes, movendo as mãos em pequenos gestos enquanto nos explicava diferentes opções e processos. Cadence a observava como um gavião, como se estivesse olhando de cima para um pequeno animal. Em sua cabeça, ele estava de pé em um pedestal, em seu solo sagrado; a enfermeira, claro, não fazia parte disso, assim como ninguém mais.

— Não — declarou ele. — Você pode me dar algo para dor. Pode me dar algo para quando eu disser que não consigo dormir. Não quero nada além disso. A única outra coisa que preciso aqui é a Sphinx. — Os olhos dele reluziam de dentro das depressões escuras de seu rosto, brilhantes, irritados, gelados, azuis. — Não quero prolongar isso — concluiu, retraindo os lábios e expondo ligeiramente os dentes. E a enfermeira se encolheu outra vez.

Se ela estava intimidada, assustada ou simplesmente triste, eu não saberia dizer; ela via ali um adolescente, uma criança, que estava morrendo e aceitando a morte, até pedindo para que ela viesse logo e o levasse. Sem cama de hospital, sem medicamentos. Só levá-lo. Imaginei se ela estaria apenas desconcertada pela morbidez da situação, ou se pensava que ele era alguém surpreendente, brilhante. *Um verdadeiro guerreiro*. Ela não sabia dos quadros. Achei que ela deveria subir até o sótão e ver as pinturas.

Antes de se levantar do sofá, ela esticou a mão e apertou meu joelho, em um gesto de solidariedade. Olhei para ela. A enfermeira sorriu

206

para mim, com uma covinha na face direita, achando que havia apenas uma pessoa prestes a morrer naquela casa.

Você não tem que morrer, refleti.

— Cuide-se bem — ela me disse. Sua pequena mão, com uma aliança reluzindo no dedo anular, se ergueu e ela se levantou.

— Vou cuidar — murmurei. Eu não sabia o que minha resposta significava. Seus sapatos de saltos finos e baixos clicavam no piso de madeira enquanto Leigh a acompanhava até a porta e, de repente, senti o gosto metálico de sangue surgindo na língua, nítido e amargo. Por um momento, pensei que estivesse imaginando e pus a mão na boca.

— Você se machucou, Sphinxie? — disse Cadence com suavidade. — Ficou mordendo o lábio durante todo o tempo em que aquela idiota esteve aqui. — E levantou uma sobrancelha. — Viu como é fácil sangrar? A gente nem percebe.

Abruptamente, saí do sofá e fui para o banheiro lavar a boca com água fria.

Alguns dias mais tarde, em uma certa manhã, Cadence não se levantou e, daí em diante, permaneceu ali, na cama que não tinha nada a ver com um hospital, cercado pelas pinturas nas paredes, os peixes nadando sobre sua cabeça. Leigh e eu sentávamos em seu quarto em cadeiras encostadas na parede, nos sentindo como pessoas em uma sala de espera. E ele não nos dava nenhuma atenção, só lia, e lia, e lia. Cada clássico de que se lembrava ele lia, mesmo que já tivesse lido. Os livros se empilhavam sobre sua escrivaninha em pequenas torres inclinadas, com os títulos voltados para nós, e eu os marcava na cabeça. *A metamorfose*, o mesmo exemplar que eu tinha recolhido do chão do carro de Leigh, estava no meio de uma das pilhas. Eu o peguei um dia e tentei ler, para tirar dele algum novo significado, mas não consegui. Depois das três primeiras páginas, fechei o livro e o coloquei no chão, debaixo da minha cadeira.

Leigh não queria sair dali, não queria deixar que seus olhos se fechassem. Era uma luta convencê-la até mesmo a se levantar e ir ao ba-

207

nheiro e, quando ela o fazia, ia e voltava depressa, com o corpo todo tremendo. Então ela retornava e se sentava, com alívio estampado no rosto quando via que não tinha perdido algo, e sua mão se entendia, tentando segurar a de Cadence. E ele sempre puxava a mão, com uma sugestão de sorriso elevando os cantos de seus olhos brilhantes, aquele sorriso que lhe vinha quando ele se divertia com a dor de outra pessoa.

— Por favor — eu a ouvi suplicar uma vez. — Me deixa segurar sua mão, Cay, por favor.

— Não — disse ele, e sua voz sem emoção soou como algo perdido no vento.

— Por quê? Dói? — ela perguntou com os lábios trêmulos.

— Não — ele respondeu apenas. Depois virou a cabeça e olhou para mim, com os olhos em fogo.

Eu soube no mesmo instante que ele queria a minha mão, não a de Leigh. Seu olhar exigia isso. Quando movi, hesitante, minha cadeira para mais perto da cama e estendi a mão, ele a agarrou com tanta força que tive de apertar os dentes para não gritar de dor. Ele havia feito a mesma coisa comigo nos balanços, à procura daquele sentimento que estava fora de seu alcance, daquela sensação de se ligar a outra pessoa. Agora ele procurava isso com uma intensidade duas vezes maior. Meus dedos pareciam estar sendo esmagados, mas eu me forcei a não protestar, a apenas deixá-lo apertar. Quando ele finalmente me soltou, minha mão estava vermelha, com a marca de seus dedos visível em minha pele.

Então ele se virou para o outro lado e me deixou sentindo a dor e pensando no que teria acontecido se ele não me soltasse, assim como pensei no que teria acontecido todos aqueles anos atrás, quando ele me cortou. Se ele tivesse me segurado por mais tempo, procurado por mais tempo, teria sentido alguma coisa? Se ele tivesse continuado a apertar até que meus ossos se quebrassem, será que a parede dentro de sua cabeça se quebraria junto? Fiquei olhando para minha mão, para a pele ainda marcada de vermelho. A dor persistente me fazia sentir

208

como se Cadence ainda estivesse me segurando. A enfermeira veio uma hora depois e lhe aplicou uma injeção contra dor que o deixou apagado. Leigh tremia na cadeira ao meu lado.

Eu ficava aliviada por ela não querer sair do quarto. Isso significava que eu não ficaria mais sozinha com ele. Não haveria mais momentos no sótão ou nos balanços ou em qualquer outro lugar em que o olho atento de Leigh não pudesse ver o que ele fazia comigo. Só o que ele podia fazer era olhar fixamente para mim, e era o que fazia. Às vezes, ele me encarava por horas seguidas. Eu me escondia atrás de livros e revistas e fingia estar lendo, mas não estava. Não conseguia. Não podia pensar em nada, a não ser que ele precisava de mim. Mas como faríamos se Leigh estava sempre no quarto? Eu tinha consciência de meus dentes se afundando em meu lábio inferior; isso havia se tornado meu novo tique nervoso.

Você não vai fazer isso e pronto, pensei e me contive antes de me morder. Mas, horas mais tarde, depois de falar com minha mãe ao telefone e folhear uma revista de moda sem ver de fato nada que havia impresso nela, senti o gosto de sangue. Mais uma vez, eu havia me machucado sem querer.

Na sexta-feira, Leigh dormia em sua cadeira de manhã cedo, quando a luz começou a entrar pela janela. Entrei silenciosamente vindo de meu quarto para assumir meu lugar ao lado dela e a encontrei com a cabeça pensa, o queixo tocando o peito. Em seu colo, ela segurava a própria mão; suas pupilas se moviam de um lado para o outro sob as pálpebras. Eu me perguntei se ela estaria sonhando. Ia abrir as persianas da janela de Cadence quando ela se moveu e abriu os olhos.

— Oi — eu disse baixinho, e Leigh deu um sorriso fraco.

— Você acordou agora? — ela me perguntou, passando a mão no rosto como se pudesse afastar a exaustão daquela maneira.

— Sim. — Eu me sentei na cadeira ao seu lado. Por um momento, ficamos em silêncio.

— Sphinxie — ela disse, meio rouca. — Acho que preciso deitar um pouco no meu quarto. Só um pouco. — Sua voz tremeu e ela acrescentou: — Mas não sei se devo. Não quero estar fora daqui se... — Ela parou e levou as mãos ao rosto outra vez, depois passou os dedos pelo cabelo despenteado. Eu nunca a vira com uma aparência tão exausta antes.

Não me deixe aqui, pensei.

— Pode ir — foi o que eu disse. — Prometo que te chamo se... — Senti minha voz se dissolver em pó na garganta. Tive de fazer uma pausa e me concentrar antes de concluir. — Se algo acontecer.

— Obrigada — disse ela. — Vou ficar fora só um pouquinho. Bem pouco mesmo.

Os olhos dela estavam vermelhos pela falta de sono. Quando ela se levantou da cadeira e começou a caminhar para a porta, eu me vi reprimindo a vontade de agarrá-la pela manga da camisa, como uma criancinha em busca de algo a que se segurar. Em vez disso, agarrei a borda da cadeira. E Leigh passou pela porta e desapareceu no corredor.

Fiquei sentada no quarto à meia-luz, apoiada na beirada do assento com os joelhos unidos, ouvindo o som da respiração de Cadence. Era áspera e rouca, como se tivesse algo preso no fundo de sua garganta.

Os olhos dele se abriram lentamente e fitaram os peixes pintados no teto, movendo-se de um lado para o outro, como se estivessem acompanhando um movimento real. Ele virou a cabeça e olhou para mim, e eu estremeci de leve, assustada por alguma razão inexplicável. E ele me encarou com aquele olhar fixo.

— Oi — eu disse baixinho, mas ele não respondeu. — Bom dia.

Ele balançou a cabeça em resposta, em um gesto quase imperceptível. Vi seu peito subir e descer em um movimento superficial, a respiração áspera. Ele abriu e fechou a mão.

— Quer que eu chame a enfermeira? Precisa de mais remédio? — perguntei, pensando por um segundo que ele tivesse perdido a capacidade de falar, que estivesse com dor e tentando me dizer isso com aquele movimento da mão.

— Não — ele disse, rouco, com um vestígio de sua antiga voz escorregadia como mel.

— Ah, tudo bem — respondi. Meu coração começou de repente a bater com força no peito.

Ele ficou em silêncio por um momento, apertando a mão em punho outra vez. Depois umedeceu os lábios e disse:

— Sua mãe te contou a história, não contou?

Eu me mexi na cadeira, me sentindo como uma suspeita em uma sala de interrogatório, e pensei: *Não, não, não. Agora não.* Olhei para a porta e me imaginei saindo para o corredor, chamando Leigh, mas não pude. Minhas mãos estavam presas ao assento da cadeira, os dedos segurando a borda com tanta força que as articulações ficaram brancas.

— Você está falando do plano? Sim, contou.

Ele riu, um grasnido rouco, e levantou a mão para afastar o cabelo dos olhos. E eu pensei no plano, e no que ele e eu deveríamos ter feito. Namorados, noivos, casados, filhos, netos correndo aos pés de minha mãe e de Leigh no Dia de Ação de Graças. E me lembrei de Cadence e de mim nos balanços naquele primeiro dia, e da sensação de sua mão em minha pele, quente, humana e presente, me tocando.

— Acho que agora não vamos mais nos casar — disse ele, e riu outra vez.

— É — falei, mordendo a língua em um esforço para não chorar.

— Imagina — disse ele, seus olhos muito abertos e assombrados. — Imagina como seria. — E riu de novo, pela última vez. — Você não poderia criar meus filhos, Sphinxie. Eu sei que não. Não era o que estávamos fadados a fazer. — Ele inspirou superficialmente e explicou: — Isso é o que estamos fadados a fazer, você e eu. É dessa forma que devemos acabar. Sempre foi para ser assim.

Imaginei um bebê loiro em meus braços, menino ou menina, com olhos azuis gelados, que não fosse nem um pouco parecido comigo, que fosse brilhante, inteligente e terrível. *Mas talvez tivéssemos um filho parecido comigo*, pensei e me contive imediatamente. Eu não podia pensar nisso, principalmente naquele momento. Apertei com mais for-

211

ça a borda da cadeira e me concentrei em expulsar da cabeça todos os pensamentos sobre o plano que não dera certo, sobre o que deveria ser.

— Sphinxie — ele chamou, arrancando-me de meus pensamentos.

— Sim? — Cadence estava olhando para mim como se eu fosse a única coisa que ele pudesse ver, e eu pensava: *Não, não, não.* Minhas mãos estavam geladas.

— Quero segurar o passarinho — ele declarou.

— O passarinho — repeti. Senti como se alguém tivesse tirado uma arma que estivera pressionada contra a minha cabeça. Ele só queria o periquito agora. Só isso.

— Sim, foi o que eu disse — ele falou, impaciente. — Vá pegar o periquito, Sphinx.

Eu levantei da cadeira e desci as escadas, os pés soando mais alto que de costume nessa parte silenciosa da casa. Dentro da gaiola, Wilbur voejava, cantando em celebração à manhã. Hesitei depois que abri a porta da gaiola, mas então uma parte adulta de mim insistiu que pessoas eram mais importantes que periquitos, e peguei a avezinha, segurando-a com ambas as mãos para não deixá-la fugir. O periquito piou e cutucou meus dedos com seu pequeno bico sem ponta, e eu o carreguei para cima comigo.

— Está aqui — falei ao voltar para o quarto. Em seguida o levei até a cama e o coloquei perto da mão de Cadence, que estava deitado de lado, largado, abrindo e fechando a mão. O periquito girou a cabeça com curiosidade, subiu na mão de Cadence e começou a cutucar distraidamente a unha de seu polegar. — Pronto.

— Obrigado — disse Cadence com excessiva polidez, fixando o olhar na cabecinha da ave. Ele a observou por um momento, com olhos que pareciam ficar gradativamente maiores, e então falou: — Sphinxie, preciso de água.

— Ah, claro. — Levantei da cadeira outra vez. Quando saí do quarto, parte de mim sabia perfeitamente o que ia acontecer, embora eu não me desse conta disso por completo. E, enquanto descia as escadas, enquanto pegava um copo no armário da cozinha e o enchia de água de uma jarra na geladeira, enquanto levava o copo para cima, eu estava me preparando, pensando no que faria quando entrasse no quarto outra vez.

E, quando entrei com aquele copo na mão, vi exatamente o que eu sabia que ia ver. O periquito estava deitado ao lado da mão de Cadence, com o pequeno pescoço emplumado virado em um ângulo estranho, uma asa estendida, inerte.

Um último esforço para sentir alguma coisa.

Coloquei o copo de água na mesinha de cabeceira. Ele não estava com sede realmente, e eu sabia disso. Só queria que eu saísse do quarto enquanto estava com o passarinho, enquanto o quebrava entre as mãos. Enquanto tentava, com tanta intensidade e da maneira mais distorcida, se sentir vivo por apenas um segundo, sentir algo além de uma máscara de pedra.

Eu me sentei de novo na cadeira, sentindo-me terrivelmente pequena. Cadence afastou a ponta dos dedos do corpo do periquito e fechou os olhos por um instante antes de abri-los de novo. Parecia cansado, muito cansado. E quem não estaria, depois de dezesseis anos tentando com tanto empenho?

Então ele sibilou:

— Vá até a minha escrivaninha e abra a gaveta de cima.

De repente, a arma estava pressionada contra minha cabeça outra vez. Sacudi a cabeça sem dizer nada e senti lágrimas quentes descendo pelo rosto. Ainda sacudia a cabeça quando caminhei para a escrivaninha e fiz o que ele mandava, estendendo a mão e abrindo a gaveta de cima com um som suave de madeira roçando madeira.

Pousada no alto de um amontoado de papéis e cadernos velhos estava uma faca de cozinha comum, provavelmente roubada tarde da noite, quando nem Leigh nem Vivienne estavam por perto. Eu estendi a mão trêmula e a peguei, segurando-a com força. Por um breve instante, pude ver meu reflexo na lâmina: meus olhos arregalados, minha boca apertada, o cabelo castanho despenteado em volta do rosto.

Eu me virei para Cadence e ele me fitava com uma expressão ilegível, os olhos fixos em mim, como se eu fosse a única pessoa que restava na face da Terra.

— Sphinx, você não devia estar chorando — disse ele. Eu não havia percebido que estava até ele falar. — Não agora, que está prestes a fazer algo significativo.

A faca oscilou em minha mão. Desejei que meus dedos não me traíssem, que segurassem firme o cabo. Ele olhava fixo para mim, os olhos se apertando, depois se inclinou para frente, erguendo-se da cama tanto quanto seu corpo enfraquecido permitia. E eu fiquei de pé na frente dele, tremendo, pensando em sua mão fechada em meu cabelo quando éramos pequenos, segurando-me enquanto ele passava a lâmina pelo meu rosto. Em Wilbur, e como ele estava vivo apenas um minuto atrás, só um minuto atrás. Em todos os momentos em que eu já havia me olhado no espelho e me perguntado o que faria de mim, o que estaria reservado para mim na vida.

Tudo isso girava em minha cabeça, cada vez mais rápido. Devagar, com a mão trêmula, ergui a faca, posicionando-a sobre um de meus pulsos, bem no lugar onde uma daquelas terríveis linhas azuis de tinta estivera. E, por um breve instante, meus soluços se aquietaram, como se meu peito estivesse paralisado, uma premonição de suspiros finais.

— Isso — Cadence sussurrou. — Vá em frente, Sphinx.

Mas eu não quero morrer, pensei, e um novo soluço subiu, rouco e doloroso, rasgando minha garganta.

— Por que você está chorando outra vez? — Cadence disse, cuspindo as palavras como um valentão de escola insultando alguém. Sua voz era entremeada de um súbito desdém, seus olhos de fogo se apertavam.

Eu não conseguia responder, não conseguia falar. Olhei diretamente para ele e tentei transmitir com os olhos o que estava sentindo: *Eu gosto de você, eu gosto de você, eu não quero que você morra, eu não quero que nenhum de nós morra...*

214

— Que droga, por que você está chorando? — ele se irritou. — Faça logo, Sphinx! — A voz dele era mais aguda agora; ainda era desdenhosa, mas abaixo da superfície havia algo tenro e mole, como um inseto que acabou de trocar de pele e a nova ainda não endureceu. — Você tem que fazer! — exclamou ele, com a voz falhando. — Pare de chorar e faça logo!

E eu continuava olhando para ele, sentindo as lágrimas quentes descendo pelo rosto. *Eu gosto de você, de verdade, você era parte do meu plano, eu não quero que você morra, eu não quero que nenhum de nós morra...*

Era preciso força para morrer, sim, isso era algo de que eu tinha certeza. E Cadence era forte o bastante para morrer, forte o bastante para viver como uma ilusão por dezesseis anos, forte o bastante para deixar para trás um mundo cheio de perguntas não respondidas e coisas que ele nunca pôde ter.

Mas e eu? Eu não era uma ilusão, não era uma máscara. Havia pessoas que eu amava aqui, e amava intensamente; sempre houvera. As perguntas que eu queria responder, perguntas sobre a vida, e sobre crescer e como ser uma pessoa, tinham respostas que estavam ao meu alcance e que minhas mãos estavam abertas e prontas para receber. E então percebi, de pé ali em seu quarto, com o cabo da faca como gelo em minha mão, que eu não era forte o bastante para seguir o plano, não era forte o bastante para pertencer a alguém como Cadence. Eu não era forte o bastante para morrer.

Eu era forte o bastante para viver.

— Eu não posso morrer com você — murmurei. — Mas eu te amo. Eu te amo.

Os olhos dele se alargaram muito. Tudo nele parecia estar procurando, calculando, tentando, tentando, mas sem chegar a nada. Seus dedos se moviam como se estivessem se preparando para agarrar alguma coisa física, sem conseguir, e ele enterrou as unhas na colcha.

— Eu te amo — repeti com um soluço.

— Por quê? — ele perguntou. Por um instante, parte do gelo amoleceu e sua íris se ampliou, tentando desesperadamente deixar algo entrar, ultrapassar a parede. Ele estendeu a mão para o periquito, dedos longos e pálidos se esticando, os batimentos cardíacos fazendo pressão em seus olhos. E ele era um gênio na frente da tela de pintura, e na escola, e uma estátua viva em todos os outros lugares.

E então ele se foi, deitado ali naquela cama sob os peixes no teto, com a luz suave da manhã preenchendo os cantos e seus cabelos loiros despenteados. E seus olhos, seus olhos azuis, inquiridores, belos, sem luz atrás deles agora, finalmente humanos.

A faca caiu de minha mão e, simples assim, estávamos ambos livres. *Clique.*

26

Leigh voltou um momento depois, como se alguma parte dela pudesse sentir que seu filho havia deixado o quarto. Ela parou à porta, congelada, e olhou para mim primeiro, de pé ali, com as mãos trêmulas ao lado do corpo, os olhos como pequenas cachoeiras. E então ela correu para dentro.

Quase sem pensar, chutei a faca e ela girou, indo parar embaixo da cama de Cadence, fora de vista. Leigh era um borrão à minha frente enquanto verificava a respiração dele, que havia parado. E então ela estava sobre a cama, tocando-lhe as mãos, o rosto. Abraçando-o. Chorando de mansinho, com os lábios apenas ligeiramente separados. Eu me sentei em minha cadeira, entorpecida, pensando. Cadence, esse garoto que eu havia conhecido, que certa vez me cortara, me marcara. Ele se fora, e eu estava viva. *Eu não sabia que tinha sido tocada por um anjo?*

Eu não conseguia parar de olhar em seus olhos, abertos e fixos, nus agora, com o gelo derretido, desaparecido assim como a vida. Eram apenas olhos azuis agora; não havia mais o fogo ardendo. Olhos azuis comuns, como se poderia ver no rosto de qualquer um. Em algum lugar, Cadence estaria despertando, sentindo-se em paz e normal, finalmente? Em algum lugar, estaria ele em um solo realmente sagrado? Será que eu saberia um dia?

Abracei as pernas, trazendo os joelhos para junto do peito, e fechei os olhos. Flutuando atrás da escuridão de minhas pálpebras, ainda podia vê-lo olhando para mim.

Respirei fundo pelo nariz e soltei pela boca, estremecendo. Viva.

Viva por minha própria escolha. Não por causa do plano de minha mãe, não por causa de Leigh, não por causa de nada além de mim e do que acontecera comigo. Era isso que estava reservado para mim; essa era a minha força, o meu propósito. *Viva.*

* * *

Minha mãe chegou no dia seguinte e Vivienne foi buscá-la no aeroporto. Ela passou pela porta da frente da casa de Leigh e entrou em um mundo de caos; Leigh tentava tomar as providências, mas estava com a cabeça atordoada, sofrendo, sem conseguir resolver nada direito; a casa inteira era uma confusão, ninguém sabia onde estava nada e não havia comida na geladeira. Eu ficava esperando que a campainha tocasse e vizinhos chegassem com comida. Não era isso que deveria acontecer? Só que não havia vizinhos, já que Leigh morava no campo, no meio do nada. E eu me dava conta lentamente de que ela se afastara do mundo exterior com seu filho, ambos isolados em um lugar seguro onde ninguém poderia se machucar, a não ser eles mesmos.

Quando minha mãe chegou, eu estava no quintal, enterrando o periquito. Eu caminhara até o fundo, na borda do bosque, e cavara o pequeno túmulo sob uma árvore alta. Com cuidado, depositei o corpinho no fundo do buraco, embrulhado em um pano, e o cobri de terra, depois alisei a superfície com a colher de pedreiro que havia trazido para deixá-la plana. Havia uma pedrinha no chão, aninhada entre raízes de árvore, e eu a coloquei sobre o túmulo como um marcador. Eu realmente gostava daquele passarinho, percebi. Sempre imaginara, no fundo de minha mente, que o levaria para casa comigo quando fosse embora, se ainda estivesse aqui para fazer isso. Agora, não ia mais acontecer. Senti um soluço preso entre os pulmões, fazendo pressão dentro de mim, mas não chorei. Eu estava seca depois do dia anterior.

Voltei para a casa, segurando a colher de pedreiro frouxamente em uma das mãos, e encontrei minha mãe e Leigh sentadas no chão da cozinha, com o laptop ao lado. Leigh chorava alto no ombro de minha mãe, como uma criança pequena e inconformada; olhar para ela me fez sentir como se estivesse observando algo que eu não devia, algo inapropriado. Vivienne estava parada, meio sem jeito, perto delas. Depois de alguns momentos, ela se abaixou, pegou o laptop e o colocou sobre o balcão da cozinha. Olhei para a tela e vi o vídeo de Cadence tocando piano em pausa, congelado na pequena janela cinzenta. E, atrás dele, uma página de internet. Vivienne clicou na página para poder fechá-la e, no breve instante em que ela esteve legível na tela, vi que era um e-mail: a resposta do diretor da galeria de arte.

Minha mãe e Leigh se separaram; Leigh permaneceu curvada no chão enquanto minha mãe me puxava para um abraço apertado.

— O papai está vindo — ela disse. — Ele não pôde vir comigo por causa do trabalho, mas vai estar aqui amanhã.

— Que bom — respondi, sentindo-me muito, muito estranha. Minha mãe falava comigo tão naturalmente. Em sua cabeça, ela estava me revendo depois de um breve período de afastamento. Ela não sabia o que quase havia perdido. Enterrei o rosto no pescoço dela.

— Senti muita saudade de você — ela falou no alto de minha cabeça.

— Eu também senti saudade de você — sussurrei. As roupas de minha mãe cheiravam ao meu quarto em casa, ao seu sabonete com perfume de lavanda. Um dia eu lhe contaria tudo. Eu lhe contaria o que quase havia acontecido. Um dia eu lhe explicaria exatamente por que eu a abraçara com tanta força, por que eu viveria daquele momento em diante com a cabeça mais levantada e a voz mais firme. Enterrei as unhas nas costas de sua blusa e me agarrei a ela.

Então olhei sobre seu ombro e vi Leigh, ainda no chão, com Vivienne ajoelhada à sua frente, dizendo algo que eu não podia ouvir, seus lábios se movendo lentamente. Relutante, soltei minha mãe para que ela ajudasse Leigh, lhe falasse coisas de adultos e tentasse não chorar, e subi para limpar o quarto em que estivera hospedada. Os degraus pareciam ocos sob meus pés enquanto eu os pisava, como um fantasma de algo que havia sido sólido. O fato de Cadence ter ido embora, o fato de eu não ter ido — eu não havia assimilado nada disso muito bem ainda.

Como em um transe, recolhi minha maquiagem do banheiro de hóspedes, limpei a pia, sacudi e pendurei as toalhas, enxuguei o boxe. Quando saí do banheiro com todas as minhas coisas equilibradas nos braços, não havia mais nenhum traço de eu ter estado lá. Eu havia apagado minha presença, como uma boa hóspede temporária. Larguei toda minha maquiagem sobre a cama, arrastei a mala de dentro do closet, coloquei-a aberta sobre a colcha e pus mãos à obra. Dobrei blusas, calças, decidi quais sapatos ia usar e quais deveriam ir para o fundo da mala. Enchi e fechei com o zíper todos os pequenos compartimentos e então fui até o closet conferir se não havia esquecido nada. Não havia, estava tudo guardado. Pus a mala de volta no chão, encostada na parede, e arrumei a cama. Percebi que não tinha nada para usar em um funeral.

A câmera digital era a única coisa no quarto que não estava lá antes de eu chegar e que não era minha. Eu a peguei, me sentei com cuidado na cama recém-arrumada e fiquei virando-a nas mãos. Devagar, abri a capa e tirei a câmera. Meus dedos ficaram suspensos sobre o botão de ligar. Eu queria ver os vídeos ou seria cedo demais? Sim, eu queria, eu queria vê-los. Pressionei o botão e a pequena tela se acendeu.

Quando entrei na memória da câmera, esperava que o primeiro vídeo fosse o último filme de Cadence, completando a tela azul. Em vez disso, era uma tomada de Cadence sentado na cadeira em frente à escrivaninha em seu quarto. Estava duramente enquadrada em torno de seu rosto, e supus que a câmera estivesse apoiada em uma pilha de livros. Quando pressionei o botão para começar a reproduzir o vídeo, o primeiro movimento foi sua mão se afastando da câmera, no momento em que ele a ligara para filmar.

— *Sphinxie* — disse ele, e o impulso de responder, de lhe dar algum sinal de estar ouvindo, me veio à ponta da língua. — *Eu sempre*

220

sei. — Estremeci, sentindo-me como se ele estivesse bem ali, como se não tivesse ido embora ainda. — *Essa é a minha câmera antiga. Você fez exatamente o que eu queria que fizesse.* — E eu podia vê-lo em minha cabeça: pegando sua velha câmera, inserindo um cartão de memória novo, colocando-a na mesa na sala do piano, de alguma forma sabendo o que eu faria quando a visse ali. Ele queria que eu o filmasse. E, como um estranho profeta, sabia que eu o faria.

Ele riu e a tela da câmera se desfocou, de algum modo suavizada.

— *Você é uma boa menina, Sphinx* — ele disse, daquele jeito alegremente zombeteiro, e se recostou na cadeira, parecendo satisfeito, os olhos brilhando. Ele sacudiu a cabeça, olhando para a tela por um momento, uma vaga sugestão de sorriso dançando em torno de seus lábios. — *E você está diferente agora.* — Sua mão se estendeu para pressionar o botão da câmera, para encerrar o filme, mas parou. — *Quero ser cremado* — ele disse, decidido, e a mão avançou. O vídeo terminou.

* * *

Apenas cinco pessoas estavam presentes na cerimônia. Quase no fim, o pai de Cadence chegou e se uniu a Leigh, minha mãe, meu pai, Vivienne e a mim. Leigh não olhou para ele, e ele não olhou para ela. Em vez disso, eles olharam para o oceano, onde as cinzas estavam, onde estava o ser humano que eles haviam criado juntos. Eu me afastei do grupo. Usava um vestido que minha mãe tinha trazido em sua mala. Era simples, preto, convencional. Uma vez mais, eu era a pessoa comum.

Na minha frente, o oceano se entendia em todas as direções, ondulando e mudando, como a tela azul.

Voltamos para casa em um carro alugado; não havia espaço suficiente para todos nós no pequeno carro de Leigh. Só íamos ficar uma ou duas noites, dependendo do que Leigh quisesse que fizéssemos, depois partiríamos, sentados em um avião, voando sobre aquela extensão de azul. No banco de trás do carro, apoiei a cabeça na janela e a senti fria contra a pele. Era tão estranho que tudo tivesse acabado, que Cadence tivesse ido embora, que logo eu voltaria para casa, e não tinha mais nenhuma razão para tentar estender minha visita.

Não havia ninguém na casa que levantasse ao romper da aurora, que lesse livros que faziam minha cabeça girar, que tocasse piano quando o sol entrava pela janela, que andasse com a cabeça elevada, que tivesse olhos que queimavam como chamas atrás de gelo, que fosse um gênio tão impressionante quando pintava.

Lambi o dedo e removi o corretivo do rosto, expondo a cicatriz. Endireitei o corpo e olhei meu reflexo no espelho retrovisor do carro, a fina linha branca no alto de minha face. Talvez eu não tivesse sido tocada por um anjo, mas havia sido tocada por algo. Certa vez, eu havia sido marcada por alguém que brilhava tanto e, ao mesmo tempo, vivia na escuridão. Certa vez, houvera um plano para nossa vida.

Do lado de fora da janela do carro, uma mulher saía de casa com a bolsa presa sob o braço, dando a mão para uma menininha. Eu as vi descer os degraus diante da casa em direção ao carro parado na frente. E lembrei: todos os óvulos, todos os filhos que uma mulher terá na vida, estão com ela, dentro dela, desde o momento do nascimento.

Um filho que eu deveria ter, meu próprio fim para o plano, o futuro do mundo. Meu menininho ou menininha, que um dia olharia para mim e me perguntaria por que havia uma marca em meu rosto, por que eu tinha uma cicatriz. Eu contaria a um filho a razão dela, um dia, e esse filho já estava comigo agora, estava comigo quando recebi a marca, quando tomei minhas decisões, quando me sentei no balanço, quando Cadence me tocou, quando o vi pintar sua vida na tela de azuis, lá em cima, no sótão vazio. E no fim, quando seus olhos estavam tão brilhantes, quando ele olhou para mim como se eu fosse a única pessoa no quarto, quando eu vivi. Meu filho estava ali comigo, latente, dormindo, um óvulo entre milhões.

Meu filho estava ali.

AGRADECIMENTOS

Meus profundos agradecimentos aos seguintes seres:

Ao meu Deus, o primeiro a me mostrar o futuro e a me dizer para escrever, quando eu era muito jovem.

A Barry Cunningham e Imogen Cooper, sem os quais este livro não estaria aqui hoje.

À minha mãe, que respondeu à pergunta "O que eu fiz de bom hoje?" milhares de vezes.

Ao meu pai, que me levou para passear na ponte quando eu lhe pedi.

Às minhas irmãs, tanto de sangue como adotadas, que me fortalecem, me inspiram e permanecem ao meu lado como as melhores amigas possíveis.

À minha gêmea de alma, que se sentou em sua varanda comigo à noite, e ao nosso preto velho das ovelhas em outro universo.

A todos os meus queridos amigos que foram leitores, ouvintes, com quem dividi risos e entusiasmos.

À menininha perdida de minha infância, que não sabe o que fez por mim.

E à minha menina brilhante, na luz — eternamente.

Impresso no Brasil pelo Sistema Cameron da Divisão Gráfica da
DISTRIBUIDORA RECORD DE SERVIÇOS DE IMPRENSA S.A.